Senju-maru, Moroe & Narihira
「王朝春宵ロマンセ」

「これで千寿に嫌われたらと思うと、とても怖い」
ヒソヒソとささやく声は、温かい吐息となって
千寿のうなじをくすぐり、ぞくりと身が震えた。
「寒いか?」
尋ねながら、諸兄様は千寿を引き寄せ、自分の
胸に肩を預けさせる格好に抱き込んだ。
（本文P.182より）

Chara

王朝春宵ロマンセ

秋月こお

キャラ文庫

この作品はフィクションです。
実在の人物・団体・事件などにはいっさい関係ありません。

目次

口絵・本文イラスト／唯月 一

誰かが千寿《せんじゅ》を呼んでいる。

「千寿ー！　千寿丸殿ー！」

あのキイキイとかん高い声は、一つ年下の稚児《ちご》仲間の妙宝丸《みょうほうまる》だ。

「お稚児の千寿丸殿ー、阿闍梨《あじゃり》様がお帰りだよー！」

妙宝丸の声はそう続き、千寿丸はパッと顔色を明るくした。

阿闍梨様のお帰りは夕刻近くになると思っていたのに。やれ、助かった。

あたりに人影がないのをたしかめると、千寿丸は隠れ場所にしていた須弥壇《しゅみだん》の陰からすばやく忍び出た。壇の上にきらびやかな仏具に囲まれて鎮座ましましている、ご本尊の如来《にょらい》様に向かって、

「お助けいただき、ありがとうございました」

とうやうやしく合掌礼拝して、金堂《こんどう》の出口に向かった。

この如意輪寺《にょいりんじ》のあるじである慈円《じえん》阿闍梨様は千寿丸の味方で、「無理無体《むたい》はいけない」といつも千寿をかばってくださる。だからもうネズミのようにこそこそと隠れていなくてもいいのだ。

麗々しい朱塗りの柱にはさまれた扉を開けて、外へ出ようとした時だった。

「そんなところにおったのか！」

と笑い叫んだ声は、阿闍梨様がお出かけになられた昨日から、日頃に輪をかけた大胆しつこさで千寿を追いまわしているエロ坊主、仁昭《にんしょう》。その墨染《すみぞめ》の衣の袖《そで》に隠れるようにして、妙宝丸がしてやったりという顔でにやついている。

「騙《だま》したな、妙宝！」

怒鳴ってパッと駆け出した千寿丸に向かって、妙宝丸がはやし立てた。

「いいかげん分別《ふんべつ》しなよ、千寿！　そんなに逃げまわるほど痛くないってェ！」

「そういう問題ではないわ！」

怒鳴り返して、金堂の角を曲がった。アワワッとたたらを踏んだ。曲がった角の先に、これまた千寿をねらっている徳生《とくしょう》がいたのだ。

「おうおう誰かと思えば、固きこと冬の梅花のごとき千寿丸ではないか」

徳生はニヤニヤと相好《そうごう》を崩し、べろりと舌なめずりした。

「ここで会うたは御仏《みほとけ》の導き」

後ろからは仁昭の足音が迫ってきている。逃げ道は塔のほうしかない。

タッと走り出そうとした。

「おっと」と徳生が逃げ道を塞《ふさ》ぎに来た。

その瞬間、千寿は行くと見せかけた方向とは逆のほうへ思いきり体をひねると、力いっぱい地を蹴《け》った。

「うぬっ」と捕まえに来た徳生と、「おっ、千寿！」と抱きついてきた仁昭のあいだをすれすれで通り抜けて、金堂の軒下を僧坊《そうぼう》のほうへ。

ガツンという音と「ぎゃっ」という声は、徳生と仁昭が鉢合わせをしたらしかったが、振り向いてみる余裕はない。三人目の誰かの足音がバタバタと追って来ているのだ。

雨模様の曇り空が覆う広い境内を、川面をかすめるツバメのように駆け抜けると、千寿丸は僧坊の裏手の築地塀《ついじべい》をひらりと乗り越え、寺を囲む鬱蒼《うっそう》とした木立に飛び込んだ。下生えのササ藪《やぶ》がなるべく厚い場所を選んで、ウサギのように身をひそめた。

「ええい、くそっ、山ザルめ！　また逃げられたわっ」

築地塀の向こうでわめいた野太い声は、千寿丸をねらっている三人目の円抄《えんしょう》のもの。

「おーい、円抄ー」

「外かー？」

遠くから聞いた徳生と仁昭の声に、

「ああ、まんまと逃げ出されたわ」

と円抄が返して、塀の中は静かになった。

どうやら三人は引き返すようだが、まだ油断はできない。

徳生、仁昭、円抄の『三ショウ』は、千寿にとっては頭の痛いエロ悪人どもだった。

歳は年かさの徳生が三十二か三で、仁昭と円抄はまだ三十前。教典を学び御仏に仕えるという僧としての本業だけでは、剃り上げた頭までツヤツヤと脂ぎるほどお持ちの精力を持て余すらしくて、好色なことサカリのついた牡犬のような連中なのだ。

本来は、煩悩《ぼんのう》の一つである欲情は抑え滅《めつ》する努力をするのが、僧の修行の重要なところだ。しかし彼らは、「涸《か》れるまで燃やし尽くすことで解脱《げだつ》するのだ」などと平気でうそぶく。

それというのも徳生達はそもそも、真剣に仏法に帰依《きえ》して僧になったわけではないらしい。僧になって寺に入れば安定した楽な暮らしができる、という理由で僧籍を選んだらしいのだ。

だから、寺に参詣《さんけい》に来る善男善女の信者達の前では、「よく五戒《ごかい》を守り、清く正しく暮らすことが、現世を幸福にし来世を安泰にするのだ」とかなんとか偉そうな顔で説法をするが、自分達がやっていることは『よく食べ、サボれることは怠けまくり、千寿を「やらせろ」と追いまわす』という、煩悩まみれの悪徳生活もいいところの毎日。

そんな彼らにとって、寺を訪れる客という客から御山随一の美童と賞賛されつつ、いまだに固くつぼみの身を守っている千寿は、どうあっても食ってみたい相手らしい。

常日頃から何かとつけねらって来ていたのだが、めったにない阿闍梨様の他出はまたとないチャンスと思っているようで、千寿は昨日から、自分の住まいであり安全地帯でもあるはずの阿闍梨様の方丈《ほうじょう》にも寄りつけない目に遭っている。阿闍梨様がおられなければ、方丈もただの僧坊の一つに過ぎないからだ。

あそこまで煩悩全開の生臭坊主どもに、何の罰《ばち》も当たらないとは、御仏というのはよっぽど辛抱強いお人好しだ……と千寿は思う。

もっとも御仏が『五戒』の一つとしていましめておられる邪淫戒《じゃいんかい》は、女犯《にょぼん》の罪とも言い換えられるように、女性を抱いてはならないという意味だから、男児である稚児を抱くのは、まあ戒律には反していないわけではあるが。

稚児の制は、当時の日本がすべからく手本とした、先進国である唐《とう》から伝わったと言われている。女性とのセックスはタブーだが同性との性行為は禁じられていない、という仏法上のアナが『方便』として採用されているのは、大和時代から朝廷が師と仰ぐ中国でも、おなじ性習慣が認められているから……中国の寺で採用されている侍童《じどう》の制度を、他のさまざまな儀式や制度とともに取り入れた結果だと言われている。

仏の教えに帰依して僧になった男達も、そう簡単に『男』であることからは逃れられない。そして、おおかたの者にとっては抵抗不能な希求として存在する肉欲は、やたら徹底して抑えつければ、修行しようという決意そのものを打ち崩してしまうほどの力がある。

そこで寺は、苦肉の裏技として『稚児』という緩衝具《かんしょうぐ》を導入したのだ。

もっとも稚児という言葉は、そもそもは主人の身の回りの世話をする小間使いの童《わらわ》を言うものので、いつしかそこに床《とこ》を共にするような寵愛《ちょうあい》のふうが生まれたといっても、稚児のすべてが僧達の性欲処理用の存在というわけではない。

その証拠に、千寿はこの如意輪寺で暮らして八年になるが、いまだ清い体でいるし、これからもそうだろう。

それというのも千寿がお仕えしている慈円阿闍梨様は、七十を過ぎているというお齢《とし》のせいではなしに煩悩から解脱しておられる、寺の信徒達からは『生き菩薩《ぼさつ》』と敬われるような徳の高いお方だからだ。

阿闍梨様は、まるでわが孫を愛するように千寿を可愛《かわい》がってくださる。しかも阿闍梨様は寺のトップである門主《もんしゅ》の座におられるので、その袖の中に守られている千寿には、ほかの僧達はおおっぴらな手出しはできない。

そうしたわけで千寿は、まだ誰の煩悩の餌食《えじき》にもならずに過ごせているのだが……

稚児達は、俗形《ぞくぎょう》で（つまり頭は丸めず、服装も墨染の衣ではない俗人の衣裳で）寺に住み、その表向きの任務は、高位の僧達の日常生活に仕えること。また宴席に侍《はべ》ったり、祭事行事に着飾った姿で彩りを添える役でもある。

そうした表向きの役割と、僧達の寵愛相手という裏面が相まって、稚児といえば見目麗しい美童であることが重要な条件となっているが、その中でも千寿の美貌《びぼう》は群を抜いていた。

目尻の切れ上がった凜《りん》とした目、涼やかに引かれた形よい眉、聡明そうな広いひたい。すっきりと通った鼻筋は、その末に高過ぎず低過ぎない鼻の頭と、大き過ぎず小さ過ぎない小鼻を配していとも見目よく整い、まだひげは生えない鼻の下にキュッと結ばれている唇は、ふっくらとほころびかけた桃のつぼみのような愛らしさ。

頭の後ろで雑に結わえたカラスの濡《ぬ》れ羽色の黒髪がふちどるそれらは、絶妙の均衡で引き立て合い調和し合って、この如意輪寺に仕える美童ぞろいの稚児達の中でも飛び抜けた、優にやさしい麗貌を形作っている。

また、やや小柄ながらもすんなりと伸びやかな体軀《たいく》は、かの奈良興福寺《ならこうふくじ》の阿修羅《あしゅら》の姿を模したような、これまた申し分なく美しいバランスで造られて……しかも千寿は、ちょうど十四になったばかり。

愛らしい少女にしか見えなかった幼年期を抜け出して、まだ男のたくましさには程遠いながらも、先々はさぞや美しい青年に育つだろうと思わせる片鱗《へんりん》を見せ始めている……花なら咲きほころぼうとする直前のつぼみ、木にたとえるなら芽吹き始めた若々しい新緑のすがすがしさに似た……たちまちに過ぎ去る儚《はかな》さゆえに、印象的なはざまの時季の一つである少年期の艶《あで》やかさを、その端麗な容姿に余すところなく具現しているのが、いまの千寿丸だった。

そうした千寿に淫欲を沸き立たせる徳生達は、ある意味では真っ当なのかもしれない。

もちろん、隙《すき》を見せれば間違いなく強姦《ごうかん》の憂き目に遭う千寿にとっては、とうてい認められるような正当性ではあり得ないから、必要とあれば暴力に訴えてでも、降りかかる火の粉は払いのけている。

そうした攻防を闘っているのを阿闍梨様に打ち明けたことはないが、寺中の者達が知っている事実だから阿闍梨様もご存じのようで、陰になりひなたになり千寿をかばい通してくださっている。

さて、あやうく『三ショウ』から逃れた千寿丸は、ほんとうに阿闍梨様がお帰りになる夕刻まではここを動かない気で、逃げ込んだ林の中のササ藪の陰にうずくまっていたのだが、ついていないことに、朝から怪しかった空模様がついに崩れて、ポツポツと雨が降り出した。

すでに桜は散り終えて、つつじや藤やカイドウなどが百花繚乱《りょうらん》と咲き誇る春の盛りの時節なのだが、暖かかった昨日に比べて今日はたいそう花冷えがして、暦が一月も戻ったように寒い。このうえ雨までくわわっては、凍えはしないまでも風邪をひきそうだ。

それでも雨足がよほど激しくならないならば、このまま辛抱していようと思った矢先に、ザアッと来た。だが頭上に茂った枝葉が多少は防いでくれるし、寺の中に戻っても隠れ場所にはない。苦労するし、また『三ショウ』に見つかってしまったら、こんども逃げられるという保証はない。

(まだこのくらいは我慢できる)と思っているうちに、けっこう濡れネズミになってしまって

(どうせもういまさら)という気になった。

どれくらいのあいだ、そうして濡れながらつぐんでいただろうか。

寺の中からコーン、コーンという板鼓《ばんこ》の響きが聞こえてきて、千寿はハッと顔を上げた。

コーン、コココ、コーンと打ち納めたのを聞き取って、「お帰りだっ」と破顔した。

板鼓は寺の中での通信手段で、打ち方によって時刻を知らせたり、朝餉《あさげ》や夕餉や作務の始め終わりを伝達する。いまのは衆僧を呼び集める合図で、用件は門主様のお帰りを出迎える準備をすることに違いない。

千寿は隠れ場所から立ち上がると、こっそりと築地《ついじ》を乗り越えて寺内に戻った。

物陰から物陰へと用心深く伝いながら、寺の庫裡《くり》（台所）に向かった。庫裡の外まで行き着くと、まずは窓から中を偵察した。

庫裡ではちょうど、下男や下女《げじょ》達が夕餉の支度を始めたところのようだった。四つの大きなかまどには千寿を丸煮にできそうな大釜がかけられ、係の者達が火を起こそうとしている。ほかの者達も、米を洗うやら野菜を洗うやらとせわしげだ。

そうした中に、ここへ来た目的である庫裡司《くりのつかさ》の女房のトモチメの姿を見つけて、千寿はひとまずホッとした。トモチメは千寿の数少ない味方の一人で、何か頼めば必ずどうにかしてくれる頼もしいお人なのだ。

ほかの者に見つからないようによくよくチャンスをうかがって、ひらひらっと手を振った。トモチメは千寿と目が合うと（おや）と口をすぼめ、（用はわかってるから待っておいで）というように小さくうなずいて見せた。千寿は庫裡の裏にまわり、水がめの陰に隠れて待った。

やがて、さも用事があるような顔でトモチメがやって来た。隠れ場所から出ていった千寿が濡れそぼって泥まみれに汚れきっているのを見て、「あれあれ、まあまあ」と眉をひそめた。

「やれやれ、村に逃げ帰ったのかと思っていたよ」

ささやき声で言いながら小袖《こそで》のたもとから出してきたのは、竹皮にくるんだ握りめし。

「まずは腹ごしらえおし」

「恩に着まする」

おしいただいて、千寿はさっそく竹皮を剥《む》くと、握りめしにかぶりついた。

「よく噛《か》んでお食べ」

と叱って、トモチメはホウッとため息をついた。

「見目が良過ぎるのも難の内だねェ……昨夜はどこにいたんだい?」

「山に隠れておりました」

まる一日ぶりのめしをガツガツとむさぼるさまは、村の腹ぺこワンパク並みながらも、千寿の返事が雅《みやび》な口ぶりなのは、阿闍梨様の徹底した躾《しつけ》の成果だ。

「そりゃあ寒かったろうに。おまけに夕餉も朝餉も食べそこなって。阿闍梨様にお供させていただいてりゃァよかったのにねェ」

「つれては行けぬと仰せられました」

「あんたは学問は嫌いだが、行儀は誰よりできてるのにねェ。もしや阿闍梨様は、あんたがねらわれてるのをご存じないんだろうか?」

「いえ。都は危ないからと」

「へえ？」

「公卿《くぎょう》方にでも目をつけられて、のっぴきならぬことになっては哀れだと仰せられて」

「へえ！　でもまあ、そうかもしれないね。この御山でなら阿闍梨様の鶴の一声でどうとでもなるけど、世の中ってのは『上には上がいる』もんだそうだから」

「はい。権門《けんもん》の方々に逆らうのは、阿闍梨様でもむずかしいのだと仰せられました」

「ふ〜ん。まあとにかく、阿闍梨様はやがてお戻りだ。さっき先触れ役が帰ってきたからね。どれ、その格好をなんとかさせてあげるから、湯殿の裏に行って待っておいで。あたしゃ着替えの着物を取ってくるから」

トモチメは、阿闍梨様の湯浴《ゆあ》みのために沸かしている湯を内緒で取り分けてきて、髪や体を洗わせてくれた。

「相すみませぬ。このようなことをして、湯殿司《ゆどのつかさ》に知れたらおおきに叱られましょうに」

「冷えきってるところに水浴びなんかしたら、なりのわりには丈夫なあんただって風邪をひくよ。なあに、汲んだ湯のぶん水を足しておいたから、わかりゃしないさ。

そらそら、よく髪をすすいで。よし、顔もきれいにおなりだ。じゃあ着物をね」

麻の小袖に藍摺《あいずり》の水干《すいかん》、おなじ藍摺の水干袴《ばかま》は、どれもこざっぱりと洗い上げてあって、着込むと気持ちもこざっぱりと晴れた。仕上げに、梳《す》き整えた髪を白元結《もとゆい》でくくって、阿闍梨様をお出迎えする支度がととのった。

トモチメと別れて、まだしとしとと降り続いている雨の中を山門に向かう途中、中門のところで徳生や仁昭達とばったり出会ったが、千寿は型どおりの会釈で行き合おうとした。出かけていた門主様のお帰りを迎えに行くという、公の場面をわきまえぬほどには、三人組も馬鹿ではないと思ったのだ。

ところが『三ショウ』は、逃げられ続けの千寿を見るや、剃り上げた頭の中から理性も道理も吹き飛んでしまったらしかった。

「おう、ちょうどよいところで会うた」

そう徳生が声をかけてきた時には、千寿は三人に取り囲まれていて、円抄と仁昭が左右から千寿の腕をつかんだ。腕をからめてがっちりと押さえ込んできた二人の手は、(逃がさぬ)と力んでいる。

「わしは阿闍梨様をお迎えに山門へまいるのです」

前に立った徳生を睨《にら》みつけて言ってやった。

「なに、山門に着かれるまで、まだ二刻《とき》(約一時間)やそこいらはかかられる」

と、徳生はいやらしく薄ら笑った。三人がかりで千寿を蹂躙《じゅうりん》するには、二刻あれば充分だと言いたいらしい。

周囲に人がいないわけではない。下人《げにん》達のほかに何人もの僧達が千寿達の横を通っていったが、誰もみなチラリと横目で見ていくか、見て見ぬふりで過ぎていくかで、徳生達を咎《とが》める者

はいなかった。みんな内心では、稚児のくせに床《とこ》奉公を嫌う『生意気』で『高慢ちき』な千寿など、ひどい目に遭えばいいと思っているのだ。

千寿のほうも、助けなどあてにはしていない。

「せっかく調《ととの》えられた衣が汚れまするぞ」

と千寿が徳生に返したのは、宣戦布告。

「おい、別当《べっとう》殿が来るっ」

という円抄のささやきが、きっかけを作ってくれた。

別当とは門主に次ぐ寺のナンバー2で、衆僧達を直接監督する役の僧である。それが来ると聞いてさすがに動揺したか、徳生が振り向いた。その一瞬の隙に、千寿は両腕を押さえられているのを逆用して、思いきり両足を振り上げた。足を振り上げるのと同時にグンと体を伸ばし、踵《かかと》での蹴りをねらった先は徳生の腹。

渾身《こんしん》の両足蹴りを食らった徳生は「ぐはあっ!」と吹っ飛び、千寿の両腕を捕まえていた二人もあおりを食らって「おわあ!」と後ろにひっくり返った。そのそれぞれの横腹に千寿の肘《ひじ》がめり込んだのは、ねらってやったことではあるが、成功したのは御仏のお助けだろう。

ともかく力のゆるんだ手をもぎ離して、二人の上から飛び離れた。

「こりゃ! 何をしておる!」

という別当の延珠《えんじゅ》様の怒声に、

「ころびました！」

と返した。

三人は、雨の地べたにころがってウンウン呻《うめ》いている。千寿は円抄と仁昭を下敷きにしたので、水干の袖が少し汚れたていどだ。

「阿闍梨様をお迎えに山門までまいります！」

とことわって、さっさとその場から逃げ出した。

「ええい、見苦しい！　仏僧ともあろう者が何たるざまじゃ！」

三人が別当様の怒号を浴びるのを尻目に、千寿は山門に向かうらしい下人達に混じって中門を出た。呼び止めてくる声はなく、ホッと息をついた。

「ほんと山ザル」

と言ってきたのは、さっき見て見ぬふりで通り過ぎていった妙宝丸だ。

「ふんっ」

と返して追い越した。

如意輪寺は、かの最澄《さいちょう》や空海《くうかい》が近年唐から持ち込んだ天台・真言の密教に先んじて日本に到来していた、雑密派《ぞうみっぱ》仏教の古くからの根拠地の一つとして、愛宕山《あたご》を背にする嵯峨《さが》山中に七堂伽藍《がらん》をかまえる大寺である。

河内《かわち》と山科《やましな》に合わせて四か所の荘園を持つ如意輪寺は、朝廷の手厚い保護を受ける官寺の中でも裕福なほうと言え、四十余名の僧と、僧を目指す十数名の学生《がくしょう》、下人下女《げにんげじょ》合わせて三十人ほどの在俗の使用人のほかに、法要や宴の席を飾る生きた花である稚児達も六人抱えている。その大寺の門主のご帰還を、別当様のような役僧ほかの主だった面々は、伽藍を囲む中門のところでお帰りを待つのがしきたり。そこからくねくねと山腹を下ったところにある山門まで降りていくのは、阿闍梨様がお乗りの輿《こし》の手代わりを務める下人達や、留守居をしていた稚児達だけだ。

山門の大びさしの下に立つと、千寿はひたいに小手をかざして、雨にけぶる景色の奥に目を凝らした。

目の前に茫漠《ぼうばく》と広がっているのは、嵯峨野《さがの》と呼ばれる原で、宮中《きゅうちゅう》の鷹狩《たかが》りに使われるほかは住む人も田畑も少ないそこは、おおかたが踏み分け道もおぼろな原野だ。ここより西には化野《あだしの》の葬送地があり、この原の南のはずれもまた広大な葬場になっている。

いまの帝の二代前になられる賀美能《かみの》の帝《みかど》は鷹狩りがお好きで、離宮をお建てになるほどにこの嵯峨の地がお気に入りであられたので、ご崩御に際してお贈りした諱《いみな》を『嵯峨天皇』様と申し上げるのだそうだ。

したしたと降り続いている雨で小寒く湿った風に吹かれながら、千寿が目を凝らしていたのは、京のある東の方角から来ている道。

阿闍梨様は、帝が京の神泉苑《しんせんえん》で催される三月上巳《じょうみ》の日の『曲水《きょくすい》の宴《えん》』に招かれてお出かけになった。漢詩の朗詠や短歌長歌の倭歌《やまとうた》の即興を競ったり、公卿方の唐舞や管弦がおこなわれる宴は、それは華やかなものだと話してくださったが、千寿は「さようでございますか」と聞き流した。漢詩も倭歌も好きではなかったし、宮廷人達の華やかな宴とやらにも興味がなかったからだ。

まだ漠然とした考えでしかなかったが、千寿は、自分はいずれ僧になるのだと思っていた。学問はあまり好きではないし、御仏への篤《あつ》い信仰を持っているわけでもなかったが、阿闍梨様に生かされ育てられてきたご恩を返すためには、やはり僧の道に進むことだろうと思うのだ。

（修行のあいだは阿闍梨様にお仕えする随侍《ずいじ》でいたいし、どうせなるなら入唐を許されるぐらいのすぐれた僧になって、阿闍梨様に喜んでいただきたい）

もっともそれには、和漢の書物や経文を山ほど勉強しなくてはならないわけで、それを考えるとたいそう気が重いが……

そろそろ待ちくたびれてきたころ、点々と灌木《かんぼく》が生い茂る野面《のづら》の涯《はて》に、豆粒のような人影があらわれた。

「見えました！」

と、あたりの者達に一行の発見を告げたが、地べたにしゃがみ込んだ下人達は立ち上がりもしない。姿が見えたからといって、一行がこの山門近くまでやって来るには、まだかなりの時間がかかるのだ。

千寿は門衛司《もんえのつかさ》に言ってみた。

「お迎えにまいりとうございます」

「蓑笠《みのかさ》つけて野道を走ってまいる姿は、さぞ犬ころのようであろうな」

とせせら笑われて、むっとなった。

門衛司が言ったのは、阿闍梨様への千寿の傾倒ぶりを、懸命にあるじにしっぽを振る「犬ころのようだ」と揶揄《やゆ》するものだったからだ。そしてその底には、千寿への（親も知れぬ身のくせに、顔だちがいいおかげで門主様に可愛がられ、好きなだけいい暮らしをさせてもろうている僭越《せんえつ》者めが）という反感からのあてこすりがある。

そう……千寿丸は、寺の門前に置き去りにされた捨て子だった。都が奈良からこの山城《やましろ》の国に移されてきて、『平安《たいら》の京《みやこ》』と呼ばれつつ栄えてもう五十有余年になるが、そのいまから十四年前の、年号を承和《じようわ》といったころのある冬の朝。生まれたばかりの千寿は、産着《うぶぎ》とコモに包まれて山門の外に置き捨てられていたのだ。

阿闍梨様の腕に拾い上げられた時、ほんの生まれて間もないその赤子は、凍え死ぬ寸前までに弱りきり、泣き声も上げられないありさまだったという。

千寿という名は、阿闍梨様が授けてくださった。また阿闍梨様は、寺領内の乳飲み子を持つ夫婦に銭をやって、千寿を五つの歳まで育てさせた。

六つになって改めて寺に引き取られて以来、千寿は命の親である阿闍梨様に仕える侍童として暮らしてきたが、その身分は、律令《りつりょう》（法律）に照らせば如意輪寺の私奴婢《しぬひ》（私有財産としての奴隷）ということになる。

だから同じような身分である門衛司ほかの下人達は、自分達と違って、綺麗なべべを着せてもらって門主と寝食を共にしている千寿の恵まれぶりに、やっかみ半分の反感を抱いている。阿闍梨様のお情けがあるからそうしていられるくせにと、ことあるごとに千寿に身の上を思い出させようとする。

千寿自身は、そのことはよくわきまえているつもりだし、阿闍梨様のご恩を忘れたことなど一瞬たりともないのに、何かといえばいまのようにあげつらってくるのだ。

「千寿は、阿闍梨様にお拾いいただいたからこそ、いまもこの世にある身です。お仕えするためには犬ころのように走るのも厭《いと》いませぬ」

きっと司を睨みつけて言い返した千寿に、司は、「おうおう、手でも噛みそうな勢い」と肩をすくめ、「行きたければ行くがよいわ」と顎《あご》をしゃくった。

「ただし門の外での出来事は、わしのあずかり知らぬところじゃ。あるじ様のもとへ駆けつく前に、鷹使いの狩人やら野盗やらにひっさらわれて敷皮あたりにされてしもうても、助けはないと思うておけよ」

下人達がゲタゲタと笑ったのは、どうでも千寿を犬扱いにしての門衛司のからかいぶりに、おもしろいぞと拍手を送ったものだ。

「鷹や野盗が出たならば、手取りに生け捕って土産にしてくれましょうぞっ」

気強くやり返して、「蓑笠、お借りいたします」とことわると、千寿はさっさと山門脇の門衛所から蓑と笠とを借り出して身支度し、阿闍梨様をお迎えしに雨の中に出ていった。

ぬかるむ野道を二里（一里＝六町＝約六五四メートル）ほど行ったところで、こちらにやって来る阿闍梨様の一行と出会えた。

おやと思ったのは、お出かけの時には一挺《ちょう》だった輿が、二挺に増えていたからだ。阿闍梨様は京から客人をつれて戻られたらしい。どうりで山門にいた下人達の数が多かったはずだ。

「おう、千寿か。わざわざここまで迎えに来たか」

六人の力者《りきしゃ》が腰支えに抱え運ぶ四方輿《しほうごし》の中から、阿闍梨様の寄る年波に嗄《しわが》れたお声が呼びかけてきて、しわ深い手が前垂れの御簾《みす》を持ち上げ、真っ白なおひげが美しい慈顔がにこりと千寿に笑いかけた。

千寿は、安堵《あんど》となつかしさが胸に迫って涙が出そうなのをこらえて、精いっぱい晴れ晴れと笑って見せた。

「お帰りなさいませ、阿闍梨様。みな様うちそろってお待ちでございまする」

「うむ。湯浴みの支度はできておるかの」

「湯殿司様がすでに万端を調えておられます」

「では背を流すついでに、腰など揉《も》んでもらおうか。この冷えであちこち痛むわ」

「かしこまりました」

しずしずと行く輿に従って歩きながら、そんなやり取りを交わしていた千寿は、後ろ首にチリッという痛がゆさを覚えて振り向いた。

阿闍梨様の輿のあとをついて来る、もう一挺の輿の乗り手の視線を、そんなふうに感じたらしかった。

そちらも黒塗りの轅《ながえ》に屋根つき御簾囲いの屋形を載せた四方輿で、客は扇で隙間を作った前御簾の陰から、じっと千寿を見ている。

壮年の僧だとしかわからない男の視線は、なにやらひどくいやな感じで、千寿は目を合わせてしまったのを悔いながら客への礼儀の会釈を送り、あとは二度と振り向かずに残りの道を歩いた。

だが客人のほうは、その後もずっと千寿を見ていたようで、千寿は（重々気をつけよう）と心に誓った。不快に絡みつくようだった男の視線は、徳生や円抄達が千寿を見る目に浮かべるのと同じような、淫《みだ》らな欲望を帯びていたような気がするのだ。

一行が山門に着くと、待ち構えていた下人達が手代わりに入り、京からここまでの遠路の労役に疲れきった力者達は、それぞれホッとした顔で輿を引き渡した。下人達は、雨で滑りやすくなっているつづら折りの坂道を注意深く登り、阿闍梨様と客人は中門で待っていた僧達の出迎えを受けた。

まだ雨が降っていることもあって、阿闍梨様はそのまま輿で方丈に向かわれることになったが、客僧のほうは中門の外で輿を降りた。僧の一人が用意の差し笠をうやうやしく差しかけた。

客の僧は、迎えの僧達のおおかたが見上げる立場に置かれたほどの大柄で、不動明王《ふどうみょうおう》の憤怒相を思わせるような威圧的な顔だちの男だった。眼窩《がんか》から飛び出しているように見える、ぎょろりと大きな目。その目に負けないよう造作されたような、でんとした獅子鼻《ししばな》。剃り上げた頭は、鉢が張っているうえに頭頂は渋柿の尻のようにとがっていて、それを支えるのは太い猪首《いくび》とたくましく盛り上がった肩。

衣の下の腕の太さや胸の厚さが想像できて、千寿はひそかに怖じ気づいた。

あの男には近づいてはならない……腕でもつかまれようものなら、その剛力から逃れるすべはないだろう。

「先の遣唐使《けんとうし》の端くれとして入唐の栄に浴し、法咒《ほうじゅ》（呪法）を修行いたして帰朝しまいった拓尊《たくそん》と申す」

客僧は顔つきに似つかわしい轟《とどろ》くような声で、出迎えの僧達にそう名乗った。

「このたびは慈円阿闍梨殿のたってのお招きに従って、当山に参上つかまつった。携えまいった唐伝来の経文八巻が、御僧方の学問修行のよすがとなり、ひいては御山の隆盛繁栄に役立つならば、望外の光栄に存ずる」

「それはそれは、よくぞおいでくださりました」

別当様がうやうやしく返した。

「当山門主・慈円阿闍梨も、かつて唐にてご学問を積まれたお方なれど、御坊から新たなる土産話を拝聴できますならば一同幸甚《こうじん》に存じまする」

阿闍梨様の輿の横でやり取りを聞き取って、千寿は（お客人は別当様より位が上らしい）と考えた。つまりは門主の阿闍梨様と同等の地位でのもてなしを受ける賓客というわけだ。

そこで千寿は、阿闍梨様の湯浴みのお世話をするあいだに、こっそりとおねだりを言った。

「阿闍梨様」

「ん、なんじゃな？」

「お客様のことなのですが」

「ふむ。拓尊阿闍梨がいかがかしたか」

「千寿を、千寿が困るような目つきでごらんあそばされていました。どうか拓尊様のおそばに侍《はべ》るお役はお許しを」

「心配いたすな」

阿闍梨様は、肩をお揉みしていた千寿の手をポンポンとたたいて、おっしゃった。

「千寿は大日如来《だいにちにょらい》様のお導きで得た、わしの愛《め》ぐし子じゃ。心配すな、心配すな」

「はい。ありがとう存じまする」

心からの信頼をそう言葉にした千寿に、慈円阿闍梨は何を思ったか……老い痩《や》せて骨と皮ばかりのような背筋をすっと伸ばして言った。

「もう何度も言うて聞かせたことながら、千寿よ。そなたは親に捨てられた身なれども、それには深い子細《しさい》のあることぞ。けっしてわが身を軽んじてはならぬ。よいな?」

「はい、阿闍梨様」

それは実際、六歳の時の初対面以来、事あるごとに言われてきた教えだった。

わが身を軽んじるな……捨て子としてこの寺に拾われたおまえだが、自分自身への誇りは高く強く保て。やりたいことは「やりたい」と言い、いやなことは「いやだ」と拒んでいい。

そして阿闍梨様はお言葉どおりに、千寿のやる気と拒絶を受け止めてくださった。

たとえばあれは、千寿が寺に来てまだ間もないころ。三日三晩の雲隠れを決め込んだことがあった。どうしてもいやなことがあって、そのレジスタンスとして天井裏に隠れ込んだのだが……腹がへって庫裡に忍び込んだところをトモチメに捕まり、自分のところへつれて来られた千寿を見て、阿闍梨様はまず「首をつかまれたノラ猫のような格好じゃの」と、目を細めて可《お》笑《か》しがられた。

「村へ逃げ帰るつもりで、山で迷ったか」

「そやない。隠れておりました」

「なんで隠れた」

「いややったからです」

「何がいやじゃった?」

「……手習い」

「字を習うのは、そんなに嫌いか」

「あー……お師僧《しそう》様が嫌いじゃ」

「俊玄《しゅんげん》殿はきびしい教え方をするが、ほかの子らはおとなしう習うておるぞ」

「お師僧様はほかの者はお打ち召されない。千寿の手だけぶちまする」

「ほう?」

「手だけではない、尻もぶちまする」

「ふむ。どういう時にぶたれるな?」

「お師僧様がぶちたくなった時でござりまする。千寿はまじめにしていても、そういう時は、ほんのちょっとのしくじりでぶたれます」

「逃げ出した時も、そういうわけか」

「『之』の字が美しく書けないとお怒りになって、袴《はかま》を脱いで尻を出せと仰せになりました。千寿は『いやです』と申して逃げました。お師僧様はいつも、尻をぶたれたあと、わしを物陰につれて行かれて、ぶった尻を気色悪う撫《な》でさすったり、もっと気色の悪いことをなされたりします。それがいやで逃げました」

「……ようわかった」

阿闍梨様はため息混じりにおっしゃり、

「これからは、どこぞに隠れる前に、まずはわしに言いに来いよ」

とつけくわえた。

「それと、手習いはわしが見てやる」

「ありがとうございますっ」

と千寿丸が目を輝かしたのは、阿闍梨様が京でも有名な書家であると知ってのことではない。ただひたすら、もう俊玄様に習わなくていいのがうれしかったのだ。

阿闍梨様はそんな千寿の無邪気さに目を細めたが、お口から出た言葉はきびしかった。

「ただしわしが教えるからには、今年のうちに千字文《せんじもん》を仕上げさせるぞ。せっせと稽古《けいこ》に励まぬと、手でも尻でも打つからの」

「励みまする」

と千寿は誓った。

その日からさっそく阿闍梨様は手習いを見てくださったが、よく書けた時には褒めてくださり、怠けてしまった時にはどんなにごまかそうとしても見破って、千寿の手をぴしりぴしりと笞《むち》で打った。でも阿闍梨様のやり方は、十の宿題を五字しか稽古していなければ、怠けた五字分の五回の答というぐあいに、いつでもきちんと筋が通っていたので、千寿も不服は覚えなかった。約束を守れなかったことを罰せられるのは、あたりまえだからだ。

もちろん時には千寿の「いやだ」や「やりたい」のほうが間違っているような場合もあり、そうしたことには「だめじゃ」「ならぬ」というお返事が返ったが、それもけっして頭ごなしに否定するのではなかった。千寿の言い分はきちんと聞いてくださったうえで、千寿が納得できるまで話し合いにつき合ってくださる。

これまでに、千寿には納得の行かないまま「とにかくだめじゃ」と片づけられてしまったのは、たった一度だけ。千寿が、寺にやって来た傀儡《くぐつ》の者達（放浪芸人）が見せた軽業《かるわざ》にあこがれて、自分も傀儡になりたいと言い張った時だけだ。

もっとも、そうした阿闍梨様がどれほど立派な師だったかを、千寿が心から悟り知るのは、いましばらくあとのことになるが……


さてその夕、寺の賓客となった拓尊阿闍梨のための宴が張られたが、急な饗応《きょうおう》だったため、山海の珍味を並べるというわけにはいかなかった。

そのことを寺としての面目に関わると考えたのは、誰だったのか。ともかく千寿は、ほかの五人の稚児達とともに饗応司のもとに呼び集められ、自分の分担として杜甫《とほ》の漢詩『客至る』の朗詠と、高麗楽《こまがく》の童舞《わらわまい》『胡蝶《こちょう》』を舞うよう言いつけられた。もてなしの膳に華が足りない代わりを、稚児達の歌や舞いで宴席をにぎわすことによっておぎなおうというのである。

『胡蝶』を連れ舞う相手は妙宝丸で、千寿は、背格好の釣り合いで決めたのだと思ったが、妙宝丸のほうは「どちらが御山随一の美童か、拓尊様にお決めいただくのじゃ」とやら。やたらとはりきって、装束司《しょうぞく》からとっておきの錦《にしき》の水干を借り出してきた。

「小袖は紅絹のほうがいいのになァ、千寿もそう思うでしょ? 赤は『迦陵頻《かりょうびん》』の色だからダメだなんてさァ」

化粧の紅を刷《は》いた唇をとがらせて、口惜しげに不平を鳴らす妙宝丸の胸のうちは、千寿にはわからない。

「そういう決まりなんだから」

と言っておいた。

宴は、庫裡と僧坊のあいだにある客殿でひらかれる。稚児達は僧坊にある稚児の間《ま》で、下女達に手伝われてそれぞれの身支度を整えた。

千寿丸と妙宝丸は、彩り華やかな錦の水干上下に身を包み、椿油でつやを出し太元結でくくり締めた黒髪には、ちょうど咲き始めていた牡丹《ぼたん》の花枝を飾った。手にも花を持つ。正式には『胡蝶』は四人舞いだし、背中に作り物の蝶の羽をつけ、頭には天冠《てんかん》をかぶるのだが、今日は法要などの公式な行事での演舞ではないので、人数も装束も略されている。

年かさの稚児仲間である百合丸《ゆりまる》達四人は唐舞《からまい》の『迦陵頻』を舞うので、赤の綾織《あやお》りの水干姿だ。

出番は百合丸達が先で、饗応司の呼び出しで控えの間から客殿に出向いていった。管弦の音色が聞こえてきて、千寿は少しばかり緊張感を覚えた。舞楽は年に何度もやるものではないので、ちゃんと舞えるかどうか少し心配だ。

やがて『迦陵頻』の曲が終わり、千寿達の出番が来た。

妙宝丸に続いてしずしずと入った客殿は、ここかしこに灯明《とうみょう》が灯《とも》されて、もうだいぶ濃くなっている夕闇を追い払っている。

居並んだ僧達の前に据えられた膳の上の数々のご馳走《ちそう》の香りに混じって、般若湯《はんにゃとう》（酒）の匂いも漂っていた。先に舞い終えた四人は、客僧に呼ばれてか饗応司の指図でか、座っていてもぬっと大柄な拓尊の左右に侍っている。

二人が所定の位置に立つのを待って、控えていた四人の伶人《れいじん》（楽人）達がヒョオォ、トトンと高麗笛《こまぶえ》や羯鼓《かっこ》を奏し始め、千寿は積んだ稽古のとおりに舞い始めた。

前に三歩、あとに二歩、右回りでゆるやかに五歩まわって、前に一歩、あとに一歩。次は左回りに五歩まわって、前に一歩、あとに二歩……

手にした牡丹の花枝をかざし、ひらと袖を舞わせてタンッと向きを変え、つま先を立てた踵でトンと拍子を打って、前への四歩でたがいに行き違う。そしてまた前に三歩、あとに二歩。

雄蝶雌蝶《おちょうめちょう》がひらりひらりと飛び交いつつ舞い遊ぶさまを優雅な所作で演じる二人を、僧達は箸《はし》や盃を口に運びながら、あるいは目を細め、あるいはだらしなく相好をたるませて眺めている。

所作にしたがって客座の置かれた正面を向くたびに、千寿は用心深く視線を逸《そ》らした。拓尊が嘗《な》めるような目つきで自分を見ているのを感じていたからだ。

ヒョヒョオォ、トトトンッと曲が終わり、舞い終えた千寿と妙宝は、主座と客座が並ぶ正面に向かって礼をして引き下がろうとした。

「げに麗しい舞いでござった」

拓尊阿闍梨が言うのが聞こえ、

「どりゃ、盃を取らそう」

と続けた。

「こちへまいれ」

と呼ばれて、妙宝丸は嬉々として客座の前に伺候したが、千寿はどういった意味でも拓尊には近づきたくない。助けを求めて阿闍梨様に目をやった。

「千寿」

と阿闍梨様が手招きし、自分の膳から盃を取り上げた。阿闍梨様からいただくなら、千寿も異議はない。また形としても、妙宝丸はお客人から、千寿は門主様からそれぞれに盃をちょうだいする格好になって、場をしらけさせることにもならない。

上手に救いの手を差し伸べてくださった阿闍梨様から、一口の般若湯をちょうだいすると、千寿はそのまま何食わぬ顔で阿闍梨様の後ろ脇に侍った。もちろん拓尊の席とは反対側の脇に着いたから、拓尊が千寿に声をかけるには、阿闍梨様の頭越しという非礼を犯さなければならない。

言わば絶対の安全地帯に落ち着くと、千寿はベロをだして見せる心地で客の阿闍梨に目をやった。拓尊は膳の左右に百合丸と妙宝丸を侍らせて機嫌よくしているようだが、千寿に逃げられた負け惜しみのようにも見える。

ともかくこの一幕は、阿闍梨様が千寿をお守りくださって事なきを得た。問題は、一人ずつやる漢詩の朗詠で、拓尊からまた「盃を」と言われた場合だ。

（その時には何か口実をつけてご辞退するか、それともいっそ、褒美に当たらぬようにわざと間違えて詠もうか）

だが言いつかった『客至る』は、絶句より長い八句の七言律詩ではあるが、覚えきるのがむずかしいようなものでもない。それを間違えて詠むというのは、師である阿闍梨様に恥をかかせることになるだろう。

（しかたない。なんとか言い逃れよう）

そう肚《はら》を決めた。

朗詠は歳の若い順ということで、妙宝丸からだった。杜牧《とぼく》の絶句『江南《こうなん》の春』を詠《うた》ったが、はりきり過ぎて声がキンキンとかん高くなり、百合丸などは袖の陰で笑いをこらえていた。

「うむ、ヒバリが歌うようでなかなかの趣《おもむき》」

という拓尊の評に、もう般若湯のまわった僧達がドッと笑ったが、妙法は褒められたと思ったらしい。ぴょこんとお辞儀をして、あたりまえのような顔で拓尊の膝《ひざ》の横に戻った。

次は千寿の番だ。

楚々《そそ》と進み出て膝を折って座り、杜甫《とほ》の名句を詠い始めた。

「舎南　舎北　皆　春水～、ただ見る　群鷗《ぐんおう》の日々に来たれるを～。花径《かけい》　かつて客《かく》に縁《よ》りて掃《はら》わず～、蓬門《ほうもん》　今始めて　君が為に開く～、盤飧《ばんそん》　市《いち》遠くして兼味《けんみ》なく、樽酒《そんしゅ》　家貧にしてただ旧醅《きゅうばい》のみ～。あえて隣翁と相対して飲まんや、籬《まがき》を隔てて呼び取りて余杯を尽さん～」

……家の南も北も、春の雪解け水があふれんばかり、そこには毎日ただ水鳥達の群れがやって来るだけ。花咲く小道は、客が来るといって掃除をしたことはなく、粗末な門は今日初めてあなたのために開くのです。大皿の料理は市が遠いので種類が取りそろわず、樽の酒も家が貧しいので古い濁り酒しかありません。隣のじいさんを相手に飲むのはいかがでしょう。垣根越しに呼んできて、残りの酒を片づけてしまいましょう……

杜甫がこの詩を詠んだ心は、千寿にはよくわからない。だが饗応司がこの詩を選んだ理由は、第三句の『盤飧《ばんそん》　市《いち》遠くして兼味《けんみ》なく……』のくだりを、お客人へのもてなしが充分にできない言いわけに使おうとしたのに違いない。

詠い終えると、千寿はさっさと座を退こうとしたが、拓尊から声をかけられてしまった。

「そなた、名は」

と聞かれて（言いたくない）と思ったが、答えないわけにはいかない。

「千寿丸と申します」

と返答した。

「声よく張りもよく調子も申し分のうて、まさに『朗詠』。師はどなたじゃな」

「慈円阿闍梨様でございます」

「よい弟子を持たれた」

という言葉はうれしかったので、つい頰《ほお》がゆるんだ。

だが続いての、

「親御のご尊名を聞かせてもらえるか」

という問いには顔が曇った。育ての親にも阿闍梨様にも可愛がられて育ったとはいえ、捨て子である身をからかわれたり侮蔑《ぶべつ》されるのも日常茶飯事。思わず、きっと挑む目つきになって言った。

「千寿はご門前に捨てられておりました孤児にて、親は存じませぬ」

聞くなり、拓尊は表情を変えた。驚いたらしく太い眉をぎゅっとひそめて、まじまじと千寿を見やった。

「ほほう……それは異なことを。その顔だちからして、拙僧はてっきり」

とまで言いかけて、ぎょろりと大きな目を慈円阿闍梨様のほうへ向けた。阿闍梨様を睨むように見つめながら続けた。

「先般の宮中の宴で、倭歌を詠われた藤原《ふじわら》の公達《きんだち》……名はなんと申されたかな……ともかく、これなる稚児殿とまるで兄弟のように似通っておられたと覚えておりもうすが」

「他人の空似というものでござろうよ」

阿闍梨様は相手にされない口調でおっしゃり、それで話を終わらせようとされたらしかったが、拓尊阿闍梨は食い下がった。

「いやいや、目鼻立ちといい品格といい、まったくの他人ということはござるまい」

そして何を思いついたかポンと膝を打つと、ニヤリと笑った。

「なるほど、子細ある預り物と言われるか。ふむ、ふむふむ、なるほど。やがて金色《こんじき》の芽を吹く、秘めし寺宝というところでござろうかの。いやはや善哉善哉《ぜんざい》」

拓尊の言葉は千寿にはさっぱり意味不明だったが、口ぶりや顔つきには何とも言えないいやたらしさがあって、千寿を不快な気持ちにさせた。

その気持ちが顔にも出たらしい。千寿に目を戻した拓尊は、むっとしたふうに小鼻をふくらませたが、ワハワハとわざとらしく笑い出して言った。

「うむ、思い出したぞ、かの公達は右大臣良房《よしふさ》様の甥御《おいご》であられた。わしが朗詠の声よきを褒

めたところが、そなたとそっくりのむうとした顔をして『声よりも詠じた歌のほうをお褒めくだされたほうが、御坊のご見識があらわれましたものを』とやり返して来てのお」

「ほほう、そりゃ気性も似通うておられる」

そう大声で口をはさんだのは、酔いで顔を真っ赤にした別当様で、

「そこな千寿は、目上への口答えを得意といたす跳ね返り者でござってのお」

と、怪しいろれつでつけくわえた。

「さもありなん」

と拓尊阿闍梨はふんぞり返った。

「かの君は右大臣様の兄上様のお子で、幼少よりその聡明ぶりを帝に愛でられてきた御曹司《おんぞうし》。こちらの稚児殿が、もしもその弟君ででもあるならば、さぞ気位も高くあろう。のう、慈円殿？」

話を振られた阿闍梨様は、穏やかにおっしゃった。

「千寿丸は、ただの捨て子でござるよ。拙僧の老い先の楽しみとして大日如来様がお恵みくださった仏縁《ぶつえん》と思い、かけがえない宝と思うてはおるが、言われるような権門の縁者であるとはとうてい思えぬ。わしが死んだあとは、俗界で好きなように生きさせるつもりじゃ」

それから、

「寄る年波で、二晩続きの宴はいかさま身にこたえる。無礼の段まことに相すまぬが、年寄り

はこれにて退散させていただこう」

と続けて、「千寿」と手招きした。

おそばに行った千寿に手を貸させて「どっこらしょ」と立ち上がると、そのままつき添わせて客殿の出口に向かった。

扉を押して廊下に出たところで、ドッという笑い声が千寿丸の背をたたいた。

何事かと振り返った千寿に、阿闍梨様が言った。

「取り合うでない」

だが千寿は見てしまっていた。拓尊が阿闍梨という尊称にはふさわしくない目つきで、自分達を見送っていたのを。

「なぜあのお方は、あのように卑《いや》しいお顔をなさるのでしょう」

不快な思いをプリプリと吐き出した千寿に、阿闍梨様は小さく笑んでおっしゃった。

「野心があるのよなァ、あのご仁《じん》には」

「野心……とは何でござりますか？」

「欲、よな」

「ああ」

と千寿はうなずいた。

「あれこれ煩悩の多そうなお方でございます」

「巻き込まれまいぞ」

と言われて、

「千寿はあのお方は好きませぬ」

と答えた。

「千寿をいやらしい目でごらんになることもいやですが、あのお方自身がなにやら、ああ……ええ、ナマズのような」

「ナマズとな」

阿闍梨様はみょうなたとえだと思ったらしく、可笑しげに口元をすぼめ、千寿は気色ばんで言いつのった。

「ナマズと申しますのは、あの大きな口に入るものは虫でも魚でも、水に落ちた鳥さえも食ろうてしまう悪食で、しかもぬらぬらと捕《と》らまえにくいゆえに、大きな顔で淵《ふち》のヌシになるほど太りまする。あの御坊の顔つきのふてぶてしさはそっくりじゃ」

「これこれ、悪口はわが身に返るぞ」

阿闍梨様はたしなめたが、

「なるほど、ナマズのお」

と、しわ首を振った。

「なるほど、なるほど。淵に入っては魚を食い、ヌシになるとか」

「いつまでおられるのでしょうか」

と尋ねたのは、さっさと京に帰ってほしい気持ちからのかなり深刻な問いで、

「さあのお、ヌシになるまでかもしれぬの」

という阿闍梨様の返事は、拓尊をナマズだと言ったのに引っかけてのかわしに聞こえた。

「御山には阿闍梨様がおられます。あのお方はヌシにはなれぬ」

プイッと言った千寿に、阿闍梨様は静かに返した。

「わしもずいぶん歳を取った。門主の座はおろか、この世におるのもそう長いことではあるまいよ」

千寿はギョッとして、しわ深く老い枯れた阿闍梨様の横顔を見やった。渡り廊下に点々と灯されている釣《つ》り灯籠《どうろう》のほの明かりの中、以前は顎を上げて見上げていた阿闍梨様の顔が、いまは目だけ動かせば見られることに気がついて、ふたたび驚いた。

(阿闍梨様は、いつの間にこんなに小さくおなりになった……?)

そんな千寿の胸のうちを察したように阿闍梨様がつぶやいた。

「今年で十四、じゃったのお。大きゅうなった。もう寺を出てもやっていけるじゃろう」

「いやでございます」

とっさに言い返した。

「千寿は十六になったら得度《とくど》(僧になること)して、阿闍梨様の随侍になるのです!」

「ほっほっ」

　と阿闍梨様は痩せた肩を揺らした。

「そなたは僧には向いておらぬよ。学問は嫌いじゃし、写経は大嫌いじゃろうが」

「好きになりまする！　ずっと阿闍梨様にお仕えできるためなら、何でもいたしまする！」

　千寿は言い張ったが、阿闍梨様は「いやいや」と首を横に振られた。

　ちょうど方丈まで戻ってきていて、千寿が扉を開けて阿闍梨様をお通しした。部屋の中は暗く、廊下の灯籠から付け木に取ってきた火を、灯明皿の芯に移して明かりを灯した。

「ただいまお床を延べまする」

「うむ」

　屏風《びょうぶ》を背にした畳の上に、慣れた手早さで敷き布団と掛け具を調え、畳の周囲に几帳《きちょう》をめぐらせると、阿闍梨様が重い袈裟《けさ》と法衣を脱がれるのをお手伝いし、下衣の上から真綿《まわた》の入った袖なしをお着せした。

　寝支度ができたところで、阿闍梨様は千寿に、そばへ来るように言った。

「今宵あのような話が出たのは、機縁《きえん》というものじゃと思う」

　前置きするように言った阿闍梨様の、どこかきびしい顔つきに、千寿は居ずまいを正した。

　何か重大な話が始まるのだ。

「そなたの生まれのことじゃ」

「はい」

「わしがそなたを拾った顚末《てんまつ》は、そなたが聞いているとおりだが、まだ話しておらぬことがある」

「はい……」

「まず『千寿』という名だが、じつはわしが名づけたのではない」

「は？」

「赤子のそなたの手のひらに、墨で書かれてあったのよ」

「……では」

「親御《おやご》がつけて、そなたの手に握らせておかれた名じゃ。それが一つ」

「はあ……」

とうなずきながら、千寿はがっかりと落胆していた。自分の名は敬愛する阿闍梨様におつけいただいたものだというのが、阿闍梨様との特別の絆《きずな》のように思えて誇りであったのに。この名は自分を捨てた親がつけたものだったとは……がっかりだ。

「二つ目は、赤子のそなたが着せられていた産着は、たいそう立派な物であったこと。そなたは家柄高き身分の子ぞ」

「そのようなっ」

返した千寿の表情が嫌悪の色を浮かべていたのは、それが拓尊の言っていたことだったからだ。あの男が卑しげな目つきで自分に押しつけようとしてきた推量が、本当だったなどというのは腹立たしい。

阿闍梨様は話を続けた。

「そのそなたを、親御はなぜ捨てられたか。ひたいには貴相《きそう》のある、まさに珠のごとく愛らしい赤子であったからのお。まして男児じゃ、よほどの子細があられたに違いない。あるいは、そうする以外には、生まれ落ちたばかりのそなたの命を生かすすべがなかった、というようなわけだったのかもしれぬ」

ぞくっとして千寿は口をはさんだ。

「それは、わしは捨てられねば間引《まび》かれていた赤子じゃった、ということでございますか？」

間引きとは、貧しい暮らし向きの口減らしのために、生まれた子どもをお返しする……つまりは殺してしまうこと。千寿が育った村では、さいわいそうしたことはなかったが、老人から話だけは聞いている。

「まあ、飢饉《ききん》に迫られての間引きとは意味合いが違おうが」

阿闍梨様はそう認めて、続けた。

「ともかく匿《かくま》ってやらねばならぬ子じゃと思うたので、早々に手のひらの字を洗い消し、絹の産着は葛布《くずふ》に替えて、さも貧しい親が捨てていった子のように繕うたのよ。

じゃから『千寿』という名以外、そなたの出自《しゅつじ》の証拠となる品などは何もないが……」

阿闍梨様は、覗《のぞ》き込むように千寿の目を見つめ、一言一言を噛んで含めるような調子でおっしゃった。

「そなたには親御がおられる。おそらく都人《みやこびと》であろう。生き死にはわからぬが、そのことだけは覚えておくがよい」

「わしを捨てた親です」

千寿は、睨み返すわけにはいかない阿闍梨様の目から目を伏せて言った。

「喜んで子を捨てる親はいない」

「わしの親は、わしに命をくださった阿闍梨様と、わしを育ててくださったと様かか様だけです」

「そう思うて暮らすもよい。わしはそなたに事実を教えただけじゃ。

どれ、そろそろ寝ようかの」

「はい……」

阿闍梨様は几帳をまわした敷き畳の上で休まれ、千寿は、阿闍梨様の足元のほうの板の間に寝る。

いつものように自分の床を延べて、水干と袴は脱いで枕元にたたみ、阿闍梨様のご意向をうかがって灯明台の火を消すと、厚織りの藁《わら》布団と、葛布にゼンマイの綿を詰めた掛け具のあいだにもぐり込んだ。

昨夜の難儀《なんぎ》さを思えば極楽のような、暖かい寝具の中でまともに手足を伸ばして寝られる夜だったが、眠りはなかなか訪れてこなかった。

自分に親がいる……それも、おそらくは京に住む富貴の身分の親が……

うれしいとか恨めしいとか、会いたいとかいう感情はなく、ただただ千寿は戸惑っていた。聞いた話をどう受け止めればいいのかわからない。何か考えなくてはいけないように思うが、何をどう考えたらいいのかわからない。そんな戸惑いと……危惧《きぐ》。

寝つけない理由は、むしろ危惧のほうにあった。

自分が何を危ぶんでいるのかは、これまたよくわからないのだが、虫の知らせとでもいったふうな落ち着かない気分が、心をざわめかせている。その不安感は、宴席でのあの拓尊の言いざまのせいで、頭のどこかでささやき声が告げているのは、（あの男に気をつけろ）……

阿闍梨様は、千寿のことを「匿ってやらねばならぬ子だと思った」とおっしゃった。

そう……今夜教えていただいた自分の秘密は、けっしてあの男には知られてはならない。それは確かだ。

そのいまわしい事件が起きたのは、拓尊が御山に来てからやがて半月という頃だった。

唐から持ち帰ったばかりの教典の講義や、教典そのものの筆写、拓尊が修めた法咒についての講義などが終わり、すなわち拓尊が如意輪寺に来た用件はすべて済んでいたその夜。

翌日は別の寺へ向かうという拓尊のための送別の宴は、歓迎の宴よりずっと盛大で、いささかハメがはずれたにぎにぎしさだった。膳に並んだ料理の数が歓迎の宴の時よりずっと多かったのは、饗応司が名誉挽回とばかりにはりきったおかげだが、般若湯のふるまい方が湯水のようだったのは、門主の慈円阿闍梨が欠けた席だったせいである。

僧達は、謹厳な門主の目が届かないのをいいことに、酒を樽ごと持ち込んで飲み放題の宴にしてしまっていたのだ。

そして酔うほどに、僧達のおしゃべりは口さがなくなっていく。

「いやいや、やはり命の洗濯というのは、こうパーッと行かねば」

「慈円様はどうも考え方が固いのよなあ」

「うむ。自分が酒を好まれぬからというてだな」

「おいおい、酒じゃないだろう、これは『般若湯』と申す万病の妙薬にてだなあ」

「おっと、そうそう、妙薬じゃ妙薬。われら僧侶は、修行の妨げとなる酒などというものは、いっさい口にしもうさん。これは血のめぐりをよくいたす薬湯《やくとう》でござる」

「うむうむ。そのありがたい薬湯に、慈円様は渋い顔をなさる。めったにお許しくだされぬ」

「いや、あれは、薬湯にかかる銭《ぜに》を渋られるのじゃわ。ここだけの話、門主殿はたいそうなしわん坊じゃで。どこの寺でも、ここほど倹約倹約とは言わぬぞ」

「それにひきかえ拓尊様は、まことに気前というものを心得ておられる。なにしろ今日の薬湯は、拓尊様が取り寄せてふるまわれているのだからな」

「わしは拓尊様のようなお方こそが宗門《しゅうもん》の繁栄を作られるのじゃと思うぞ」

「まことに、まことに」

「唐から帰朝されたばかりの学識は、慈円様のカビの生えた説法《せっぽう》とは比べ物にならぬし、何よりも竹を割ったような豪毅《ごうき》なご気性がいい」

「倹約ばかり申される慈円殿と違って、財の使い方も心得ておられるしのう」

「それよ、それ。知っとるか？　東寺《とうじ》では腕のいい伶人（楽人）を二十人も揃《そろ》え、稚児の数も三十は下らんから、祭事の時の華やかさといったら、そりゃもうたいそうなもんだ。鞍馬寺《くらまでら》でも伶人は十人がところは置いているし、稚児も十五、六は抱えておる。

ところがわれらが如意輪寺ではどうだ、伶人はたった四人で、それも年寄りばかり」

「稚児も六人しかおらぬしなあ」

「節季法要《せっきほうよう》の威儀も整わんとは思わんか」

「まったくじゃ、しょぼくれたもんよ」

「それもこれも門主殿のお考えじゃで、われら衆僧は何も言えんがのう」

おごり酒に酔っての話とはいえ、僧達は口々に拓尊を褒めそやし、その口裏では慈円阿闍梨をこき下ろす。とくに急先鋒だったのは、例の『三ショウ』。門主の睨みが利いているせいで千寿に手出しができないのを、逆恨《さかうら》みに恨んでいたからだ。

しかし、

「わしはのう、拓尊阿闍梨のようなお方にこそ、われらが導師《どうし》としてお据《す》わりいただきたいと思うぞ」

などということを言ったのは、慈円門主を補佐する立場である別当その人だった。剃り上げた頭のてっぺんまで真っ赤にし、首をゆらゆら揺らしながらのセリフだから、酔っ払っての戯《ざれ》言《ごと》ではあるのだが、門主のすげ替えを願っているというのだから、穏当な発言ではない。

だがほかの僧達も「そうじゃそうじゃ」と尻馬に乗った。

そして拓尊は、彼の地位からいえばたしなめて当然の僧達の酔談を、止めるどころかむしろ機嫌のいい顔で聞いていた。

「慈円殿の考えは古い。空海殿が京の枢要である東寺を任され、最澄殿が京の艮《うしとら》を護る比叡《ひえい》山《ざん》での開山を許された時点で、われら密宗《みっしゅう》は国家鎮護の第一位たるを得たのじゃ。わが如意輪寺もそれなりに美々とした盛様を整え、衆生《しゅじょう》らに威勢を示してやる必要があるぞ」

「まっこと、まっこと」

「そのとおりじゃ。国家第一の密教寺での宴が、ひと甕《かめ》の般若湯をちびちびと嘗め合うようなしみったれたふうではいかん」

「わははは！　おぬしが言いたいのはそれか、わはははは！」

「ぬしが言いたいのは、稚児が足りぬという不満だろう。順番待ちで魔羅《まら》が夜泣きするようでは修行も進まん、とか？」

「おうおう、そのとおりじゃわ！　しかもそのうち一人は、門主殿が股火鉢《またひばち》よろしく囲い込んでしまわれておるし」

「股火鉢とは言い得て妙！　だが、アレはまだ男は知らぬぞ」

「囲い込んだはいいが、あの歳だ。役に立たずで抱けぬのじゃろう」

「まさに宝の持ちぐされというやつだの」

「おう、それよ、それ。もったいない話じゃ」

ちなみに酒と馳走《ちそう》と酔った者達の息の匂いが充満する客殿に、噂の千寿の姿はない。そのことを言い出したのは徳生だった。

「役目は門主殿の侍童といえど、当山挙《あ》げての大事な客の饗応に顔を出さぬというのは、寺の米にて養われておる稚児としてまことに不心得。誰か、千寿丸を呼び出してこい！」

「待て待て、千寿丸は風邪《かぜ》病《や》みで床に臥《ふ》せられている門主殿のおそばに詰めておる。ここは心利いた者でないとむずかしい。わしが行こう」

円抄が言って、別当の横に侍っていた百合丸を呼び寄せた。

「おまえはあやつを方丈からおびき出す役じゃ」

百合丸はさっと顔色を変えた。

「こ、困りまする」

と言ったが、蚊の鳴くような声は無視された。

「やれ」

と睨みつけられて、「は、はい」とうつむいた。

「けれど、な、なんと言うて呼び出せば……」

「何も言わんでいい。いかにも火急《かきゅう》の用という顔を作っての、こう手招きでもして誘い出せ」

「は、はあ」

「あやつが方丈の外へ出てきたら、おまえはすかさず扉を閉める。そうしてしまえば門主殿が何を言われようが、こちらは聞こえなかったふりができる」

「そ、そのようなことをいたしまして、よ、よろしいのでしょうか」

なけなしの勇を奮《ふる》っておずおずと異議を申し立てた百合丸は、ぴしゃりと頰を打たれてしゅんとしおれた。千寿より二つ年上の十六歳になる少年だが、もともと気弱なたちであるうえに、円抄達が腹を立てるとどういういたぶり方をするか、体で知っている。それ以上逆らう気力は出なかった。

「うまくやれれば、当山の次の門主様の覚えめでたい身になれるぞ」

円抄は目で拓尊を指《さ》しながらそうけしかけ、百合丸は泣きそうな顔で「は、はい」とうなずいた。

そんな悪だくみがめぐらされているとは知らずに、千寿《せんじゅ》は、もう三日も熱が下がらない阿闍《あじゃ》梨《り》様の枕辺《まくらべ》で、一心に祈りの数珠《じゅず》を繰《く》っていた。

ただの風邪じゃ大事《だいじ》はないと阿闍梨様は言われ、熱もそう高くはないのだが、なにしろ七十を越えておられる高齢だ。もしや万一と思えば心配で心配で、お床《とこ》のそばを離れる気になれない。

うとうとと眠っておられた阿闍梨様が、ふうと寝覚めの息をついて目をひらいた。枕の上で頭をまわして千寿を見やり、おっしゃった。

「潮時かもしれん。京へ行け」

千寿はさっと顔を曇らせた。

「お加減がよくないのですか？　お苦しいのですか？」

「いや、そうではない」

「千寿はどこへも行きません。もしも……いつかそのうちお別れの時が来てしもうて、阿闍梨様をお見送りいたしますまでは、千寿はおそばを離れません」

「わしもそう思うていたがのう」

阿闍梨様はほうとため息をつき、続けた。

「いま夢の中に矜羯羅童子《こんがらどうじ》（不動明王《ふどうみょうおう》の従者の一人）がおいでになられてな。そこの扉から入って来られて、そなたがおるそこに立たれ、手にされた独鈷《とっこ》で東のほうを指された。

わしがそちらを見やるとな、そこには制吒迦童子《せいたか》が腕組みをして立っておられて、憤怒の相でわしを見下ろされて大喝された。『哀憐《あいれん》の情、断ちがたく思うは、すなわち煩悩《ぼんのう》』とな。そうしてお叱りいただいて、わしもようやく目が覚めた。そなたをここから去らさねばならぬとな」

きっぱりと言い返した。

「お言葉でございますが、千寿はいやでございます」

「不動明王のお告げじゃぞ」

「不動明王様からのお告げじゃろうと、大日如来様《だいにちにょらい》のお言いつけじゃろうと、千寿は阿闍梨様のおそばを離れるのはいやでございます！」

「聞き分けのないことを申すでない」

と怖い顔で叱られたが、千寿は自分の思いを言い張った。

「千寿は、命の親の阿闍梨様にお仕えするよう、生き延びたのじゃと思います。ですから絶対おそばを離れませぬ！」

「頑固者めが」

困った顔でつぶやかれた阿闍梨様が、覚悟を決めたというお顔でおっしゃった。

「そなたの生まれは高貴の家ではないかという話をしたな」

何を言い出されるのだろうと思いながら、千寿は「はい」とうなずいた。

「昨日な、拓尊《たくそん》殿から、そなたを譲れと迫られた」

「は？　……あの人払いをなされてお話なされた時ですか？」

「そうじゃ。拓尊は、そなたの親を捜し出し、そなたを手づるに寺の力を伸ばすべきだと進言してきてな。わしが『千寿は身分など知れぬただの哀れな捨て子じゃし、手放す気はない』と言い通すと、恐ろしい顔つきで『尊公がそのつもりなら、わしにも考えがある』と捨てゼリフして出ていった。

あの男の性根、そなたも感じ取っておったようだが、あれは権勢への激しい欲に毒されて、生きながらにして修羅道《しゅらどう》に落ちておるのよ。おのれの目的を果たすためなら、どんな手段も正しいと信じておる。

拓尊はそなたを利用して京の権門と結びつき、何らかの力を得ようとしているのじゃ。そんな道具に使われてはなるまいぞ。

じゃから、いまは逃げよ。若い力にあふれた足でなら、なんとか京まで逃げおおせよう」

「そのような……！」

「拓尊はおそらく、そなたを盗み出してでも手に入れようとするだろう。出立《しゅったつ》は明日、逃げるのは今夜しかない。

それとも、ああした男の欲の手駒《てごま》に使われる身に甘んじたいか。その見目のよさを生かせと遊び女のような真似を強要されぬとも知れぬぞ」

「そ、そのようなこと！」

「あの男なら、やりかねん。そしてわしがかぼうてやれるのは、そなたがこの寺の中におるうちだけだ。

じゃから心を決めよ、千寿。このように老いさらばえたわしでは、あの男が力ずくで無理を通してきたなら、そなたを守ってやることはかなうまい。

さいわいそなたは小柄なれども強健に育ち、頭もよいし知恵もある。行儀作法も、わしが教えてやれるだけの学問もほぼ身についた。あとはそなた自身の力で道を拓けるはずじゃ」

そして阿闍梨様は、枕元の文箱《ふばこ》から布包みを取り出した。

「これを持っていけ」

包みの中身は、ひもに通した銭ひとつづりと、阿闍梨様が日頃ご愛用の修法具の一つである独鈷杵《とっこしょ》。握りの左右に尖った穂先のついた、そもそもは仏敵と闘うための武器だ。

「けっして殺生《せっしょう》を許すわけではないが、身を守る物が必要になるかもしれぬ。できれば銭に替えるような使い方で済ませよ」

形見のつもりでくだされるのだとわかった。受け取りたくないと思った。

「それとな、これは『如意輪寺稚児《にょいりんじちご》』のそなたに暇《いとま》を遣《つか》わすという証文《しょうもん》じゃ。逃げた奴婢《ぬひ》だと思われて、寺に送り返されたりしては元も子もない」

差し出されたそれを手にしてしまったら、阿闍梨様との絆《きずな》が断ち切れてしまうような気がしてためらったが、阿闍梨様は千寿が受け取るのを待っておられた。いただいたそれを読み下したとたん、涙があふれた。

『如意輪寺元稚児　千寿丸こと

この者　当寺が拾い育てし私奴婢なれど、その才知を認めて門主慈円《じえん》の仏縁養子に取り立てるものなり。また広く学問を修めしむるため諸国遊行《ゆぎょう》を許す。願わくば、この者の勉学修行に一助を垂れたまわんことを謹んで乞う

嘉祥《かしょう》二年三月吉日　　嵯峨《さが》山如意輪寺門主　阿闍梨慈円（花押）』

これは暇を出した（クビにした）などという証文ではない。身分証明であり紹介状でもある、阿闍梨様からの力強い後押しだ。

形見分けの独鈷杵、そして餞別《せんべつ》の書状……どうやら、どうしてもお別れしなければいけないらしい……

千寿は何度も何度もおしいただいてから、独鈷杵と書状と銭とを懐《ふところ》に入れた。

阿闍梨様がおっしゃった。

「よいか、千寿、ここへは二度と戻るな。わしも近々折りを見て御山を下りる」

驚いて聞き返した。

「どこへおいでになるのですか!?」

「そうさのう。どこぞに庵《いおり》を結んで、御仏《みほとけ》の救いを願う念仏《ねんぶつ》の日々を送ろうよ」

「でしたら千寿もっ、どうかご一緒におつれくださいっ！」

阿闍梨様のお返事はなんとなくわかっていたが、すがる思いでそう言った。

「そなたは京へ行け」

というお答えには、みじんの揺らぎも期待できず、千寿の頰《ほお》をつうと涙が伝った。

阿闍梨様はその涙をやさしく拭《ぬぐ》ってはくださったが、お気持ちを変える気がないのは火を見るよりも明らかだった。

「縁があらば、また会うこともあろう。

やがて月が昇る。誰にも見つからぬよう、いまのうちに疾《と》く出かけよ」

「……お言いつけに……従います」

泣きながら千寿は言った。これが阿闍梨様との今生《こんじょう》の別れになるかもしれないと思うと、涙が止まらない。

と、そこへコツコツと、小さく扉をたたく音がした。

「隠れておれっ」

と言われて、千寿はいそいで屏風《びょうぶ》の陰にすべり込んだ。

「ご無礼いたします」

扉の外から言ったのは百合丸《ゆりまる》の声で、そろりと細く扉が開き、その隙間《すきま》から百合丸が顔を半分だけ覗《のぞ》かせた。（なんだ、百合丸か）と思って屏風の陰から顔を覗かせた千寿と目が合った。

「なんじゃな、百合丸」

阿闍梨様が用件をお尋ねになり、百合丸は答えた。

「千寿丸殿は……」

「おらぬよ。小便でもしに行ったのじゃろう。さっき出ていって、まだ戻らぬ」

百合丸は千寿を見ていた。阿闍梨様の嘘《うそ》はバレバレだ。

ところが百合丸は「さようですか」と答え、「ご無礼つかまつりました」と扉を閉めた。

閉まった扉の外で百合丸が言うのが聞こえた。

「千寿はこちらにはおりませんでした」

それを「しっ」と叱りつけた声と、パシッと頬でも張ったような音！

誰だ!? 百合丸は言いつけられての呼び出し役だったのか！ だとしたら、いまの「しっ」は『三ショウ』の誰かか、あるいは拓尊の……!?

「おらぬなら捜してこいっ」

と聞こえた押し殺し声は円抄《えんしょう》だ。

（そこから行け）と阿闍梨様が方丈《ほうじょう》の切り窓を指さされた。

千寿は（はいっ）とうなずいた。阿闍梨様のおっしゃるとおり、ことは急を要するらしい。

阿闍梨様にお別れを告げ、窓からこっそりと忍び出て、僧坊《そうぼう》の裏を足音を殺して築地《ついじ》のほうへ向かいながら、千寿は「京へ行け」とおっしゃった阿闍梨様の声音を思い返していた。

あれは、京で親を捜せということか？　自分を捨てた親を捜して、あなたが千寿と名づけた子ですと名乗り、拾うてくだされと頼むのか？

（いやじゃ！）

どうにもしかたがないらしいから、御山を下りて京には行くが、

（わしは親など捜しませぬ）

死んでもかまわぬと言わんばかりに、小雪のちらつく門前に自分を置き捨てていった親だ。そもそも寺の山門の外という場所を選んで捨てたのは、拾われて生かされるのを望んだというより、寺ならば弔《とむら》ってもらえるだろうと考えたからではないのか。

（そんな無情な親のもとへ戻りたいなどと、誰が思うものか）

だが京には知り人などいない。そんなところへ一人で出ていって、どうやって暮らせというのだろう。

（とと様かか様のところへ帰れば、暮らすことはできよう）

どうしても御山を去らねばならないなら、行き先としては、育ての親達がおられるあの村が無難なはずだ。

（けれど阿闍梨様は「京へ行け」とおっしゃった。夢にあらわれた矜羯羅童子は、東のほうを指したという……ならば京へ行くのが正しいということなのじゃろうが……

そうかっ、わしが育った村のことは寺の下人《げにん》達も知っている。拓尊殿がそれを聞き出して、追ってくるかもしれぬのだな。ならやはり、京へ行くしかないということか）

頭の片すみではそんなことを鬱々《うつうつ》と考えながらも、千寿の目はあたりを見張り、意識の大部分も油断なく気を配っていた。

十丈《じょう》（一丈＝約三・〇三メートル）ほどの長さの僧坊の端まで来ると、千寿は（どちらへ行く？）と自分に尋ねた。右へ行けば門のほうだが……この時刻には門はすでに閉じられていて、門の横には番人の小屋がある。番人はおそらく夕餉《ゆうげ》に行っているだろうが、万が一ということがあるし、門を通らなくても外には出られる。

目の先に見えている築地の塀に向かおうとした時だった。

「やっ、こんな夜中にどこへ行く！」

怒鳴った声には聞き覚えがなく、振り向いて見つけた黒い人影は水干《すいかん》姿のよう。たぶん拓尊がつれてきた下人の一人だ。

（網《あみ》を張られていた!?）

と感じた瞬間、千寿は塀に向かってダッと地を蹴《け》った。男は千寿と塀とのあいだにいて、千寿が駆け出したのを見るや、逃げ道を塞《ふさ》ごうと突進してきた。塀まであと五歩というところで男に道を塞がれた。男がバッと両手を広げた。千寿はかまわず二歩走り、男がむんずと捕まえようと飛びかかってきた瞬間、跳んだ。力の限りの跳躍で空に舞った千寿の足は、前屈みにつかみかかってきた男の肩を踏み、そこを足場にさらに跳んで、男が背にしていた築地の屋根をひらりと飛び越えた。

地面に足がつくなりダッとふたたび地を蹴って、真っ暗な林の中へと走り込んだ。

「て、天狗《てんぐ》かァッ!?」

悲鳴のように叫んだのは、千寿が踏み台にしてやった男だ。

「ふんっ、傀儡《くぐつ》の技《わざ》の見まねじゃっ」

吐き捨てながら振り返った千寿は、築地の向こうにあらわれた赤っぽい光を見て、さらに足を急がせた。ゆらゆらとこちらに向かって来るのは、たいまつの明かり。拓尊は、阿闍梨様が千寿を逃がすのを予想していたのか!?　ああして見張りを配し、追手《おって》も準備していたというのは、そういうことだろう。しかもたいまつの数からして、寺の下人達も駆り出しているらしい。

十ではきかない数の火明かりが、次々と築地を越えて林の中に入って来るのを見て、千寿はいったん走り込んだ林の奥から木々伝いに下っていき、寺の東の尾根へと登っていく杣道《そまみち》に出た。あとは山の下へ向かって全力疾走だ。あたりは深い闇が覆っているが、月が昇ったのか真っ暗というのではなく、千寿は夜目も利くほうだ。またこのあたりの山林は、千寿にとっては遊び慣れた庭も同然。細い杣道がくねっているぐあいは、目をつぶっていても足が覚えている。

山を下って嵯峨野の原に出たら、あとはまっすぐ東へ向かうだけ。でも下人達の中にも足の速い者はいる。追いつかれて捕まってはもとの木阿弥《もくあみ》だ。

（今夜の月は二十日《はつか》の半月……野に出れば月明かりで見通されてしまうかな。おう、だいぶ雲が出てきている、曇れ曇れ、月を隠せ。それまでどこかに隠れてやり過ごすか？　それとも、ほかにいい手があるか？　ともかく駆けられるだけ駆けてからだ）

杣道の登り口まで下り終えて、ともかく東へ足を向けた。道を行くのは愚かかもしれないが、走りやすくて距離を稼げるのは確かだ。

（追手達の火が見えたら道を外れて傍へ除《よ》けよう）

そう考えてようすを見るため振り返り振り返り、一散に足を動かした。

いま下りてきた山の木立の中を、いくつものたいまつの火が動いているのが見える。だいぶ下ってきてはいるが、追手達はまだ山の中をうろうろしていて、どうやら千寿を捜し捜しやって来ているらしい。

（もう、そのようなところにはおるものか。あっかんべーじゃ）

胸の中で毒突いてやった時だった。

寺のあたりからワンワン、ワンワンと騒ぐ何頭もの犬達の鳴き声が聞こえてきて、千寿はギョッとして振り向いた。

「狩り犬かっ!?」

シカやイノシシを狩る猟師《りょうし》達は、仕込んだ犬に獲物を追跡させる。犬は鼻がいいので、獲物が残していった匂いをかぎ分けて、狩人《かりゅうど》を獲物が隠れている場所まで案内するのだ。

「しまった、まさか狩人まで出してくるとは思わなかったっ」

拓尊の指図《さしず》か、あるいは千寿を大嫌いな門衛司《もんえのつかさ》あたりのさしがねか。ともかく犬を放たれてはひとたまりもない。犬達の足は、人などよりずっと速く地を駆ける。そして狩りの獲物のように咬《か》みつかれて引き倒されて……下手をすると咬み殺されるかもしれない！

（拓尊阿闍梨が、目的を果たすためには手段を選ばない方だというのは、こういうことだったのかっ）

いまさらながらにぞっとする心地で悟りながら、（ならば、なおさら逃げ切らなくては）と誓った。

（わしはあのお方は大嫌いじゃ！　慈円阿闍梨様のおためなら何でもするが、拓尊などのためには髪の毛一本でも役立たせてやりとうない。絶対に逃げ切ってみせる！）

踏み分け踏みつぶしていく草の茎葉の感触を、裸足の裏に感じながら、青臭い草いきれがただよう闇の底をひたすら走る。

追手達はまだ山のあたりでもたついているのか……さっき越えた丘の陰に隠れて、山の裾《すそ》あたりは見えなくなってしまったので、ようすを知ることはできないが、ともかく犬の声が追ってくるでもなく、聞こえるのは自分がつくハッハッという息音と、広い野面《のづら》を渡ってくる風が茂った茅《かや》をザザアと鳴らす音だけ。

天には一面に星がまたたいているが、その冷たいきらめきを美しいと眺める余裕など、いまの千寿にはない。ときどき目を上げて星を見やるのは、ただ方角を知るためだ。

目指しているのは平安の京だが、何というあてがあるわけではない。そもそも千寿は、京へはまだ一度も行ったことがなく、嵯峨野の原を東に向かえばそこに着くと聞いているだけだ。

以前にうかがった阿闍梨様のお話では、帝《みかど》がいらっしゃる内裏《だいり》や、大勢の役人達が働く大内裏や、身分の高い方々の大きなお屋敷がたくさんあって、地下《じげ》の人々（庶民）もたくさん住んでいる大きな大きな都なのだそうだ。

じつのところ、多くの家々が立ち並び大勢の人がいる場所というのは、育った村と六歳から暮らしてきた寺しか知らない千寿の想像力を超えている。

だがとにかく、そこへ行くしかなかった。寺を逃げ出してきた千寿が、あの男に見つからずに生きられる場所があるとしたら、京だけ。そういうのを、ああ……そうそう、『木の葉は森に隠せ』と言うのだ。

それにしても阿闍梨様の話では、京までは十里ほどの道のりということだったのだが、走っても走っても、ゆるく盛り上がっては下る茅の野原が続くばかりで、京の町並みらしい風景などいっこうに見えてこない。

息が切れる……もうだめだ……あと少し……もう、もう走れない！

それでも（あと一歩、もう一歩でも）と自分を励まし、ハアッハアッと口で喘《あえ》ぎながら踏み出したつま先に、ガツンと痛みを覚えて、ドッところんだ。石につまずいてしまったのだ。

「う……つ〜っ！」

しばらくは起き上がる気力も湧《わ》かないまま、右足の親指がジーンジーンと痛みの波紋を広げるのを感じていた。とても痛い……

うつぶせの体を寝返りさせ、背中を丸め足を縮めて、痛めた親指を手でぎゅっと握った。じっと痛みが鎮まるのを待った。

ザザッと木の葉が鳴る音がして、ビクッと振り返った。風だったらしい。闇の中の黒い影に見えている灌木《かんぼく》の茂みをザザア、ザザアと揺らした東風は、ビュウと千寿の頬を打って吹き過ぎた。みょうに生温かくて重いこれは、雨を呼ぶ風だ。

暗い空を見上げると、いつの間にか星の数がずいぶんと減っていた。西から東へと足早に流れて行く雲が、空を覆おうとしている。

「すぐにも降り出すかな」

つぶやいて、だいぶ痛みの治まった親指から手を放した。雨が降り出せば、犬は追ってこられない。着替えもない、行くあてもない身を雨に打たれるのはありがたくないが、捕まるよりはよっぽどましだ。

立ち上がろうとしたら、親指がいやなぐあいにズクンと痛んだ。指で触れてみた。爪がカパと動き、激痛が足先から背筋へと走った。親指の爪が剥《は》がれかけているのだ。これでは歩けない。

どうしようかと考えて、水干の下に着込んだ小袖《こそで》の袖を破り取った。歯を使って細く裂いて、剥れかけている爪が動かないよう、しっかりと巻きつけた。歩いてみると、やはり痛みはしたが、強い疼痛《とうつう》といったていどで我慢できないことはなかった。だが走るのはどうか。

ゆっくりと歩き出した千寿の背を、またビュウッと風がたたいていった。さっきよりも雨の匂いが濃くなっている。(杖が欲しい)と思った。杖があれば、もう少し速く歩けるだろうに。

それは、夜空に満ちて行く雲が、せめてもの頼りだった星明かりを消し去ろうとしていたころだった。

どこまでも続く原野のかなたに寺の塔とおぼしい黒影を見つけて、千寿は勇躍した。見つけた影を見失わないよう必死に目をみはってそちらへ向かううちに、草原がとぎれている場所に出た。川か?

(ずっと道を来たのだから、この先に橋があるはずだ)

橋はなくても渡れる浅瀬があるに違いない。

そう思いながら、止めていた足を踏み出したとたんだった。ダダッダダダッと駆け寄ってくる足音に気づいてハッと振り向いた。闇の向こうからあらわれたいくつもの低い影が、あっという間に千寿を取り巻き、吠えかかって来た。

ワフッ！　ワンワンワンワンッ！　オンッオンッ！　ワンワオオ〜ン！

狩り犬だ、追いつかれた！

とっさに川に向かって駆け出したのは、川さえ越えてしまえばという本能的な行動だったが、これはまずかった。犬には相手が走れば追いかける習性がある。しかも逃げる獲物に襲いかかるよう訓練されている狩り犬達だ。

たちまち二頭だか三頭に体当たりされ、袖をくわえられ足に咬みつかれて引き倒された。

「わっ！　わああっ！」

顔と喉《のど》を腕で守って、千寿は牙をよけようところげまわったが、数頭もいる犬達はガウガウと代わる代わるに咬みかかる。ぶとうにも蹴ろうにも犬達の動きのほうがすばやい。

必死の防戦も功を奏さない焦りに、何か武器でもないかと暗い地面を目探しした。

（あるではないか、独鈷杵が！）

懐に手を突っ込み、頼もしい鉄具の重みを引っぱり出したとたん、その手首にガワワッと咬みつかれた。咬みついたまま犬は激しく頭を振り立て、独鈷杵は千寿の手から離れて飛んだ。

「ああっ！　お形見が！」

腹這《はらば》いに掻《か》き寄ろうとした千寿の背に犬達が飛びかかり、組んずほぐれつわけもわからないころげ合いになった。

だから千寿は気づかなかったのだ。こちらへ向かって駆けて来る馬蹄《ばてい》の響きに。

馬は早駆けの速度でやって来た。犬達は先に気づいてさっさと道ばたの草むらに退散したが、千寿が気づいて振り返った時には、たいまつを持った男を乗せた馬はもう目の前まで迫ってきていた。

「きゃああっ！」

ヒヒヒ～ンッ！

「な、なんだっ⁉」

千寿と馬と乗り手の男の叫びが交錯した瞬間、馬はあやうく千寿を蹴散らすのを免れて走り過ぎ、「しまった！」という若い男の叫び、「どうどうっ」と馬を制する声と、急に手綱《たづな》を引かれた馬がドカドカと足を踏み鳴らす音。

と、そこへもう一騎、同じようにたいまつを掲げて駆けつけてきた。前の馬を追ってきていたらしい。

「どうされた、業平《なりひら》殿！」

あとから来たほうの乗り手が、先に来た乗り手に声をかけた。

「蹄《ひづめ》にかけてしもうたかもしれん！　子どものようじゃった」

先の乗り手が答えながら、たいまつを高く差し上げて千寿を照らし出した。

あとから来た男は、千寿の手前で馬を止めるとひらりと鞍《くら》から飛び降り、たいまつを片手に駆け寄って来た。

「だいじょうぶか⁉　大事ないか！」

と倒れたままの千寿を照らして、

「うっ!!」

と声を上げた。

「血だらけだぞ、蹄にかかったのか!?」

ひざまずいてたいまつを地面に突き立て、息はあるか脈はあるかと手早く千寿の体を調べ始めた男は、武骨な面長のまだ若い大人で、身分ある人らしく烏帽子狩衣《えぼしかりぎぬ》という姿。腰には太刀を佩《は》いている。

「いや、俺ではない。犬だな」

馬の上から言ったもう一人も、同じような烏帽子狩衣姿で太刀を佩き、年格好も近いようだが、たいまつに照らし出された顔は女のように白くなよやかだ。

「犬だと!?」

「おう、ほれ、そこの草むらに。そっちにも」

「野犬かっ」

千寿の横にひざまずいた人がさっとたいまつに手を伸ばしたのは、野犬というのは時に狼並みに恐ろしく、牛馬や人を襲うこともするからだ。

「いや、野犬の痩《や》せ方ではないな。ん？　人が来るぞ」

すぐに何人かの足音が近づいて来て、たいまつを掲げた男達が道の先にあらわれた。毛皮の袖なしを着た狩人姿……犬達の主人らだ。

千寿は体中に負った咬まれ傷の痛みも忘れて起き上がり、やって来る狩人達を息を詰めて見つめた。

（だめかっ……だめか!?　このままつれ戻されるのか!?）

「おい！」

と先に声をかけたのは、業平という名らしい馬上の美青年だった。

「そこな狩人ども。そこいらに隠れている馬鹿犬どもは、その方らの飼い犬か」

鷹揚《おうよう》な口調での横柄な口利きは、身分高き御曹司《おんぞうし》であるようだ。

ヒュッと狩人の一人が口笛を鳴らし、二頭の犬が駆け寄った。

「へい、わしらの狩り犬ですだ」

別の狩人が青年の問いに答えた。

「ではよくめしを食わせて繋《つな》いでおけ」

馬上の人がズケズケした調子で言った。

「そやつら、子どもを襲いおったぞ」

「ああ、そりゃあ、わしらが追ってきたガキで」

さっき答えた猟師が言い、「おい、獲物をもろうて来い」と仲間達に顎《あご》をしゃくった。

狩人達がやって来るのを見て、千寿は（いやだ！）と身を縮めたが、できることは横にいる青年に「お助けくださいっ」と訴えることだけ。

「ん？　おう、口がきけるか」

青年が顔をほころばせ、千寿は（それどころではないのだ！）と目をすがらせた。

「お助けください、お殿様っ。つれ戻されてしまいますっ」

「俺は諸兄《もろえ》だ。あっちは業平」

剛胆なのか何なのか、青年はのんきに名など名乗ってみせて、そばまでやって来た狩人達に目をやった。

「先ほど『獲物』とか申したな」

狩人達に向かって張り上げた諸兄様とやらの声は、低めの凜《りん》とした声音だった。

「もしやと思うが、この童のことか」

「へえ、お殿様」

一人がひょこりと突き出すように首を振った。

「そいつあ寺から逃げた稚児なんで。寺の私奴婢でごぜえます。お寺様から頼まれて、こうして追ってきたのでごぜえやす」

「ち、違います」

千寿は必死の抗弁をはさんだ。

「わしはもう奴婢ではないっ、阿闍梨様がご証文をくだすって！」

「証文だってえ？　そんなもなあ聞いてねえ。言いてえことがあるんなら、寺のお方らに言うことじゃ。わしらは捕まえて戻れと頼まれただけじゃからなあ」

　そしてむんずと千寿の肩をつかんでこようとしたが、

「まあ、待て」

　と諸兄様に阻止された。

「寺とは、どこの寺だ」

「嵯峨山の如意輪寺様でさあ」

「ほう……あそこの門主は名筆と徳で知られたお方と存じておったのだが、このような人狩りなどをお始め召されたか」

「人狩りなんてえ人聞きの悪い。逃げた奴婢を、犬を使うて捕らえただけでございますよ」

「人を相手に、咬み殺してもかまわぬと思うて犬けしかけるなら、それはもう捕縛ではのうて狩りぞ」

　声もきびしく言い放って、諸兄様はすっくと立ち上がり、狩人達に向かってぐいとたいまつを突き出した。

　なんとも背の高いお方だった。地面に横たわった千寿の目からは、まるですっくり高い杉の木を見上げるよう。

　たいまつで狩人達を照らしながら、その丈高い方がおっしゃった。

「その方らは奴婢よと言い、童はそうではないと言う。双方の言い分が食い違うゆえ、どちらが正しいのか詮議《せんぎ》にかける必要がある。よって童はいったん俺が預かる。寺にはそう申し伝えよ」

「弾正台《だんじょうだい》のナリワラ諸兄を訪ねて来い、とな」

馬上の人が言って、馬をドカドカと足踏みさせながら「おい、諸兄よ」と地上の人に向かって続けた。

「急がぬと出仕《しゅっし》の時刻に遅れるぞ。それは持って帰るなら、さっさと馬に積んだらどうだ」

「おう、わかっておる」

「いや、そいつあ！」

諸兄様が抱き起こそうとした千寿の袖をつかんだ男は、目の前にギラと抜き身の太刀を差しつけられて、ゲッと飛び退《の》いた。

「おうおう、そういうことになるのなら俺もつき合うぞ」

馬上から業平様とやらが目を輝かせている調子で言い、狩人達はズザザッと二、三歩逃げながらたがいに顔を見合わせた。

「その方ら、おおかた山賊野盗のたぐいであろう」

右手で太刀を構えた諸兄様は、左腕で千寿の肩を抱きかばってくださりながら、狩人達を睨《にら》みつけておっしゃった。

「逃げた奴婢を捕らえに来たなどとは真っ赤な偽りで、どこぞから攫《さら》ってきおった童であろう！　人攫い、人売り、人買いは死罪にあたる重罪ぞ！」

「お、お、俺達はそんなんじゃねえです！　わ、わかりやした、退《ひ》きやす退きやす！　あとあ寺から話いつけてもらうで！」

犬達を呼び集めながらそそくさと道を引き返していく狩人達に、

「弾正台のナリワラ殿だぞ、忘れるな！」

業平様がほがらかに怒鳴り送って、カッカと高笑いした。

「おい、業平殿、そのナリワラというのはなんだ」

諸兄様がおっしゃる声がすうっと遠のいて、千寿は（気を失うのだな）と思った。すぐに何もわからなくなった。


助けてやった子どもが、いきなり腕の中でぐったりしてしまったら、誰でもあわてる。

当年とって二十五歳、帝のおそばに仕える蔵人《くろうど》を務めて五年目の藤原諸兄《ふじわらのもろえ》も、おおあわてにあわてた。

「お、おい！　おい!?　どうしたのだ、おい！」

手を放せばずるっと地にのびてしまいそうな少年を、「しっかりしろ！」と揺さぶってみたが、返事はないし目も開けない。

「死んだか眠ったかだな」

馬上からのんきな声で言ってきた、同僚で悪友の在原朝臣《ありわらのあそん》業平に、憤慨の目を向けた。

「縁起《えんぎ》でもないことを言うな！　死んではおらんぞ、息をしている」

「だったら眠っているということだ。で、捨てていくか持って帰るか」

「持って！　あ、いや、つれて帰るに決まっているだろう！」

「もしや女か？」

業平が首を差し伸ばしたのは、諸兄が揺さぶったせいでがっくりと頭をのけぞらせる格好になり、たいまつの明かりにまともに照らし出された顔が、一瞬（おっ!?）と驚いたほどに美しかったからだ。

「いや、男だろう」

答えた諸兄の声に非難の響きがあったのは、日頃から業平の女好きにはひどい目に遭っているからだ。

「なんだ、つまらん」

業平は言い、

「だったら捨てて行け」

と続けて、馬の腹を蹴った。

カポカポと川のほうへ駒を歩ませながらつけくわえた。

「さっさと来い。急がぬと朝議《ちょうぎ》に間に合わぬではないか」

「誰のせいだ、誰の！」

諸兄はやり返したが、業平が行ってしまおうとしているのを見て、またあわてた。

「おい、待て待て！　俺はさっきの騒ぎでたいまつを放り出してしまった、探してくれ！」

「いつもながら間抜けな男だ」

業平はプリプリと言って、

「そら、ここにあるぞ。早く拾わんと火が消える」

そう顎をしゃくって見せたと思うと、ハイッと馬腹《ばふく》を蹴った。

「先に行くぞ！　持って帰るなら持って帰るで、おぬしも早う来い！」

という声は、走り去る馬蹄の音に混じって遠ざかった。

「くそうっ！　なんでいつもいつも、俺はおぬしの尻拭《しりぬぐ》いをするハメになるのだ！　この童はもとはといえばおぬしが！　おーい、せめて手伝えー！」

などと怒鳴り返しても、おそらく聞こえはしなかっただろうし、聞こえていたとしても気にするような業平ではない。平安の京の二代目のあるじだった平城《へいぜい》天皇のお孫殿は、勝手気ままが着物を着て歩いているような男なのだ。

「くそっ。おい、しっかりしろ、傷は浅いぞ。おっと、たいまつ！　ああ、いや、待て待て、まずは太刀をしまえっ」

ブツブツと独りごとを言いながら、諸兄はそっと少年を寝かしておいて、脅しに使った太刀を鞘《さや》に納め、たいまつを拾いに行った。業平が言ったとおりちょろちょろ火に衰えていたたいまつを拾い上げ、二、三度振り回して火勢を取り戻させた。そばの草むらで何かが鈍く光った気がしたが、獣やマムシの目ではなかったので、気には留めずに少年のところへ戻った。

「息は……しっかりしておるな。どうにも血だらけだが……うむ、そう深い傷はなさそうだ。問題はどうやって運ぶかだな」

抱き上げてみれば、まるで真綿の布団のように軽かったが、気を失って首も手足もぶらんと力の抜けている体はあつかいにくかった。鞍の前にまたがらせて後ろから抱き支えていってやろうと思っていたのだが、(これはもう荷物のように運ぶしかないかもしれぬ)

腹這わせる格好に少年を馬の背に積み込んでみて、諸兄は(いやいや)と思い直した。これでは息がきつそうで、帰り着く前に命がどうかなってしまうかもしれぬ。それは困る。

「おい、童、起きてくれ。おい、おい!」

可哀想な気はしたが、力を入れて頬をたたいて、なんとか目覚めさせようとした。

「おい、起きてくれ! 馬に乗るまででよい、これでは運んでやれぬのだ!」

パシッ、バシッと数発も頬を張ってやったところで、少年がふっと目を開いた。

「おう、覚めたか。そのまま、ちと起きておれよ。よいか、馬に乗せるぞ」

抱きかかえて持ち上げて鞍にまたがらせてやると、少年は自分で鞍の前輪をつかむしぐさを見せた。気はそれなりにしっかりしているようだ。

「よし、つかまっておれよ。乗るぞ」

片手にはたいまつを持ち、腰にはじゃまな太刀。しかも少年の体越しに前輪をつかんで乗り込まなくてはならないというのは、たいそう骨の折れる一幕だったが、どうにか無事に騎乗した。

「『淡路《あわじ》』すまぬな、ちと重かろうが頼むぞ。大内裏《だいだいり》までじゃ」

愛馬に向かって言っておいて、手綱を持つのはあきらめ、代わりにその手で少年の腰を支えてやった。片手にはたいまつを持っているから両手放しの騎行《きこう》になるが、その程度の馬術は身につけている。

と、少年が腰を抱いた諸兄の腕を押し放すしぐさをした。

「だいじょうぶだ、手綱など使わずとも『淡路』は行ける」

言ってやった諸兄に、少年のかすれた声が答えた。

「お身が……お衣裳が血で汚れまする……つかまって、まいれますので」

そして体を前に屈めて、少しでも諸兄から離れようと試みる。

「よい、気にするな」

諸兄はわざとぐっと少年を引き寄せ、しっかりと胸の前に抱き込んだ。

「犬に喰われたうえに馬から落ちた、では身がもたぬぞ。汚れは洗えばよい」

「……ありがとう存じまする」

少年が言ったのは、助けてやったことへの礼も込めての深い感謝で、諸兄は（うむ、よいことをしたな）と思った。

「さて、ちと急ぐゆえ駆け足で行くが、揺れが苦しかったら言え」

そう少年に予告してやって、

「大内裏まであと三里ばかりだ。頼むぞ」

『淡路』にはそう言い聞かせて、諸兄は鐙《あぶみ》にかけた足で馬の腹を蹴った。「ハイッ！」と口での鞭《むち》を入れた。

ドカカッドカカッと走り出した『淡路』の背で、諸兄は武骨な顔をしかめた。左手ではたいまつを掲げ、右手では少年が落ちないように抱き押さえてやっての騎行は、思った以上にやりにくいものだったからだ。

だが、あそこでだいぶ時間を無駄にした。朝議に間に合うためには、なんとかこのまま内裏まで駆け通すしかない。

朝議とは、左大臣以下の公卿《くぎょう》や参議《さんぎ》達が、帝の臨席を仰いでおこなう宮中《きゅうちゅう》の最高会議（現代でいうなら内閣閣僚会議）である。そして諸兄もその一員である『蔵人』は、帝の秘書官であり、身の回りのお世話を取り仕切るお付き役でもある。当然、帝のお出ましになる朝議には侍《はべ》らなくてはならないわけで、しかも朝議は夜明けとともに始まる。

……この当時、大臣達を筆頭とする官僚・役人達の朝は早い。日の出を待って役所の大門をひらき、仕事を始めるのが習わしなので、出仕する者達は、夜が明けるずっと前の丑《うし》の三刻（午前三時ごろ）ぐらいには起き出して、出勤準備をすることになる。

政府の中枢である大内裏や内裏では、この時刻に『開諸門鼓《かいしょもんこ》』が打たれて、通用口である諸小門が開けられる。つまり内裏内に仕える内部スタッフである諸兄達にとっては、午前三時が業務開始時刻というわけだ。むろん、勤務に就くには身支度いっさいを万端隙《すき》なく整えていなくてはならないから、起床時間は草木も眠る真夜中もいいところである。

もっとも夜明けとともに始まる政務は、早ければ巳《み》の刻（午前十時ごろ）ないし遅くとも午《ひる》までには終わるので、むやみと過酷な労働条件というわけでもない。

たとえば、御寝間《ぎょしんのま》を警護する宿直《とのい》当番もありの帝の側仕えという、役人の中でも激務に類する部署にいる諸兄でも、仕事上がりに業平につき合って馬で洛外《らくがい》まで出かけるぐらいの余裕はあった。

ただし今日の遠出に関しては、諸兄は、いやだと言ったのを無理やりにつき合わされたのだったが。

業平は、位《くらい》は業平自身と同じ正六《しょう》位上で、一歳年上で、蔵人所《くろうどどころ》では二年先輩である諸兄を、自分より目下の友人と決め込んでいる節《ふし》がある。まあ血筋からいえば、あながち間違った解釈とも言えないが、勝手にそうした関係を押しつけられて、何かと振り回されている諸兄はいい迷惑である。

天神川《てんじん》にかかった橋を駆け抜けていた時、少年が何か言ったのが聞こえた。橋板を踏み鳴らす馬の足音でよく聞こえなかったし、独り言のようだったので聞き捨てにしたが、なんとなく気になって、何と言ったのか耳の覚えを思い返してみた。

アッ、トッコショ……だったか？　独鈷杵？　法具のあれか、何の意味だろう。

京を東西に走る二条大路《にじょうおおじ》に入ると、諸兄は馬の足取りをゆるめさせた。気持ちは急ぎ焦っているが、こんな深夜に早駆けの馬蹄の音など響かせては、すわ大事出来《しゅったい》かと飛び起きる人間がいるかもしれない。

道幅十七丈（約五十一メートル＝およそ八車線並み）の広々とした二条大路は、大内裏の南端を限る京第二の大通りで、南北に交差する西大宮大路《にしおおみやおおじ》を渡ったところから、大内裏を取り囲む堀と築地塀が始まる。

帝の住まいと政所を兼ねた内裏や、国の政治を司る政庁官衙《かんが》が一か所に集まった、律令国家の中枢を担う大官庁街である大内裏は、京の北中央部に位置し、その規模は東西約一・二キロ、南北が約一・四キロ。京の南端にある羅城門《らじょうもん》と相対する朱雀門《すざくもん》がその中央正門で、ほかにこの南面には門があと二つ、東西に各四つずつと北面に三つの、合わせて十四の門が設けられている。

諸兄は、西大宮大路を流れる堀川《ほりかわ》の小橋を渡ると、大内裏の西面に沿うほうへと道を折れて馬を進めた。談天門《だんてんもん》の外で馬を下りて、大門扉のかたわらにある通用口の小扉をたたいた。

まだ『開諸門鼓』が打たれる時刻よりだいぶ早いが、正面五間《けん》・戸口三間の門の通用口の扉は、諸兄がたたくのを待っていたように開いた。たいまつを掲げた若い門衛士《えじ》が、諸兄と愛馬とを迎え入れた。

「すまんな、こんな時刻に。業平殿は戻られたな?」

「将監《しょうげん》様はとうにお戻りです」

諸兄を、拾った荷物もろとも置き去りにして、さっさと駆け戻ったのだから、とっくに帰り着いていてあたりまえだ。

ちなみに朝臣業平は、左近《さこん》将監という役職も兼ねている。内裏の守備隊である左右の近衛府《このえふ》のうちの、左近衛《さこのえ》の衛士達をまとめる将校という役どころなので、部下に命じてこんな時刻に門を開けさせることもできるのだ。私用で出かけてきたのだから、もちろん職権の乱用に当たるわけだが、そんなことを気にする業平ではない。

「お?」

と衛士が馬の背の荷物に気づいた。

「これを拾ってしもうたので、戻りが遅くなった。犬に襲われていたのを助けたのだ。拾ったのは業平殿だが、俺に世話しろと預けて行きおってな」

多少の脚色をくわえてそう説明したのは、少年を門内に入れるのを拒否された場合、諸兄は東三条にある実家まで一時預かりを頼みに行かなくてはならなくなり、いよいよ朝議に遅れてしまうことになりかねないからだ。

衛士は『淡路』の首に頭を預けた少年の顔を覗き込み、

「女人ですか？」

と聞いた。

「あいにくと男だが、美人だろう」

「おやおや」

肩をすくめた衛士の胸の中は（将監様の色好みもそこまで来たか）というあたりだろう。

「では通るぞ」

と言い置いて、手綱を引いて歩き出した。

「あ、下馬の定めが」

「おう、そうか。抱えていくしかないか」

「馬はわたしが曳《ひ》きましょう」

「そうか、すまぬな」

諸兄が向かったのは、談天門の左側にある左馬寮《さまりょう》。本来は大内裏で使われる公用の牛馬を預かる官廐《かんきゅう》だが、諸兄も業平もそれぞれ自分の馬を置いている。持ち馬を公用に供するという名目だが、まあ名目だけのお目こぼし事項だ。

牛車《ぎっしゃ》を曳く牛、伝令官などが使用する馬を収容してある広大な廏《うまや》と、それを世話する官人達の宿舎とが一体になっている左馬寮の入口を入ると、宿直番の雑色《ぞうしき》が手綱を受け取りに駆け寄ってきた。

諸兄とは顔見知りの、頼直《よりなお》という名の雑色は、三十半ばの東国武者。口がきけないのかと思われるほどに寡黙な男だが、実直で信頼が置けることは廏番の雑色達の中で一番で、馬に関しては誰よりも深い知識と愛情を持っている。

「すまん、途中から二人乗りをしてきた」

まずは『淡路』の世話に必要な情報を告げてから、諸兄は腕の中の荷物を示して見せた。

「犬に襲われていたところを助けてな。気をなくしているが、途中までは起きていたし口もきいた。俺の預かり人として、俺の屋敷で面倒を見ることになりそうだが、いまは屋敷までつれて行っている時間がない。すまぬが政務が済むまで預かってくれぬか。あとで知保《ともやす》を世話によこす」

早く出仕の支度をしなければと気が急《せ》いている。口早に言い置いて行こうとした諸兄を、頼直がめずらしくも声をかけて呼び止めた。ひどい東国訛《なま》りである。

「知保殿の手に負えるとは思えませせぬ。わしが看ましょう」

「男だぞ」

と返したのは、つい口がすべったぐあい。

「ああ、いや、たしかに知保に任せるのは心もとない。看てくれるなら助かる」

「かしこまりました」

片づけ事を済ませた諸兄は、長身の広い肩が風を切る早足で内裏に向かった。すでに大内裏の中ではあるが、内裏の内塀の中にある蔵人所町屋《まちや》（官舎）までは、あれこれの建物のあいだを縫いながらの道のりが八町ほどもある。汗をかくほど急ぎに急いで修明門《しゅうめいもん》から内裏に入り、陰明門《いんめいもん》を通って、校書殿《きょうしょでん》の西、後涼殿《こうりょうでん》の南側にある蔵人所町屋に戻り着いた。

蔵人所の長官・副長官である『蔵人頭《くろうどのとう》』達は、大内裏の外にある自分の屋敷から出仕して来るが、その下で実務を執《と》りおこなう諸兄達『六位蔵人』は、部下である雑色や小舎人《ことねり》といった下級役人達とおなじく、ふだんは蔵人所町屋の中に与えられた曹司《ぞうし》（ワンルーム）に住んでいる。

蔵人所の朝はすでに始まっていて、小舎人達が忙しそうに縁や廊下を行き来していた。

自分の部屋に帰り着くと、諸兄はさっそく部屋付きの小舎人である知保に手伝わせて、出仕の支度にかかった。乗馬用に着て出た狩衣狩袴《かりぎぬかりばかま》と立烏帽子《たてえぼし》を脱ぎ、耳盥《みみだらい》に持って来させた湯で遠出の汗や埃《ほこり》を落とすやら、いささか伸びかけたひげを剃るやら、髪を調え直すやら。

知保はもう二年もこの役を務めているのだが相変わらず手際《てぎわ》が悪く、諸兄は改めて、頼直の提案は適切だったと思った。

「おうっ！　狩衣に血が！　お怪我でございますか!?」

気がつくのが遅いが、そんなことを大声に出すところも気が利かない。内裏内では血の汚れなどは禁忌である。

「しっ」

と制して、「怪我はない」と言い添えたのは、これ以上騒がれないため。

「怪我人を介抱してな、そうなった。朝のうちに屋敷まで持って行って、代わりの物をもらってきてくれ。やたら人に見せぬよう気を配れよ」

「かしこまりましたっ」

知保はうやうやしく承《うけたまわ》ったが、夕刻までに新しい狩衣を持って帰ってきたら上出来だ。その程度に使えぬ小舎人なのである。

洗面や調髪を終えると、いつもの粥《かゆ》で腹を整え、出仕着である束帯《そくたい》の着付けである。

まずは大口の下袴を穿《は》き、汗取りの麻の大帷《おおかたびら》を着た上に紅の単衣《ひとえ》……ここまでが下着だ。白絹の襪《しとうず》（沓下《くつした》）を履き、白袴を着けて、上衣である下襲《したがさね》、半臂《はんぴ》を重ね着し、最後に袍《ほう》を着込んで、腰に石帯《せきたい》（メノウなどを飾りにつけた礼服用の帯）を巻く。袍の色目《いろめ》には階級別の定めがあって、六位の諸兄は深緑と決まっている。

仕上げに垂纓冠《すいえいのかんむり》をかぶり、懐に帖紙《たとう》、手に笏《しゃく》を持って、出勤準備完了だ。

「湯を一杯くれ」

と知保に言いつけておいて、文机《ふづくえ》の前に腰を下ろした。この時間に本日の業務の予習をしておくのが諸兄の習慣である。

まずは、昨日の退出間際に作った文書の内容を、上司に報告。蔵人頭筆頭は左中弁《さちゅうべん》・藤原嗣宗《つぐむね》様だが、六十じいさんは耳が遠くて同じことを三度は言わされるので、右少将《うしょうしょう》の良峯《よしみねの》宗貞《むねさだ》様に報告しておこう。

朝議の書記役は、今回は業平と紀貞守《きのさだもり》。貞守は今年から蔵人に補任《ぶにん》された新人だが、その前に見習いの『非蔵人』を二年やっているから、しくじる心配はなかろう。

「あとは……端午《たんご》の節会《せちえ》の打ち合わせか」

やがて、ドーンドーンと小諸門を開ける合図の太鼓の音が聞こえてきた。喉湿しの湯を取りに行かせた知保は、まだ戻って来ない。

「知保のやつ……水をと言えばよかったな」

どうにも仕事が遅いのを熟知していて、水より一手間かかる湯を所望してしまった自分のうかつさに舌打ちしながら、出がけの一杯はあきらめて立ち上がった。

縁先に出ていって、まだ沓《くつ》の用意ができていないのにカッとなった。

「知保！　知保ー！」

「は、はいー！　湯、湯をお持ちし」

みなまで言わせずに怒鳴りつけた。

「湯はもういい！　沓だ、沓！」

「は、はいーっ！」

ドタドタと駆けていってバタバタと戻って来、「ど、どうぞっ」と踏み石の上にそろえた浅沓《あさぐつ》は、一目見て左右が逆だとわかったが、諸兄は無言で足を突っ込んだ。仕事はトロいくせにあわて者の知保に、いまさら何をか言わんやである。

蔵人所町屋の東隣りにある校書殿に渡り、その西庇《にしびさし》にある蔵人所に入った。清涼殿《せいりようでん》での徹夜の宿直から下がってきていた紀数雄《きのかずお》にねぎらいの挨拶《あいさつ》を言い、先に来ていた貞守や末成《すえなり》とも挨拶をかわして、本日の業務に必要なあれこれを支度し始めていたところで、業平がやって来た。

先に帰ってきたくせに、

「遅いぞっ」

と小声でとがめてやった諸兄に、業平はわざとらしく檜扇《ひおうぎ》の陰で大あくびをした。

「俺はおぬしと違って、朝も昼も夜も励める造りにはなっていないのだ」

諸兄はむっと眉根を引き寄せた。宿直番でもない俺がこうして徹夜をしているのは、誰のせいだ!?

「俺は、朝昼に励んで夜は寝る主義だっ」

痩せぎすなのでよけいひょろりと高く見える長身の、幅だけあって肉づきは薄い肩をそびやかして見せた諸兄に、業平は檜扇の陰で、

「おや、むっつりスケベ」

とつぶやき、数雄と末成がプッと吹いた。

「な、なんでそうなる！」

諸兄がさらに肩をいからせると、諸兄より若い貞守までがプフーッと吹き出した。

「いや、よいのだ、諸兄」

業平がとりなし口調で言ったが、檜扇に隠した顔はニヤついているのがわかる。

「昼下がりのつまみ食いで経験を積むというのは、よい考えだ」

「なっ！」

「朝というのはいささか危ない気もするが、まあ海千山千の女房（宮中の諸官女）方にいろいろ教わるのも、ためになろうよ」

「なな、何の話だっ！」

もうおよそわかってはいたが、とりあえずそうわめいた諸兄の耳は赤い。二十五という歳にしては超ウブというか遅れ過ぎの奥手というか……女の話となると、武骨な顔が赤面発汗しておたおたしてしまう男である。

そうした諸兄の反応は、仲間達をドッと笑わせた。馬鹿にするというのではない、この方面ではみょうに固くてからかいがいのある男であることを、可愛《かわい》げとして受け取っているのだ。

一方、たいていの場合からかう側の先鋒《せんぽう》を務める業平は、密《ひそ》か事については元服前から一人前だったと噂《うわさ》され、つねに派手な浮き名を流している男。天与の美貌《びぼう》と、そう丈高いほうではなくどちらかというと華奢《きやしゃ》なタチに見える容姿が、女達の恋心を惹きつけるらしい。相手と噂される女の数が片手の指の数を下ったことはなく、しかも昨夜のように新しい女を見つけに行くのもマメである。諸兄は、そんな業平の『恋の狩人』ぶりを、一種の病だと思っている。

「何やらにぎやかだね」

という声と一緒に、蔵人頭の一人の右少将宗貞殿が入ってきて、諸兄達は居ずまいを正した。父親は良峯姓を賜《たまわ》って臣籍《しんせき》に下った桓武《かんむ》天皇の皇子という血筋の宗貞は、三十三の男盛り。色白で恰幅《かっぷく》がいいので一見おだやかな人物のように見えるが、中身はけっこう熱血漢である。

その後ろから、源　舒《みなもとののぶる》が入ってきた。昨年まで蔵人所にいた二十一歳の青年で、位階《いかい》は無《む》位《い》だが嵯峨《さが》天皇の孫という立場。現在の部署は中務　省《なかつかさしょう》の内舎人《うどねり》……つまり帝の近侍《きんじ》である。

ちなみに、いまここには業平をふくめて三人の『皇孫』がいるわけだが、これには二つ理由がある。一つは、当時は皇族の数が多くて、皇室予算で『孫』までは養いきれず、つまりは自分で身を立ててもらうための就職先が必要だったという事情。そして、それが蔵人所に多く求められたのは、帝の機密文書もあつかう蔵人には身内を使ったほうが安心だという、採用側のニーズとの合致があったというのが二つ目だ。

「みなみな様、早うのご昇　殿《しょうでん》まことにけっこうに存じます」

舒のうやうやしい挨拶に、面々もうやうやしく応じた。舒が蔵人所に渡ってきた用件は『日《にっ》給《きゅう》』、すなわち出欠の確認だからである。

官人達の出世を左右する勤務評定は、まず遅刻や欠勤なしにきちんと職場に出てきているかどうかでおこなわれる。そのために日々定刻をもって『日給簡《にっきゅうかん》』という出勤簿がつけられ、舒は現在、蔵人所担当の記録係というわけだ。

「左中弁と橘《たちばな》右少将は遅参《ちさん》だな」

業平がうれしそうに上司達の遅刻をあげつらった。

「左中弁様は急な物忌《ものい》みにてご欠勤とのお届けが出ております」

「……またか」

と良峯右少将がひたいに手をやった。

「ぎっくり腰か歯痛か、はたまた持病の眩暈《めまい》を起こされたか」

業平がへらへらと言い、諸兄に睨まれてクックッと肩を揺らしながら続けた。

「朝議の貫首《かんしゅ》（議長）は右少将様が務められたほうが、さくさくと進みます。のう、諸兄殿」

そう振ってこられて、諸兄は「は……あ、まあ、いや」と口ごもった。

賛成すれば左中弁への陰口《かげぐち》に荷担することになり、賛成しなければ右少将を信頼していないということになる。

「う、右少将様のお声のほうが、はっきりしていて聞き取りよいな、うむ」

とは必死の逃げで、切り抜けたぞとホッと肩を落とした。

とたんに業平がけらけらと笑いころげ、ほかの者達も笑い出して、諸兄はむっとなった。

「からかったな、業平殿！」

「い、いや、いやいや。うむ、たしかに右少将のお声はいい、うむ」

口ぶりはまじめくさってみせていても、息を切らして笑い笑いのセリフでは、とうていまじめに言っているとは聞こえない。

だが諸兄も、こうした業平のやり口にはいいかげん慣れていた。こちらが何か言えば言うほどに、あげ足とりや、わざとやる曲解や言いがかりの餌食《えじき》にされる。腹を立てて言い返すほど業平はますますおもしろがり、ますますしつこく絡まれてしまう。だから相手にしないのが一番なのだ。

そこで諸兄は「さて、支度支度」と業平に背を向け、ほかの面々も笑いを治めて各自の仕事に戻った。一幕はいい息抜きになったが、帝のご臨席がある朝議は冗談事ではないのだ。


千寿の目を覚まさせたのは、ドーンドドーンと腹に響く重々しい太鼓の音だったようだ。

それが大内裏の主要な門をひらく合図の『開大門鼓《かいだいもんこ》』だとは、千寿は知らない。そもそも、その音が意識を呼び覚ましたきっかけではあったが、はっきり聞き取ったというのでもない。

気がついて目を開けて、（どこだろう）と思った。

家の中にいる……村のそれのような小さな家ではなく、でも寺ではない。この匂いは、廏のようだけれど……

「どこだ？」

とつぶやいた声に、

「起きたか」

と男の声での返事がきて、ギョッとした。頭をめぐらせて声のほうを見やった。板の間の床の一間《けん》ほど向こうに、水干《すいかん》を着込んだ大きな男が座っていた。日焼けした頬から顎にひげを生やした横顔を見せ、あぐらをかいた膝《ひざ》の上にうずくまるように背を屈めているのは、何か手仕事をしているらしい。

男は一声言っただけで仕事を続けていたが、やがてきりがついたらしく顔を上げて、千寿のほうを見やってきた。

「粥、食うか」

いままで聞いたことがないような、おかしな言葉つきだった。だが意味は理解できたし、とたんに口の中につばが湧き上がったが、千寿は問いに答えるかわりにたずねた。

「ここは……どちらでございましょうや」

「左馬寮だ」

男は答えてくれたが、千寿にはわからない。言葉つきのせいではなく、そんな場所の名前は聞いたことがなかった。

「さまりょう……」

と口の中で言ってみても、何のことやらさっぱりだ。見上げた目の先に見えるのは、梁《はり》が剝《む》き出しの天井。千寿が寝ている場所の三方を葭簀《よしず》の衝立《ついたて》が囲んでいて、男の向こうにも衝立。寝かされているのは藁《わら》布団のようだ。

「口がきけるなら、食えるな」

じっとこちらを見ていた男が言い、体を揺すって立ち上がった。ミシミシと床を鳴らして衝立の向こうへ出て行き、またすぐに戻って来た。手には椀を載せた盆を持っている。

「食え」

と顔の前に盆を置かれて、起き上がった。

全身をするどい痛みが走って、ウッと声が出た。

「どれも犬どもがじゃれたような浅い咬み傷じゃ。手当てはした。四、五日は痛い。爪の剝《は》げた足はもう少しか」

そういえば、狩り犬に襲われて……と思い出した。

「あの、ここは弾正台……というところでしょうか」

とたずねた。あのお方はたしか、そこのナリワラ諸兄様……だった。

「いや、ここは左馬寮だ」

男はくり返し、

「蔵人の諸兄様が預けて行かれた」

と言い添えた。

「ああ、はい、諸兄様にお助けいただきました」

では弾正台の蔵人のナリワラ諸兄様なのだ。（しっかり覚えておかねば）と千寿はその名前を頭に刻み込んだが……業平があの時「弾正台のナリワラ」と言ったのは、面倒事が押しかけてくるなら煙に巻いてやれというつもりでのデタラメである。あの狩人達が弾正台に申し立てれば、「当方にはナリワラなどという者はおらぬ」と門前払いを食うという寸法だ。

しかし役所の名前や役人の官名など知らない千寿は、てっきりそうと思い込み、『蔵人』は弾正台の官人の役名ではないと知るのは、ずいぶんあとのことになる。

「食うて寝ろ。熱がある」

と言われて、どこもかしこも手当ての布を巻かれている体の痛みに顔をしかめながら、

「頂戴《ちょうだい》いたしまする」

と頭を下げて、椀を取りあげた。

椀には小さな木杓子《しゃくし》（スプーン）がつけてあり、指まで覆って布を巻かれている手でも粥をすくうことができた。食べ始めてみたら空腹で、ついガツガツと椀を空にした。

「まだ食い足りないようだな」

と男は笑い、衝立の向こうへ出ていっておかわりをよそってきてくれた。

二杯目の粥を食べていた最中に、ふと懐が軽いのに気づいた。あわてて手を入れて調べてみた。

いや、そうだ、独鈷杵はあそこで落とした。馬が走り出してしまってから思い出して、もう間に合わなかった。

だが書状のほうは!? あれは懐に入れたままだったはずなのに、

「ない……!」

「ん? どうした」

「しょ、書状がっ」

「書状? あるじからの預り物か」

「い、いえ、餞別にいただいた、大切な……」

もしやそのあたりに置いてあるのではと期待をかけて見まわしてみた。

「そのような物は持っておらなんだぞ」

と言われて、唇を嚙んだ。

では、あれもどこかに落として来てしまったのか。

「懐に入れていたのか?」

「は、はい」

「諸兄様がお預かりくださっているのかもしれん。おいでになられたらお尋ねしてみろ」

「はい……」

「ともかく食い終えて、寝ろ」

「……はい」

食事を済ませた体を横たえようとして、着ているのが自分の小袖ではないのに気がついた。手当てだけではなく、着替えも貸してくれたのだ。

(諸兄様のご親切だろうか。それとも、このお方の?)

「諸兄様は昼前には戻られよう。それまで眠って待っておれ」

「はい」

とすなおに目をつぶろうとした千寿に、

「俺は左馬寮に仕える下野《しもつけ》の頼直だ」

と男が名乗り、照れているふうに烏帽子ぎわを掻きながら続けた。

「国にはおまえと同じぐらいの息子がいる。用があれば呼べ」

(この人はよい人だ)と感じながら、

「ありがとう存じまする」

と答えて目を閉じた。

目をつぶると、体が下に沈んで行くような奇妙な心地がしたが、怖い感じではなかった。むしろ快いような……

その感覚に引かれるままに眠りに落ちて行きながら、千寿は（あ……）と気がついた。

（狩り犬どもと組み合ったあの時に、書状も落としたか？）

だがその先を考える前に、意識は眠りに呑《の》まれた。


目を閉じたと思うとすうっと眠り込んでしまった少年の、疲れにやつれていてもなお美貌としか言いようのない顔だちを眺めながら、頼直は（人買い）という言葉を思っていた。

見目よい童を、親から買ったり、あるいは攫ってきたりして、商《あきな》う者がいるという。

（この子はそうした身の上なのではあるまいか。買われたか攫われたかして京の近くまでつれて来られたが、売られる前に逃げ出してきて……そんな事情なのではあるまいか）

頼直の出身地である下野は、よい駒を産出することで知られた馬産地で、牧《まき》（牧場）で働く者達の暮らしはそう悪くはなかったが、税が払えなくて人買いに子を売ったという話もないではない。また見目よい童女や童子がふいと行方知れずになり、人買いに攫われたのだと噂になった事件も二、三は聞いた覚えがある。

（もしもそうしたことならば、この子は守ってやらねば）

と、頼直は決意した。

帝の部民《べみん》の義務として労役で奉仕するために上京して、はや三年。妻や年老いた親達とともに残してきた一人息子は、今年で十五。その下の二人の娘達は十一と七つ……生まれて一年と生きられなかったほかの三人の子達のぶんも元気に育って欲しいと、いつも神仏に祈っている頼直である。

次に目を覚ました時、千寿《せんじゅ》を起こしたのは、うるさくしゃべり合っている男達のだみ声だった。

「ん？　おいおい、なんだ、このわっぱは」

という間近で聞こえた男の大声が、深い眠りの底から浮かび上がりかけていた千寿の意識をハッと覚醒《かくせい》させた。

「おい、勝手に覗《のぞ》くな、蔵人《くろうど》の諸兄《もろえ》様からの預り物だ」

と答えた声は、頼直《よりなお》様。

「諸兄様の？　ご酔狂なことだの。どうした子細《しさい》だ」

「わしは知らん」

「厩番《うまやばん》の者！　誰かおらぬか！」

外のほうから呼ばう声がして、

「ははあ！」

と答えた誰かが急いで出ていく気配。

ウモ〜ォと、どこか近くでウシが啼《な》いた。ブルルルッと聞こえたのはウマの鼻音。

そうか、ここは廏の番小屋か、と千寿は思った。

千寿が育った村の人々は、川のそばの低地では稲を作り、高台の牧では牛馬を育てていた。とと様が育てた村で一番立派だったウシは、左大臣様のお屋敷に買い上げられた。左大臣様がお乗りになる牛車《ぎっしゃ》を曳《ひ》くのだそうだ。ウマは十頭のうちのよい三頭は、都の兵馬司《へいばつかさ》に差し出されれ……

「おっ、目を覚ましたぞ」

という声に、ビクッとしながらそちらを見た。

「ほほ〜、なんとぱっちりでかい目じゃ」

頼直様ではないひげ面が衝立《ついたて》の隙間《すきま》から覗き込んでいた。

「おう、起きたか」

頼直様の声が答えて、衝立の上から顔が覗き、

「だいぶ顔色がようなった」

と笑った。

「諸兄様はもうやがてみえられるじゃろう。白湯《さゆ》でもやるか？」

「ありがとう存じます」

「郷里でなら薬草の煎《せん》じ湯など飲ましてやるところだがな、この京では何を手に入れるにも銭がいる」

ああ、いただいた銭もなくしたのだな……と気づきながら、

「ここは京なのですね？」

とたしかめた。

「おう。京の大内裏《だいだいり》の中よ。どこだと思っておったのだ？」

頼直様が可笑《おか》しそうに言い、千寿は「はい」とうつむいた。

「頼直はいるか」

という外からの声に、

「ははあ」

と頼直様が答えて、衝立の向こうへ出ていった。

「預けた童は？」

（諸兄様だ！）

頼直様は答える代わりにそちら側の衝立をどけ、千寿は心の用意をする暇もなく、縁の外に立っていたその人と対面した。

一目見て、（やはり背の高いお方だ）と思った。

昨夜のいでたちとは打って変わった、頭には黒い漆塗《うるしぬり》の冠をかぶり立派な衣裳を着込んだお姿の諸兄様は、こうして見るとかなり気性の激しそうな武骨な顔だちの濃い眉の下から、じっと千寿を見つめてこられた。いや……見ているというより、睨《にら》んでいるというべきか。

千寿は急いで座っていた藁《わら》布団から下りると、膝《ひざ》をそろえ手をついて床にひたいがつくまで頭を下げた。

「昨夜はあやういところをお救いいただき、まことにありがとう存じまする。このご恩は終生忘れませぬ。幾重にも幾重にも御礼申し上げまする」

そうして声をかけられるのを待ったが、諸兄様は何もおっしゃらないので、しかたなくまたこちらから口をひらいた。

「お預けくださりました頼直様にはたいへんよくしていただき、重ねて御礼申し上げます」

こんどは、

「お、おう、そうか」

と返事があった。

それからちょっと間を置いて、名をたずねられた。

「千寿丸と申します」

「どういう身の上だ？　ああ……昨夜、天神《てんじん》川の近くでおまえを拾った時のゴタゴタは覚えておるか」

「はい。ああしてお助けいただき、まことに」

「ああいや、もう礼はいい。あーその、顔を上げよ」

平伏を解いて頭を上げた千寿に、諸兄様はなにやら目を逃され、手にした扇を口元にかざしながら、心もち言いよどむようすでおっしゃった。

「如意輪寺《にょいりんじ》の稚児《ちご》、だとかと奴らは申しておったが」

その寺から逃げてきた身を認めていいのかどうかためらったが、助けてくださった方に嘘《うそ》はいけないと思い決めた。

「はい。たしかにわたくしは、嵯峨《さが》の如意輪寺で稚児をいたしていた者でございます」

「おう、まこと稚児か！」

と手を打つ調子で言ったのは、諸兄様ではない。

諸兄様の後ろへやって来た、男にしてはなよやかな美貌《びぼう》のお方は、たしかお名は……

「なんだ、来たのか業平《なりひら》殿」

業平様はそれには答えずに、諸兄様より幾分高くて柔らかい声音で横柄に言った。

「なるほど、顔だちは美しいな」

年の頃はゆうべの印象どおり諸兄様とあまり変わらないようだが、体格はずっと華奢《きやしや》な……烏帽子《えぼし》をかぶった華やかな直衣《のうし》姿のその方を、千寿は（危険そうだ）と判断した。

自分のほうこそハッと目が覚めるような美青年だが、そのくっきりとした二重瞼《ふたえまぶた》の目の中に踊らせている光は、何というか……徳生《とくしよう》達が浮かべる好色な薄笑いとは違うのだが、油断をするとひどい目に遭いそうな気がする。

「しかし、その目はいかんな」

業平様が、しかつめらしくおっしゃった。

「まるでいまにも棒で打たれるかと怖《おじ》けている野良犬のようだ」

千寿の内心の危ぶみを見抜いたうえでの、皮肉たっぷりの揶揄《やゆ》。

思わずムカッとなりながら、

「恐れ入ります」

と頭を下げた。

「ふむ。野良犬のように見えるのは、その見苦しいぐるぐる巻きと、みすぼらしい小袖《こそで》のせいもあるな。せめてまともな物でも着せてやれば、ずいぶんと見映えがよくなろう」

業平様はそれを、隣でむっつりと立っている諸兄様の肩に肩で戯《ざ》れかかりながらおっしゃり、千寿のほうへ顎《あご》をしゃくった。

「見ていろ、あの怪我が治って磨きあげたら、光り輝く珠のごとき美童になるぞ」

「ふむ……それで?」

「それで、とは張り合いのない。稚児と申せば、ひととおりの礼式を教え込まれたうえに、夜《よ》伽《とぎ》の作法も身につけていよう。よい拾い物をしたと言うておるのさ」

千寿はすうっと顔色が青ざめるのを覚えた。

この業平様というお方は、『三ショウ』達と同じ性癖なのか!?　ここにいては、またああして追いまわされることになる!?

「しかし磨きあげると言うて……どうする」

諸兄様が何か別のことを考えているような要領を得ない顔で尋ねた。

「どうする、とは？」

業平様がニヤニヤと千寿のようすを観察しながら聞き返した。

「つまりだ、その……いつまでもここに置いておくわけにはいかんだろう」

「むろん、そうだな」

とぼけるふうに言って、業平様はさらにニヤニヤ笑いを深めた。

「俺の屋敷に引き取ろう」

千寿はゾクンッとなったが、諸兄様は興味を引かれたようだった。

「ふむ？」

「俺のところで小舎人《ことねり》にでも使おう」

「身元もわからぬ者をか」

「如意輪寺の稚児だったのだろう？　身元はしっかりしているではないか」

「いや待て。まこと如意輪寺の稚児ならば、なぜあんなところに一人でいた？」

「そりゃあむろん、逃げてきたのだろうよ」

千寿はドキッとし、諸兄様は目を剝《む》いた。

「て、寺から逃げてきた稚児なら、寺へ帰さねばならん！」

「本来ならばな。だが本人がいやで逃げてきたものを、送り返すというのもむごいぞ」

業平様は言い返して、千寿におっしゃった。

「わっぱ、心配せずとも、その顔だちを買うて俺の小舎人の端くれに使うてやるゆえな」

「待て待て、業平殿！　寺の稚児といえば預かり人か、寺が金を出して買うた者かの二つに一つだ。いくらおぬしでも、勝手に召し抱えるというわけにはいかんぞ！」

「たしかに堅く考えればそうであろうな」

業平様はうなずき、千寿に向かって手招きをした。

「来い。あー……千寿というたか？　来い、千寿、俺の屋敷にまいるぞ」

「おい、待て！」

諸兄様が割って入る調子で怒鳴った。

「寺を逃げてきた稚児を勝手に召し抱えることは、できぬのだと申したであろう！」

「そうガミガミと大声を出さずとも聞こえる」

業平様はうるさそうに返して、言い継いだ。

「そもそも諸兄、おぬしはいったい何の話をしておるのだ？」

「はあ？」

と間の抜けた顔をされた諸兄様に、業平様は（おやおや……）というふうに二、三度頭を振って言われた。

「ゆうべの夜明かしがよほどこたえていると見える。もうよいから部屋に戻って休め。俺は千寿を屋敷まで送り届けてくるゆえ」

「い、いや、だから、その千寿とやらを召し抱えるというのは！」

「反対なのか？」

「い、いや、反対というのではなく」

「おぬしのような風雅の道に疎い男にはどうでもよいことだろうが、女に文《ふみ》を届けさせるにも女の家に通う供をさせるにも、小舎人は見目よいに越したことはないのだぞ」

「あ、まあ、そうではあろうが、俺が言いたいのはだな！」

「もしや、おぬしが欲しいのか？」

「はあ!?」

「しかし、女に文をやることも通うこともせぬおぬしに、見目よい小舎人は必要あるまいに」

言って、業平様は「おう」と膝を打った。

「そうかそうか、夜伽の作法も仕込まれていると聞いて、心動いたか」

「は？　よ、夜伽!?　おぬし、まさか……色好みがそこまで高じたか！」

呆《あき》れ顔で叫んだ諸兄様に、業平様は手にした檜扇《ひおうぎ》をさらりとひらいて口元に当て、目では千寿を見ながら、わざとらしい小声で諸兄様にささやいた。

「先ほどからずいぶんと見惚《みと》れていたであろうが」

「はあっ!? お、俺がか!」

諸兄様が目を剝き、業平様はニヤニヤしながら言い重ねた。

「おぬしがいっこうに女のもとへ通わぬのが、そういう理由だとは気づかなんだ。じつは美少年趣味だったとは、なかなかすみに置けぬ」

「俺にはそんな趣味はないぞ!」

諸兄様はまったく心外だというふうに吠えたが、その目元は明らかにうろたえているせいだとわかる赤みに染まっていて、千寿はドキッとなった。

だめだ、やはりこの方達は『三ショウ』と同じだ。この方達とはいられない。

「左近将監《さこんしょうげん》様」

男の声が呼び、業平様がそちらを振り向いた。

「おう、馬の支度ができたか」

とうなずいて、千寿を見やってきた。

「俺の屋敷は三条一坊の朱雀大路《すざくおおじ》沿いで、ここからさほど遠くはない。馬は光正《みつまさ》に曳《ひ》いて行かせるから、鞍《くら》の上に座っているだけでよいぞ。そのくらいの元気はあろう?」

「ちょっと待て、業平殿。先ほどの話がまだ済んでいない」

諸兄様が押し止めるようにおっしゃった。

「何の話だ?」

業平様は首をかしげ、わざとらしく「ああ、千寿を召し抱える件」と扇で手を打った。

「その話ならば、千寿は私奴婢《しぬひ》などではないから、何も問題はない。

そうだな、千寿？」

「おう、そういえば証文《しょうもん》があるとか言うておったな」

諸兄様が（思い出した）という顔でおっしゃった。

「そもそもこの顔だちを見てなお、私奴婢かなどと疑うとは、おぬしいったい何年宮中《きゅうちゅう》におるのだ？　日頃目隠しをして歩いておるだろう」

「……どういうことだ？」

ドキッとなった千寿の耳に、業平様がヒソヒソと諸兄様に耳打ちするのが聞こえた。

「続きは俺の屋敷で話そう」

アア……と千寿は胸の中で呻《うめ》いた。そうか、先ほど気にかかったこの方の目つきは、拓尊《たくそん》のあれに似通っていたのだ。よいモノを見つけたと、ほくそ笑む薄笑いだったのだ。

これはなんとかしないと、あんなつらい思いで阿闍梨《あじゃり》様とお別れしてきた甲斐《かい》がない。拓尊には利用されずに済んでも、この人に利用されることになるなら、せっかく逃がしてくださった阿闍梨様のお心が無になる。

「おぬしの家でもかまわぬが、ともかく、公の身分を持たぬ者をいつまでも大内裏内に置いておくのは困る。友の尻拭《しりぬぐ》いの役に立つのはやぶさかではないが、俺には近衛の将監としての立場もあるのだ」

「し、尻拭いとは、おぬしが俺にさせたのではないか！」

「ほう？」

「その童を見つけたのはおぬしだぞ！　それを俺に押しつけたのではないか！」

「ならば、俺の屋敷につれていくのが順当というわけだな？」

「あ？　ま、まあ……うむ」

「話は決まった。千寿、来い」

「はい」

と答えた千寿の頭の中には、お二人がやり合っているあいだに考え出したいい口実が入っていた。

「お召し抱えいただけますのは光栄でございますが、じつはすぐにお屋敷にはまいれませぬ」

「ほう？　何か差し支えがあるのか」

「はい。阿闍梨様にお書きいただきました身分を明かす証文を、昨夜なくしてしまいました。落とした場所はおよそ心当たりがございますので、あれを見つけてから、お屋敷にうかがいとう存じます」

「どう思う？　諸兄」

業平様が諸兄様の肘《ひじ》を肘で小突きながら、扇の陰で言った。

「どうとは？」

「俺はな、逃げ口上だと思うぞ。どうも千寿は俺を信用していない。あの目はそうだ。俺が自分を召そうとするのは伽の相手をさせたいためだと、そう見抜いているな、あれは」

「そ、そうなのか!?」

「しかし抱くは抱くでも、俺の仕方はやさしいのになあ」

「お、おぬし、女だけでは飽きたらず、その趣味もあったのか！」

「あったらどうだというのだ？　おぬしはべつに千寿に興味はないのだろう？　稚児が寺から逃げるといえば理由は一つだが、なあに、むくつけき坊主どもに寄ってたかって酷くされたことなど、俺がよくよく可愛《かわい》がって忘れさせてやる。のう、千寿？」

いやです！　と千寿が心の中で叫んだのと同時に、

「だめだ！」

と諸兄様が怒鳴られた。

「そ、そういうことなら、千寿は俺が預かる！」

千寿は心の底からホッとしながら、諸兄様のお顔を頼もしく見上げた。

ああ、この方はよい方だ。わしの気持ちを汲み取って、味方についてくださるのだ。

その諸兄様のお顔が、ふっと二つに増えて、（え？）と思った。ふうっと体が傾いでいき、あらあらと思っているあいだに床につっ伏していた。でもその床はぐらりぐらりとまわり動いていて……

「どうした、千寿!?」

「おう、熱が上がりましたのじゃ」

「怪我人を寝かせてもやらずに長話などさせておくからだ。まったくおぬしは気が利かぬ」

「話を長引かせたのはおぬしだろう！」

なにやら心地がふわふわして、あれもこれも取りとめがない中で、千寿は頼直様の腕に抱かれて家の中を運ばれ、薄曇りの空の下を行き、お屋敷の部屋らしい場所に寝かされた。

その夕から千寿は高熱を出し、昼も夜もわからない状態となった。

熱にうなされながら、千寿は恐ろしい夢を見ていた。狩り犬達に襲われて必死で闘う夢も見たが、おどろおどろしい悪夢のほとんどは、鬼のような顔つきに薄笑いを浮かべた拓尊や徳生達に追われるものだった。

小暗い寺の僧坊《そうぼう》や渡り廊下や、隠れ場所のない金堂《こんどう》の前庭や、山道や夜の野道で……逃げても逃げても逃げきれなくて、ついにむんずと体をつかまれる。何人もの腕に引き倒され、千寿は必死の悲鳴を上げて逃れようともがく。

そして灼《や》けつくような思いで悔やむのだ。

（独鈷杵《とっこしょ》があれば！　阿闍梨様にいただいた独鈷杵をなくさなければ……！）

諸兄は、千寿を屋敷に預けた二日目の見舞いで、それを決意した。

布団の中で見るも苦しげに浅い息をつき、高熱に火照《ほて》る頬《ほお》は紅色に染まった千寿が、悪夢に襲われて転々と煩悶《はんもん》しながら、くり返しうわごとで言う「独鈷杵」を、見つけてきてやらねば、と。

こうまで心にかけている独鈷杵を千寿がなくしたのは、自分のせいのような気がしていた。そう……あの時、たしかにその言葉を聞いた。聞いて（落としたのだな）と思った。だが勤めに遅れてはならぬと気が急《せ》いていたので、聞いた言葉に聞かぬふりをした。あそこで一足戻ってやれば済んだものを、俺は知らぬふりで来てしまって……そうだ、千寿が大事な独鈷杵をなくしたのは、俺のせいだ。

そしてまた、その独鈷杵さえあれば、千寿はこうまでうなされずに済むのだろうと思うと、千寿が苦しげにうなされるのも、自分のせいのような気がしてくる。

美しい……というより、諸兄としては『愛らしい』という言葉のほうが似合う気がしている……千寿のまだ幼さが残った愛らしく端正な顔が、熱に責められ悪夢におびやかされる苦しみに歪《ゆが》むのを見ていると、自分がそうさせているような気がどんどん強くなって、たまらない。

業平から「俺が『恋の病気』なら、おぬしは『責任感の病気』だな」とからかわれたことがあるように、諸兄には何かというと自分で自分に責務を引き寄せて背負い込む癖がある。

まじめ生まじめを通り越して潔癖性的にくそまじめな性格のせいなのだろうが、蔵人所でも自分のせいではないしくじりに（なんとか補わなくては）という責任感を覚えて、よけいな仕事を背負い込んでいることがままある。

もっとも当人は、それを『責任感病』だなどとは思っていず、自分の感覚が真っ当なのだと信じているから、信念にしたがってせっせと一山でも二山でも背負い込む。

そして周囲も、諸兄のことは責任感が強いうえに仕事能力も高い『蔵人の鑑《かがみ》』として厚い信頼を寄せ、「おぬしは仕事にハマり過ぎだ」などと批判してくるのは業平ぐらい。

業平によると「仕事に熱中するばかりで、恋の一つもできない男など、人間としていびつなできそこない」だそうで、「おぬしに恋の仕方を伝授してやるのが、俺のいまの目標だ」などと言っているが、諸兄は相手にしていない。

それはともかく……

（これはやはり、その独鈷杵を拾い戻して来ねば）

そう決めた諸兄の行動は早かった。思い立って一刻後には、馬で出かけていたのだから。

そして（落としたというなら、あそこだろう）と考えた、千寿が狩り犬に襲われた現場を見つけ出し、あたりくまなく探したのだが、結局その日は見つけられなかった。

だが一度であきらめるような諸兄ではない。翌日も同じ場所へでかけて、茅《かや》の根までわけて探しまわり、その翌日はさらに範囲を広げて探してみた。そして四日目もまた……

そうした諸兄の行動を、業平は「やはり千寿に一目惚れしていたのだなあ」などとからかってきたが、そうしたからかい口はいつものことである。「そうかもしれぬな」とかわしておいたのだが……言葉には言霊《ことだま》が宿り、言ったことはそのようになる、というのはこの時代の常識だった。

……それは、千寿を苦しめる悪夢が極まった夜だった。

夕刻から熱が上がって、千寿は（またあの夢を見るのだ）と恐れながら、うつらうつらしていた。眠りたくはないのだが、高熱と悪夢とで疲れきった体は、ともすれば意識を手放そうとする。

ふと、ミシミシと縁《えん》をやって来る何人かの足音に目が覚めた。

看病についてくれている老婆が、千寿が寝かされている敷き畳を囲っていた几帳《きちょう》をのけた。

「諸兄様のお母上様が、おまえの病気平癒のお加持《かじ》をお頼みくだすったんですよ。なんとも、もったいなくもありがたいことじゃないかね」

老婆の言葉は千寿の耳には入っていなかった。

千寿の意識は、縁をやって来た人々が、巻き上げられた御簾《みす》をくぐって僧形の姿をあらわした瞬間に凍りついていたからだ。

夢ではなかった。ここは如意輪寺ではなく、かたわらには老婆がいる。

そして……夕闇がたれ込めた部屋に入ってきた墨染《すみぞめ》の衣の僧達は、身も心も消耗し尽くしていた千寿の目には、あの拓尊や徳生達に見えた。

追ってきたのだ……見つかった！ つれ戻されてしまうのだ！

「い、いやじゃ！ いやじゃ、いやっ、いやじゃあっ！」

千寿の錯乱は、老婆や僧達には、千寿に憑《つ》いた魔が僧達の徳に恐れおののくさまに見えた。

「これは加持より調伏《ちょうぶく》の祈禱《きとう》をおこなうべきじゃな」

「四方陣《しほうじん》を組むぞ」

「ははっ」

弱りきって立ち上がることもできず、しかし這《は》ってでも逃れようとあがく千寿を、僧達は四方から取り囲み、恐ろしい声で五大明王《みょうおう》の真言を唱え上げ、威圧に満ちた降魔《ごうま》調伏の経《きょう》を浴びせかけた。

それぞれにかなりの修行を積んでいるらしい僧達の読経《ときょう》は、唱える経そのものが具《そな》えている法力ではなく、鍛えた喉《のど》が発する男の野太い声の威力で千寿を圧倒し、追い詰めていく。

「あっ！ あ〜っ！ ああ〜〜〜っ!!」

四人の僧達も老婆も、千寿の身内にひそんだ魔の苦鳴だと信じ込んでいた発狂寸前の絶叫が、いましも心のタガを失ったかん高い叫びに裏返ろうとした時だった。

ダンダンダンダンダンッと駆けつけてくる足音を前ぶれに、

「何をしている!!」

という怒声とともに飛び込んできた人が、僧達をはねのけて千寿の肩をつかみ、がばと自分の胸に抱き込んだ。

「も、諸兄様！」

「調伏の最中じゃ、おどきあれ！」

「魔に憑かれますぞ！」

驚きあわてる声に向かって、千寿を抱き守る腕の持ち主が怒鳴り返した。

「御坊《ごぼう》らへのご無礼はのちほど詫《わ》びる！　いまは疾《と》くこの場を去られよ！」

「な、なんと!?」

「われらの調伏をじゃま立て召されるか！」

千寿を抱きしめた人はそれには答えずに、恐怖に固く握り締めた千寿の手に何かを押しつけてきながら言った。

「これがわかるか!?　わかるか!?　おまえの言っていた独鈷杵だぞ！　慈円《じえん》阿闍梨から賜《たまわ》ったと言うていた、おまえの独鈷杵だ、見つけてきた！　手をひらけ、千寿！　受け取れ！」

力を抜いた意識はないままに、千寿は握り締めていた手をほどき、手のひらに押しつけられたそれに指をからめた。間違いなくそれである感触に、「ああ……」とほほえんだ。

「阿闍梨様……の……独鈷じゃ……」

握らせてやったそれがわかったしるしに、心底からの安堵《あんど》を響かせたつぶやきを漏らして、すうっと体のこわばりを解いた少年の、たぎるような熱を発して浅く短い息を喘《あえ》がせている体を抱きながら、諸兄はあらためて僧達を見渡した。

「先ほどのご無礼は、心よりお詫び申す。この千寿丸には、御坊らの僧形に怯《おび》えるゆえがござり申して、病平癒の加持祈禱も控えていた次第。

おそらくは母の招きでおいでくだされたのだと存ずるが、今日のところは、どうかこのままお引き取り願いたい」

「しかし、その童には明らかに魔が取り憑いておりますぞ！」

憤然と食ってかかってきた僧に、諸兄は冷ややかにやり返した。

「なれば、入唐学僧にして密教の権威、嵯峨山の慈円阿闍梨が長年のあいだ修法に愛用された独鈷杵を、このようになつかしげに懐に抱くことができる魔とは、いったいどのような？」

僧達はぐっと黙り込み、一人が頭を下げて背を向けたのを契機に次々と出ていった。

「トノメ、北の対屋《たいのや》までお送りしてさしあげろ」

部屋のすみで小さくなっていた老婆に言いつけて、諸兄はつけくわえた。

「それと母上に、お気持ちはありがたかったが、加持祈禱を施すなら陰陽師《おんみようじ》に頼んでいただきたかったと。わけあって千寿は、墨染の衣を着込んだ男を怖がるのだ、と申し上げてくれ」

老婆が出ていくと、諸兄は腕の中の少年に注意を戻した。

「大事ないか？　まだ熱は高いな」

「ずいぶんと……気分はよう……なりました」

千寿の返事は息を継ぎ継ぎの弱々しいかすれ声だったが、表情は先ほどまでとは別人のようにおだやかに晴れていた。

「恐ろしい思いをさせてすまなかった。母にはけっして悪気はなかったのだ」

「はい……」

瘦《や》せやつれて細く尖《とが》ってしまっている顎でうなずいてみせて、少年は言い添えた。

「御坊方を……いやな方々と見間違えました。意気地のないざまで……お恥ずかしゅうございまする」

その『いやな者』達に、どのような目に遭わされてきたのか。この頼りなげな細い体を、どのように玩《もてあそ》ばれ……（いや、思うな！）

自分を叱って妄想を断ち切ると、諸兄は千寿を抱き上げて布団に戻してやった。三日前よりもさらに軽くなっている病身の痛々しさに胸が痛んだ。

枕を当ててやり、まだしっかりと独鈷杵を握り締めている胸元まで掛け具を引き上げてやってから、

「もう一つ土産があるぞ」

と前置きして懐から取り出した。

「これもおまえの物であろう？」

夜露朝露にさらされたうえに泥じみに汚れた書状を、千寿は（信じられない）という顔つきで、わなわなと震わせている手に受け取り、ほろりと涙をこぼした。

「探しても探しても見つからないと思うたら、独鈷杵も書状も、近くの村の者が拾うていたのよ。その男、書状のほうは経だと思い込んで毎日拝んでいたそうでの。礼には本物の経巻を与えてやる約束をしてきた」

「よくぞお探しくだされて……ありがとう存じまする……ご恩は一生忘れませぬっ」

大事な宝二つを抱きしめて、うれしさと安堵にさめざめと泣き出した千寿は、ほろりほろりと流す涙が止まらぬうちに寝入ってしまい、諸兄は「まだ子どもだな」と笑いつつ、千寿の泣き濡《ぬ》らした頬を小袖のたもとで拭ってやったが。もしも業平が見ていたら、「それは愛しい女の頬に触れる手つきだ」とでもからかっていただろう。

諸兄が見つけてきた独鈷杵と書状が、加持祈禱と薬の役を果たしたかのように、その夜を境として千寿はめきめきと快復し始めたらしい。

らしいというのは、翌暁いつものように出仕《しゅっし》したところが、面倒な取り込み事が持ち上がっていて、幾日も屋敷に帰れない日々が続いたからだ。

取り込みが片づくまでの六日間は、諸兄ら蔵人達は大内裏を下がるどころか内裏からも出られないありさまで過ごした。さらに諸兄にはその後、自分の宿直《とのい》の番と、物忌みに入った業平の代わりの宿直番とが重なって、千寿のようすを見に屋敷に戻れたのは、祈禱騒ぎから八日目の昼下がりだった。

暦は四月に入っていたその日は、からりと晴れた空から初夏の日ざしがさんさんと降り注ぎ、さわやかな風が青々と茂った木々の枝を揺らしている。

大内裏の美福門《びふくもん》から二条大路《にじょうおおじ》に出ると、諸兄は東に向かった。あの日、頼直に抱えさせた千寿につき添って、仕事用の束帯《そくたい》姿のまま急ぎたどった道を、今日も急《せ》く気持ちが先に立った早足で行く諸兄の顔は、期待の色で明るい。

ようやく面倒事は片づいたが宿直の番に当たってしまっていた一昨日、いささかの暇が取れたので、屋敷の母に千寿の容態を尋ねる文を遣《や》った。母はすぐさま返事をしたため、諸兄が遣った使いの者に託してくれた。

母の文によると、千寿はすっかり元気になり、吉日である明日（つまりは昨日のことだ）には床《とこ》も上げる予定でいるとのこと。

よい知らせというのはそれだけで心を弾ませるものだが、うれしい結果をもうすぐこの目で見られるという期待は、楽しさのあまり足まで弾ませる。

東三条にある藤原《ふじわら》屋敷の門をくぐると、諸兄は自分の住まいがある西の対《たい》に向かった。

だが南庇《みなみびさし》の部屋には千寿の姿はなく、母が与えてくれたのだろう文机《ふづくえ》の上に、例の独鈷杵が大切そうに置かれているばかりだ。

「トノメはいるか！　誰かある！」

家人の三郎《さぶろう》が飛んできて、千寿は北の対だと教えてくれた。

「母上のところか。ずいぶんと気に入っておられるようだな」

目を細めた諸兄に、前歯が欠けている顔は貧相だが、よく働くし気もいい三郎もニイと笑って言った。

「北の御方様には、まるでご自分の和子《わこ》様のようにお可愛がりで。諸兄様がしげくはお帰りになれぬのが、お寂しかったようでござりますのう」

「父上は相変わらず四条の別邸に行ったままか」

「はあ」

前《さき》の大納言《だいなごん》殿は、正妻のいる屋敷に住むよりも、若い愛人と暮らすほうを選んでいる。

……もっとも『愛人』という言葉は正確ではない。当時の貴族社会は一夫一婦制ではなく、『正妻』という言い方も便宜的なものだ。

ある男にとって、一定のしきたりを踏んで婚姻した女達はすべて同等に『妻』であり、女の家柄や愛情の偏りによって『妻』達のあいだにある種の階級差は発生するが、後世での正妻と側室といった厳密な差別ではない。

それというのも、この時代の男女の関係というのは、キリスト教徒のように神を立会人にして貞淑の誓いを立てるわけでも、法に則《のっと》った厳然たる制度としての結婚観があるわけでもない。当人同士の了解を周囲が承認することで成立する、現代で言えば内縁関係のようなゆるやかなものだったからだ。

ただしそのゆるやかさは、夫が妻の家に通う、あるいは住み込むことで関係を保つ『妻問《つまど》い婚』が一般的だったために、男の浮気心を暗に保障するという面があった。つまり男は、ある妻に飽きれば、その妻の家に寄りつかないという手で、事実上、婚姻関係を自然消滅させることができたのだ。

しかし、それもまた一般論であり、諸兄の父母の関係には当てはまらない。

諸兄の母の桂子《かつらこ》は、天皇家の血を引く女性であるため、夫である前の大納言殿はそれなりの配慮を求められる立場にあり、自分の本宅に迎え入れて正式な女主人として据えてあるというわけだ。

桂子の住まいは、寝殿造《しんでんづく》りといわれる形式の邸宅の、母屋《おもや》である『寝殿』の奥に添わせた北の対屋である。渡り廊下で寝殿と結ばれている東や西の対屋と違って、北の対と寝殿との行き来は東か西の対屋伝いに渡らなくてはならない構造で、その理由は母屋とのあいだにある中庭にある。

藤原大納言家の中庭は、寝殿の正面に作られた前庭よりも広壮なぐらいの、池があり築山《つきやま》があり前庭へと流れる小川もあり、さらに四季折々の美を提供する草木をふんだんに植え込んだ、帝の離宮もかくやという贅沢《ぜいたく》な園庭なのだ。

桂子を屋敷に迎える条件だったという、その広い中庭を確保するために、北の対屋はふつうよりもぐんと奥まって造ることになった。

西の対の南端に住まいをもらっている諸兄にとっては、西の対を端から端まで通り抜けたうえに、さらに長い渡り廊下を行かなくてはならない構造は、急いでいる時には（不便だ）と感じるが、おおよそは気に入っている。

母の自慢である中庭の風景は、友人の業平からは「風流を解さない朴念仁《ぼくねんじん》」と悪口されている諸兄の目から見ても、充分に美しいものだったからだ。

さて、西の対の北端から渡り廊下に踏み込んで、諸兄は何気なく庭を見やった。北の対屋の前に広がる池のほとりに、侍女にかしずかれた母の姿と、業平とを見つけて、むっと眉をひそめた。

母親と業平が、まるで愛人同士であるかのように、御簾も隔てずに一緒にいることにむっとしたのではない。業平と桂子との関係は甥《おい》と叔母のようなものだ。

問題は、物忌みだと言って昨夜の宿直を諸兄に代わらせた業平が、今時分ここにいるということである。

「業平め、また俺をたばかったかっ」

物忌みというのは、業平が時々やるずる休みの口実で、自分はまんまと引っかけられたのではないかと思って、むっとしたのである。

池のほとりに立って、そろって何かを眺めているらしい二人は、諸兄がやって来ているのに気づかず、諸兄も大声で呼ばうなどという子どもじみたことはしない。あと少しで渡り終える廊下を歩きながら、二人が見ているほうに目をやった。

その姿は、目に飛び込んでくるといった鮮やかさで諸兄の視線を捕らえ、的板《まといた》を射抜いた矢のように心に突き刺さって焼きついた。

下に着た小袖の紅色が華やかに映える、真っ白い水干《すいかん》を着込んだ姿は、時と場合からして千寿に違いない。だが、あの少年は、あんなにも美しかっただろうか？　容貌《ようぼう》は、宮中でも美貌の誉れ高い女官《にょかん》達と比べても、劣るどころか勝っていそうな端麗で、しかも凛《りん》とした品をたたえている。折り取ってきたらしいやまぶきの花枝を手に築山から下りてくる、ほっそりとした小柄な体は、しなやかで軽やかで生き生きとした快活さにあふれている。

自分がその姿に見惚れているとは気づかずに、完璧に見惚れきっている諸兄の視野の中で、千寿はすたすたと築山を下りきると池の東の岸をまわって行き、北側のほとりに立っている桂子と業平のところへ歩み寄った。

何か言いながらの軽い会釈と一緒に、千寿が手にした花枝を業平に差し出すのを見て、諸兄の胸にちくりとトゲが生えた。

業平が、千寿の取ってきたやまぶきの枝を受け取るのを見て、ちくちくっとトゲが尖った。

業平が千寿に言葉をかけるのを見て、トゲはムカッと千本にも増えた。

千寿が子鹿のようにくるりと大きな目で業平を見上げ、ちょっと小生意気な表情を作って、花びらのような唇で何か答えるのを見て、知らないうちに切れかかっていた堪忍袋の緒が切れた。

「業平殿！　そんなところで何をしている！」

そう怒鳴った諸兄の声は、誰が聞いても宣戦布告の雄叫《おたけ》びとしか思えなかっただろうが……

（えっ!?）というふうに千寿が諸兄のほうを振り返り、パアッと思いきりの笑顔になった。

諸兄に向かって、いともうれしそうに大きく袖を振った。

「諸兄様あ！　お帰りなさいませえ！」

その瞬間、諸兄がまとっていた不動明王の憤怒の光焔《こうえん》のごとき怒気は、まさしく雲散霧消と昇華し去り、あとに残ったのは、目撃した業平が思わず（うわは〜）と扇で目をふさいだような、見ているこっちが恥ずかしくなる手のでれでれ笑みだった。

千寿がこちらへ駆けてきた。庭の中を巡り歩く楽しみのために、くねくねとしつらえて玉砂利を敷きつめてある小道を、諸兄に向かって駆けてくる。高床《たかゆか》作りの渡り廊下の欄干《らんかん》の際《きわ》まで駆けつけてきて、うれしそうな熱心な目で諸兄を見上げ、

「お帰りなさいませっ」

と弾んだ声でさっきの挨拶《あいさつ》をくり返し、ぺこっと頭を下げた。

「ずっとお帰りをお待ちしておりました。お礼を申し上げたくて」

その時、諸兄が覚えていたのは勝ち誇るような高揚感で、ちらと目が行ったのは母のかたわらにいる業平。

千寿に目を戻して、

「もうすっかりよいようだな」

と笑ってみせた。

「はい。おかげを持ちまして、このとおり元気になりました。諸兄様のご厚情はまことにありがたく、重ね重ねお礼申し上げます」

「世話を見てくれたのは母だ。俺は何もしていない」

照れが言わせた諸兄のセリフに、千寿は「いいえ」と気色ばんだ。

「どこの者ともわからぬわしをお拾いくださり、手厚う看護していただけるようにしてくださいましたのは、諸兄様でございます。そればかりではなく、千寿の大事な宝を二つながらに取り戻していただきました」

そして千寿は目を伏せ膝を折ってその場に土下座すると、美しいしぐさで低く平伏し、かしこまった声音でうやうやしく言った。

「諸兄様は、千寿の二人目の命の親でございます。もしもお許しをいただけますなら、下男の端くれとしてお仕えさせていただきとう存じまする。ふつつか者でございますが、お助けいただいたご恩をお返しいたしとうございます。なにとぞお願い申し上げまする」

諸兄は当惑を覚えたが、少年は真剣で、平伏した背を見るからに緊張させて諸兄の返事を待っている。

「そうさな……」

と考えるふりで時を稼ごうとした。そう、ふりだった。心はすでに決まっていたから。だがそれを率直に認めるのは面映《おもは》ゆく、よって返事もそれなりのものになった。

「母上にお願いして、わが家の家人《けにん》に召し抱えていただこう。さいわい母上はおまえが気に入られているようだから、否《いな》とは申されまい。よく仕えてさしあげるのだぞ」

「……ありがとう存じまする」

と答えた千寿の声音には、がっかりと落胆している思いが聞き取れて、諸兄は自分の言った返事を後悔したが、もう口にしてしまったことである。

「うむ」とうなずいて終わりにしようとしたところへ、業平がやって来た。

「諸兄はおまえの頼みを聞いてくれたかい？」

業平はいとも馴《な》れ馴れしく千寿に声をかけ、顔を上げた千寿も親しみの情が聞き取れる口調で答えた。

「はい。お屋敷の家人にお使いいただけるよう、お母上様にお話しくださると言うていただきました」

「おや、千寿は諸兄に仕えたいのではなかった？　桂子様はやさしい方だから、ここの家人になればよそよりよい暮らしはできようが、諸兄はめったにこの屋敷には帰ってこないのだよ。それではおまえの望みと違うのではないのかい？」

「千寿は諸兄様のおっしゃるとおりにいたします」

「では、もしも諸兄がおまえをいらないと言って、よそに売ったら？」

業平の意地悪な問いかけに、千寿は一瞬顔をこわばらせたが、

「もちろん仰せにしたがいます」

と強い調子で言いきった。

「ああ、売られたって逃げ出せばいいものね」

「そのようなことはいたしませぬ！　諸兄様のお顔に泥を塗るような真似は、けっして！」

「でも売られた先が、おまえの体をオモチャにしようとするような男だったら？　そうそう、寺の稚児に売られるということもあるかもしれない」

「俺はそんなことはせんぞ！」

諸兄は思わず口をはさんだが、千寿は、目は業平に向けた横顔に固い決意の色を見せて、自分に誓うように言葉を嚙《か》み締める調子で返した。

「それが諸兄様のご意志なら、千寿は従います。どんなお方にでもお仕えいたします」

「だって、おまえはそういうことがいやで、命がけで寺から逃げてきたのだろう?」

「はい……ですが、いまあるこの命は諸兄様にお拾いいただいたもの。その命に生かされておりますわしの体は、諸兄様のものでございます。

売るも殺すも、諸兄様のお気持ちしだいにお使いいただければ本望でございます」

「覚悟のほど、よくわかった」

業平はうなずいてみせ、諸兄に目を向けてきた。

「おぬしはどうでもいいらしいが、俺はこの子が気に入った。見目は美しいし賢いし、忠実によく仕えてくれそうだからね。

そこで相談なのだが、ぜひこの千寿を俺に譲ってくれ」

それは、先ほど心にもない返事をしてしまった時から、どこかで予感していた持ちかけだったが、業平の声が告げる現実として耳に入ってきたその言葉は、たいそう諸兄を動揺させた。

「あ、いや、その」

「かまわないだろう?」

業平はたたみかけてきた。

「この屋敷は家人は足りているようだし、おぬしも特に不平不満はないらしい。それに比べて俺は、以前から見目よく気のきいた小舎人が欲しいと思うて、ずいぶんあれこれ探してきた。

千寿とて、恩返しと言われてはことわれずにしかたなし置いてもらうより、望まれた先で働くほうがずっと気持ちがよかろう。諸兄は人助けを恩に着せるような男ではないしな」

言い分を聞いているうちに、諸兄の腹の中はむかむかとトゲ立ち始めていたが、業平の言うことには一理も二理もあり、自分のほうにはそれを論破できるような理屈は何一つない。

「むろん、ただで譲れとは言わぬさ」

業平がそう言葉を継ぎ、「そうさなあ……」と考え込んで、「おう、あれだ」と手にした扇で膝を打った。

「先だって俺が手に入れた、あの白馬《あおうま》と交換するというのはどうだ。結局『相模《さがみ》』と名をつけたが、よい馬だとうらやましがっておったろう？　あれに合わせて作らせた、斗利《とり》の手になる蒔絵《まきえ》の鞍もつけてやってもよい。

どうだ、悪い取り引きではなかろう」

「千寿は売り買いするようなモノではないぞ！」

思わず怒鳴った瞬間、格好の口実がひょいと頭に浮かび、諸兄は迷わず飛びついた。

「ついつい忘れていたが、あいにくと俺も、身の回りに使う者には不自由をしておってな。俺の曹司《ぞうし》付きの小舎人が、まったく使えぬ男なのは、おぬしも知っているだろう」

「ああ、知保《ともやす》か？　まあ少々の噂《うわさ》ぐらいはな。それで？」

業平がとぼけた顔で言い、諸兄は（もしや、またこやつの手のひらに乗せられていたか？）

と疑ったが、言い出してしまった以上あとには引けないし、引きたい気もなかった。

「千寿は俺の家人に召し抱える」

と宣言した。

言ったとたんに、このうえなく正しい決断だという確信を覚えて、我知らず胸を張った。

「よっておぬしには譲れぬ。すまんな」

「やれやれ、おぬしは言い出したら聞かぬからな」

口をすぼめて不服を表明してみせた業平だったが、その目の色は（してやったり）とほくそ笑むふうにきらめいていて、どうやら残念がっているのは口先だけらしい。

「なんだ、千寿を小舎人に欲しいと言うたは戯言《ざれごと》だったのか」

と追及してやった。

「いや、本気だったさ」

業平はしゃあしゃあと嘘をつく調子で言い、パラとひらいた扇で口元を隠しながらつけくわえた。

「しかしおぬしは、千寿に会うて以来、まさに『春日野の若紫のすり衣、しのぶのみだれかぎり知られず』という風情であったし」

「なんだ、それは。いや、今のがおぬしの詠《よ》んだ歌だということは知っておるが」

業平はクスッと鼻を鳴らして続けた。

「千寿は、おぬしに仕えたがっているからな。このような朴念仁のどこがよいのか気が知れぬが、蓼食《たで》う虫の好き好きに口を出しても始まらぬ。惚れられた身として、まあせいぜい可愛がってやることだ」

業平の言い方には色事をほのめかすような言葉遣いがされていて、諸兄はむっとなった気持ちのままにやり返した。

「千寿は俺を命の恩人と思うてくれているだけだが、仕える相手としては、誰知らぬ者はない節操なしの色好みより、稚児趣味などわからぬ朴念仁のほうが安心できるというものだろう」

ズケズケと言ってしまってから、（しまった、いまのは千寿の心の傷に障る言いぐさだったか!?）と思いついたが、急には言い繕う手も思いつけない。

おたおたと見やった千寿は顔を伏せていて、表情が見えない。いや、ああしてうつむいていることこそが、読むべき表情なのか？　そうなのだろう、きっと傷ついたのだろう。詫びてやらねば。だが何と言えばいい？　ああっ、何と言えばいい!?

冷や汗が出そうな気まずさを救ってくれたのは、業平だった。

「聞いてのとおり、この藤原諸兄という男は、巧い口など金輪際《こんりんざい》きけない不器用者だが、そのぶん裏表のない誠実な人間であることは、俺が友として保証するよ。

いまの言い方はまるでなっていなかったが、ようは諸兄はおまえの身の上に同情していて、おまえを俺の色好みからかばうために自分で召し抱えることにしたというわけだ。わかるな?」

「はい」

という小声での返事を聞き取って、諸兄はホッと肩の力を抜いた。

「うっかり、おまえの気持ちを考えぬ言い方をした。すまぬ」

詫びの言葉は自然と口から出たぐあいにすらすらと言えて、さらに安堵が深まった。

「いえ……」

と千寿はつぶやきに近い声音で答え、すっと顔を上げたと思うと、まっすぐに諸兄を見上げてきながら続けた。

「諸兄様や業平様のようなご立派な方々に、このようなお気遣いをおさせしてしもうた、思えば情けない限りの未熟さに恥じ入ります。誰も彼もが悪人に思えたのは、千寿に人を見る目がなかったせいでございました。

このようなわたくしがお仕えして、いくらかでもお役に立ちますのかどうか……身の程をわきまえぬ僭越《せんえつ》なお願いであったのではないかと、いまさらながらに身が縮んでおります」

最後のほうは深くうつむきながら語られたそれは、千寿という少年の聡明さと、誠実で誇り高い心映えを、諸兄の胸に焼きつけた。

「俺のほうこそ、よい主人になれるかどうかは、やってみねばわからぬというのが本音だ。自分ではよくわからんが、業平殿の言うとおり、人の気持ちに疎《うと》い朴念仁であるようだしな。

だが、こうして主従の縁を結んだからには、仕えてよかったと喜んで仕えてもらえる主人になりたいと思う。よしなに頼む」

「あ、ありがたきお言葉っ……この身の限りにお仕えさせていただきまするっ」

「おうおう、まこと善《よ》きかな、美しきかな」

業平がからかいにしか聞こえない笑い声で寿《ことほ》いで、ほがらかに続けた。

「名《な》にし負《お》う　高嶺《たかね》に生《お》うる藤《ふじ》の枝《え》は　添う花を得こそ　風に匂わん」

得意とする短歌の韻律《いんりつ》に作って、詠《うた》う口調で披瀝《ひれき》してみせた業平のうがった友情に、諸兄は苦笑して、得意の漢詩の調子で応えた。

「春宵《しゅんしょう》　美花《びか》に巡り合いて心打たる　その心は　清冽《せいれつ》なる水の流れに出会いて　日頃の煩欲《はんよく》を洗われるが如し　柵《さく》を築いて花を護《まも》るといえども　恐るるは無情の摘み手にして　心ある有《う》情《じょう》の同志には　一献の酒を奉らん
朴念仁にできる限りに、大事にするさ」

業平はひょいと肩をすくめて、また詠った。

「この花は　咲けば散りぬる定めとて　咲かさぬままに枯れ老わすは愚か」

そして上目遣いに諸兄を見やり、諸兄が歌の意味を理解しているのを見て取って扇の陰でクックと笑うと、その扇をひらりとかざして舞い始めた。

「名にし負う〜高嶺に生うる藤の枝は〜添う花を得こそ風に匂わん〜。名にし負う〜高嶺に生うる藤の枝は〜」

「やめい、やめい！　おぬしの気障《きざ》さには鳥肌が立つ！」

遠慮容赦なく怒鳴ってやった諸兄の声は、どこ吹く風と聞き流して、業平はひらりひらりと舞いながら庭の小道を池のほうへと戻っていき、いつの間にか母の姿は消えていた北の対屋の前の池のほとりで、ことさら声高く麗々しく詠い舞ってみせて、扇を閉じた。

「おーい諸兄殿、白湯《さゆ》を一杯めぐんでくれ！　白湯がないなら酒でもかまわぬぞー！」

諸兄は笑って、渡り廊下の下に控えている千寿に「酒を持ってきてくれ」と命じた。

「台盤所《だいばんどころ》（台所）はわかるか？」

「はい」

「かわらけ（盃）を三つと、何かつまみ物も」

「かしこまりました」

千寿は手際よく言いつけを果たした。すなわち、諸兄が母への帰宅の挨拶を済ませるのを待っていたように、三人分のかわらけと酒の入った瓶子《へいし》とを運んで来、桂子への礼儀上、御簾の外の縁に座を占めた諸兄と業平のために円座《えんざ》（座布団）の席もしつらえてみせた。酌《しゃく》のしかたも堂に入ったもので、酒がいっそう美味くなるような上手な取り持ちをする。

「これならば、町屋での仕事もすぐに覚えそうだな」

上機嫌で言った諸兄に、桂子や侍女の小糸《こいと》は、千寿を町屋に連れて行ってしまうのかとたい

そう惜しがったが、反対はしなかった。

「あの翌朝、目を覚ましたとたんに、トノメに『諸兄様は』と聞いたそうで、それからはもう日に何度でも『諸兄様はお帰りにならないのか』と尋ねていたそうですよ」

桂子は笑いながらそう言い、小糸も口を添えた。

「どうしてそんなになついたものかと、みな不思議がるやら可笑しがるやら」

「可笑しいということはないでしょう」

「いえいえ。床を出られるようになってすぐから、ふいと姿が見えなくなったと思うと、ご門のところにうずくまっているのですって。トノメが何度叱っても、そうするのですって。あまりに懸命にお帰りを待っているので、みなは、まるでなついた主人を恋しがる子犬のようだと可笑しがっておりましたの」

見れば千寿は耳を赤くしてうつむいているので、諸兄は抗弁の機会を与えてやろうと思い、

「そうなのか?」

と水を向けてやった。

「一刻も早く、くさぐさのお礼を申し上げねばと気が急いておりました」

千寿はさらに真っ赤になりながらも、美しい言葉つきでそう言いわけし、諸兄はそんな千寿に誇らしさと愛しさを覚えた。

「そんなに待たせていたとは思わなんだ。すまなかったな。御用のことが多くて帰るに帰れな

かったのだ」

「そういえば、この男もずいぶんとそわそわしておりましたよ」

業平が揶揄する調子で口をはさんだ。

「あれは、置いてきた子犬が気がかりで落ち着かなかったのだねえ」

「いや、べつにそわそわなどはしていなかったぞ」

「いやいや、しておったさ」

「まあ、昨夜はちとな」

頭をかいて認めて、諸兄はじろりと業平を見やった。

「なにせ、昨夜は帰ってこられるはずだったのが、急な物忌みだというおぬしの代わりに一晩よけいに宿直をせねばならなかったのだからな」

「まあまあ諸兄殿、お物忌みは相身《あいみ》互い。そのような恨み言は申されまいぞ」

桂子がおだやかにたしなめた。

「業平殿の『物忌み』は、女性《にょしょう》からの返しの文が来たから、といった理由である場合がままあるのです」

渋面を作って暴露してやった諸兄に、業平は閉口《へいこう》した顔でひらひらと手を振ってみせた。

「たしかに、そうしたこともないとは言わぬさ。だが昨日の物忌みは、清涼殿《せいりょうでん》の西の庇にいたところが、三つクシャミが出たせいだ」

「……なんだ、それは」

「女官の誰かが俺に懸想《けそう》したという意味さ。それで俺は『君子危うきに近寄らず』の手だてとして、内裏を下がって屋敷にこもったというわけだ」

「ばかばかしい、そんな物忌みがあるものかっ」

諸兄は憤慨したが、母と侍女はころころと笑いころげ、千寿も笑いをこらえているようす。

「わかった、もういい」

と追及の鉾《ほこ》を納めてやった。業平とのつき合い歴は浅いと言えば浅く、彼が蔵人に補任《ぶにん》されて以来の二年ほどでしかないが、そのあいだにこの手の口争いはさんざんやり、けれど一度として勝てたためしがない相手なのだ。

なんとなく沈黙が落ちた中、終わらせた話題の継《つ》ぎ穂《ほ》を探していて、諸兄はふと思い出した。

「ところで千寿」

と話しかけた。

「まだそなたの身の上をくわしゅう聞く時がなかった。俺に仕えてくれるのはうれしいが、親はないのか？　帰りたい家があるなら、帰してやるぞ」

「親はわからず出自も知りませぬ」

千寿はそう答えた。

「生まれたばかりで如意輪寺の門前に捨てられ、お拾いくださった慈円阿闍梨様のお情けで育てられた者でございまする。

千寿という名のみ、この手のひらに書いて握らせてあったそうでございますが、親の手がかりはほかに何もございませぬし、千寿は知りたいとも思いませぬ」

最後につけくわえた一言は、自分を捨てた親への反発心からだろう。やさしげな美貌とは裏腹に、かなり気性はきついらしい。

「そうか」

と飲み込んで、次の話題を出そうとしたが、うまく思い浮かばなかった諸兄に、業平が言った。

「ところでこの稚児殿は、四書五経や漢詩については俺より学んでおるようだぞ」

「ほう？　そうなのか？」

千寿は困惑顔をした。

「さあ……寺ではいつも勉学に不熱心だと叱られておりました。手習いだけは、阿闍梨様がお教えくださいましたので、まじめに稽古《けいこ》しておりましたが……その、あまり好きではございませんでしたせいか、いつまでたっても手が上がらぬと……」

「そうか、そなたは当代の名筆と謳《うた》われる慈円阿闍梨の直弟子《じきでし》というわけよな。よし、何か書いてみよ。

小糸殿、紙と硯《すずり》をもらえまいか」

「ただいま」

さっそく書道具が揃《そろ》えられたのを見て、千寿はますます困った顔になった。

「書けと仰せられましても……何を書けばよいのでございましょう」

「なんでもよい。好きな漢詩など書いてみよ」

「……はい」

千寿は手早く墨をすりあげると、筆をとって墨を含ませ、与えられた鳥《と》の子《こ》の紙にすらすらと書き始めたが。

「春宵　巡逢美花打心……おい、それは」

「おぬしが先ほど戯れ詠んだ詩よな」

「口から出任せに詠んだだけで、俺はもう忘れているぞ」

「千寿は覚えているのさ。それよりも、この墨痕淋漓《ぼっこんりんり》とした手の鮮やかさを見てみろ」

「慈円阿闍梨の書によう似ているな」

「品格では、まだまだかの名筆に届くものではないが、才はあるぞ」

「あっ」

と小さく叫んで、千寿が筆を止めた。

くやしそうに諸兄達を見やってきながら、

「そばでいろいろ仰せられるゆえ、つい気が逸《そ》れてしくじりました」

と花びらのような唇を尖らせた。

「おう、すまぬすまぬ」

頭をかいて詫びた諸兄に、書き上がりを覗き込んでいた業平が言った。

「しくじったのは『藤原諸兄　詠』の『詠』の字だ。おぬしの名までは立派に書けている」

それから、屈めていた背を起こしながらフンと鼻を鳴らした。

「こう書に起こしてみると、耳で聞いたよりさらに駄作だな」

「悪かったな」

と諸兄はむくれた。


翌日、千寿は諸兄様のお供として大内裏の門をくぐった。諸兄様は宿直明けの非番の日なのだが、明日のお務めのために、大内裏の門が開いている時刻に町屋に戻っておく必要があるのだそうだ。

美福門でも春華門《しゅんかもん》でも、衛士《えじ》達は諸兄様につき従った千寿をじろじろ見てはきたが、誰かと問い質《ただ》してくることはなかった。

内裏の内塀にある武徳門《ぶとくもん》では、衛士の長《ちょう》らしい男が諸兄様に声をかけてきたが、「俺の家人だ。見覚えてやってくれ」という諸兄様の返事で、あっさり通してくれた。

「屋敷からの道順は覚えられたか？」

「はい」

「使いに行ってもらうこともあるからな。よく道は覚えておけよ」

「かしこまりました」

「ここが蔵人所町屋だ。俺達『六位蔵人』と舎人《とねり》や雑色《ぞうしき》といった下役達は、ここに住もうておる。俺達はそれぞれ曹司（部屋）をいただいておるから、屋敷でそうしておったように、おまえは俺の曹司で暮らせばよかろう」

「はい」

「頭《とう》の右少将《うしょうしょう》様に願い出て、許可はもらっておく」

「恐れ入ります」

「おまえにしてもらうのは町屋内での俺の身の回りの世話だが、一つだけ特に言うておく。蔵人という職は、帝《みかど》のおそば近くにお仕えし、詔《みことのり》を各省の長や大臣達に伝奏《でんそう》するのがおもな役目だが、中にはやたらと人の耳に漏らしてはならぬ事柄もある。もしも俺が持ち帰った手控《てびか》え（メモ）が目に入ったり、何やらの話が耳に入った時には、けっして人に漏らすな。おまえの胸の中だけに留めておくのだ。いいな？」

「かしこまりました。こちらで見聞きいたしましたことは、固く秘密にいたします」

「うむ、頼むぞ」

諸兄様の曹司は、東向きに並んだ部屋部屋の北端の一室で、むさくるしい男が間抜けな顔で昼寝をしていた。

「おい、知保」

と諸兄様が声をかけると、ふにゃあと唸《うな》ってしょぼしょぼと目を開け、「わっ、諸兄様っ」と飛び起きた。

「何も用がないなら昼寝をするのはかまわんが、舎人部屋で寝ろ」

「もっもっ、申しわけございませんっ」

諸兄様の不在をいいことに、勝手に昼寝場所に使っていたらしい。

あたふたと部屋から逃げだして行こうとした知保殿を、諸兄様が「待て待て」と呼び返した。

「今日から俺の身の回りの世話をさせる千寿丸だ。慣れぬうちはあれこれ教えてやってくれ」

「は、はあ」

知保殿はじろじろと千寿を見回してから、

「では、わたくしのお役目はいかように」

と諸兄様をうかがった。

「舎人頭《とねりのとう》に聞け」

放り出すように言った諸兄様の口調から、千寿は（諸兄様は、この知保という人をお気に召していないらしい）と判断した。

「そうか、舎人頭と雑色頭には引き合わせておかぬといかんな」

建物の案内がてら、それぞれの束ね役に紹介してもらい、そのあと諸兄様の仕事場である校《きょう》書殿《しょでん》の蔵人所の場所を教えていただいた。

「おまえは俺の家人という立場で、身分は地下《じげ》だからな。これら御殿《ごてん》には上がれぬ。俺に用がある時は、縁の外から呼んで誰ぞに取り次いでもらえ」

「かしこまりました」

「それから、校書殿から東のほうと北のほうへは行ってはならぬぞ。あちらにあるのは紫宸殿《ししんでん》や清涼殿など帝のおわす御殿で、それから先は帝の妃《きさき》や女御《にょうご》方のお住まいだからな。うっかり迷い込んだりすると、不敬の者として罰せられる」

「わかりました」

「つまり出入りには武徳門のみを用い、蔵人所町屋と蔵人所以外には近づかぬことだ」

「はい」

「遊びたくなったら、武徳門を出て北に向かい、突き当たりにある式乾門《しきかんもん》を出て西に行くと『宴《えん》の松原《まつばら》』がある。広い松林だから好きに遊べるぞ」

「わたくしはもう子どもではございませぬ」

とお答えしたら、

「そうか、すまぬ」

と頭をかかれて、そのまま黙ってしまわれた。それだけではなく、ぐあい悪そうに顔までそむけてしまわれたので、千寿はしゅんと悲しくなった。

よくしていただいて親しみが深くなったぶん、ついつい阿闍梨様といた時のようなやりとりをしようとしてしまった。阿闍梨様とはそれでよかったけれど、諸兄様とはそれではいけないようだ。

「ご無礼つかまつりました」

と小声であやまってみたが、諸兄様は聞こえなかったふりでお答えくださらず、千寿はさらに気落ちしながら（二度としくじるまいぞ）と自分に言い聞かせたのだった。

さて、蔵人所町屋《くろうどどころまちや》での千寿《せんじゅ》の最初の仕事は、台盤所《だいばんどころ》（寺でいう庫裡《くり》だ）から曹司《ぞうし》まで、諸《もろ》兄《え》様の夕餉《ゆうげ》の膳を運ぶことだった。

寺の庫裡司《くりのつかさ》はでっぷりと太っていたが、ここの司は鶴のように瘦《や》せた男で、かん高い声でガミガミとしゃべる。

「ああ!?　諸兄様の家人だと!?　聞いておらんぞ！　そもそも私《わたくし》の家人に食わせるめしはないからな！　銭を払ってめしを買うか、あるじの食べ残しでも食うがいい。

それが諸兄様のぶんの膳と飯櫃《めしびつ》だ。ああと、諸兄様『済み』……と。よし、行っていいぞ」

ここでは、誰に食事を出したかを木簡《もっかん》に書き記して管理しているのだった。

足つきの塗り膳に盛られた一汁三菜の料理と飯櫃を曹司に運んで、給仕についた。飯櫃には椀にたっぷり二杯分のめしが入れてあったが、諸兄様はきれいに召し上がられたので、千寿の口に入るぶんは残らなかった。

ここでの公の身分を持たず、銭なども持っていない自分は、どうやら食うや食わずでいなくてはならないらしい。お屋敷での朝餉は充分にいただいたが、もう夕方で（この当時は一日二食）当然なことに空腹でいた千寿には、それはたいへんつらい予想だったが、まさか諸兄様に銭をねだるわけにもいかない。

（厨番《くりやばん》の誰かと親しくなって、残りめしをめぐんでもらえるようにしよう）と考えた。

食後の白湯《さゆ》も厨までもらいに行かなくてはならず、諸兄様をお待たせしてしまったので、次からは早めに汲みに行くことにした。

済んだ食器は洗い番の仕丁《しちょう》に渡せということだったので、井戸端まで持っていった。洗い場にいたのは烏帽子《えぼし》の下から覗《のぞ》く髪に白いものが混じった初老の男で、そういえばこの厨では女は使わないらしい。

「お願いいたしまする」

と食器を渡そうとしたら、

「新顔だな」

と睨《にら》まれた。

「はい。藤原《ふじわら》諸兄様の家人で、千寿丸と申します。今日より諸兄様のおそばでお仕えすることになりました。よろしくお見知りおきくださりませ」

ていねいに名乗って頭を下げた千寿に、頑固そうな顔つきの初老の男はフンと肩をそびやかした。

「わしは少初位下《しょうほいげ》の植松唯実《うえまつただみ》じゃ」

つまりこの人は位階を持った官人《かんじん》（役人）で、仕丁（労働奉仕に徴集された平民）ではないのだ。千寿は胸の中で（しまった）と首をすくめながら、

「少初位植松唯実様でございますね」

と呼び方を確認した。

男はフンと肩を丸め、ブツブツとつぶやく調子で「わざわざ位階までつけんでいい」と言った。

「では植松唯実様と」

「みな名字までは言わぬわっ」

「では『唯実様』とお呼びさせていただきます」

「おう」

「恐れ入りますが、水を一杯汲ませていただいてよろしゅうございましょうか」

「ああ。わしの井戸じゃあないからな、汲むなとは言えんわ」

「……恐れ入ります」

どうしてここの人達は、こう誰も彼もとげとげしいのだろうと思いながら、千寿は井戸のふちに置いてある釣瓶桶《つるべおけ》を落として水を汲み上げた。お役人様を仕丁と間違えたのだから、トゲトゲされても仕方がないかと思い改めながら、できるだけたくさん飲んだ。そうして水腹でも作っておかないと、諸兄様の前で空きっ腹がグウグウ言ってしまいそうだった。

曹司に戻ると、諸兄様は書見《しょけん》（読書）をされていたが、どうにも部屋が薄暗い。見れば三台ある灯明皿《とうみょう》はどれも芯は短く燃え縮み、油もあとわずかしか入っていないのだ。

急いで厨に行って、灯明油のあり場所を聞いた。不親切な返事でたらい回しに遭ったが、どうにか係の者を見つけだして、油と新しい灯明芯を手に入れた。

ここでも係の者は、渡した油の量や芯の数を木簡に記録し、千寿は（宮中《きゅうちゅう》というのはしわいところなのだな）と思った。

曹司に戻って灯明を明るく灯《とも》し直すと、諸兄様は「おう助かったぞ」と喜んだ。

「おまえは知保《ともやす》よりよほど気が利くな」

と褒められて、（知保という人は、いったいどういう『お世話』をしていたのだろう）と首をかしげてしまった。明かりが暗ければ、芯を替えたり油を足したりして調えるのは、あたりまえのことではないか。

ところで諸兄様の朝のお世話はどのようにすればいいのだろうか。

（いまのうちに知保様に聞いておこう）

こんどもまた不親切な返事しかしてくれない大人達のあいだを聞き歩いて、やっと舎人《とねり》部屋に行き着けた。

舎人部屋というのは、ろくに衝立《ついたて》もない大部屋に二十人ほどがむさ苦しく暮らしているようで、千寿は（曹司に入り込んで昼寝をしたくなる気持ちもわかる）と思った。

端近《はしぢか》に寝ころんでいた男に何の用だと聞かれたので、

「知保様におうかがいしたいことがございまして、まかり越しました」

と答えた。

男はフンという顔をし、寝そべったまま大声で怒鳴った。

「おーい、知保サマ！　やたらべっぴんな客がご用だとよ！」

男の無礼さはこちらが礼儀を尽くさなかったせいかと気づいて、千寿は居ずまいを正し、膝《ひざ》の前に手をつき頭を下げて言った。

「名乗りが遅れましてご無礼いたしました。わたくしは六位蔵人藤原諸兄様の家人で、千寿丸と申します。ふつつか者ですが、なにとぞお見知りおきくださいませ」

三十前後と見える男はびっくりした顔をし、「お、おう」と口ごもりながらもそもそと起き上がった。曲がっていた烏帽子を直して頭をかき、照れくさそうに言った。

「俺は正八位下の新田寿太郎《にったじゅたろう》だ」

「正八位新田寿太郎様」

覚え込むために復唱して、ハッと気づいた。大急ぎの小声で尋ねた。

「恐れ入りますが、知保様のご姓名をお教えいただけませぬか？　諸兄様からはお名しかうかがっておりませんで」

「ハッハ！」

新田寿太郎は大口を開けてそう笑い声を放ち、苦笑いを残した顔で続けた。

「えらく行儀のいい小僧だな。そう堅苦しくこられると、こっちの肩が凝りそうだ」

「それは……相すみませぬ」

「藤原様のお屋敷では、そういう躾《しつけ》をなさるのかい」

新田寿太郎の言い方には、諸兄様の家のやり方をからかう響きがあったので、誤解は解かなくてはと思って言った。

「いいえ。躾は寺で受けました」

「寺？」

と聞き返されて、

「六つの歳から稚児《ちご》をいたしておりました」

と正直に答えてしまったのは、失敗だったらしい。

「ほう」と顎《あご》を持ち上げて、新田寿太郎はニタリとすけべえ面になり、「そいつあ……藤原の御曹司様もすみに置けねえな」といやらしく笑った。

「諸兄様はそのようなお方ではありませぬ！」

思わず怒鳴った千寿の声はほかの舎人達を振り返らせ、暇を持て余していたらしい五、六人が「なんだなんだ」とやって来た。

もの珍しげにじろじろと千寿を眺めながら、勝手なことをしゃべり合った。

「ほう、こりゃあまたべっぴん」

「稚児の値踏みには『上品《じようぼん》』って言うんだよ、田舎者め」

「なんで稚児が蔵人所に来てるんだ？」

「諸兄殿の家人だそうじゃ」

「家人というより懸想人《けそうびと》だろう」

「ほほ、その細い腰をつかまえてじゃっくらもっくらとお励み召されるか」

「おいおい、下品な言い方をするな。稚児殿がでこに青筋を立てておじゃるぞ」

「俺は魔羅《まら》に青筋が立ちそうじゃ」

「おやめください！」

と叫んだ。諸兄様が下品な言われようをされるのが、たまらなく不快だった。

「知保様はおられませぬなら出直してまいります、ごめんくださりませっ」

口早に挨拶《あいさつ》して立ち去ろうとした。

「おい、待て待て」

新田寿太郎がぬっと腕を伸ばしてきて、（捕まる！）と思った。

とっさに跳んだ。横跳びに二間ほどを飛び越えて、縁先一間あたりの地面に降り立ったが、勢いが余ってしまって止まりかねたので、逆らう代わりにくるりと一つとんぼ返りを打って着地した。

「おおっ！」

と舎人達がどよめいた。

「まるで猫じゃ」

「いや、傀儡《くぐつ》の軽業《かるわざ》者ぞ」

「やんや、驚いた」

「ほかに芸はないのかっ⁉」

口々に囃《はや》してくる舎人達に、千寿の向かっ腹がキレた。『三ショウ』に追いまわされていたころの習慣で、とっさに驚いた猫のような逃げ方をした自分の、みっともなさへの腹立ちで頭に血が上ってもいた。

「わしは猫でも傀儡でもないし、もう稚児でもない！　芸も尻奉公もせぬわ！」

ところが男達は、聞くなりゲラゲラと笑いだした。千寿の、小柄な全身を震わせるほどにむきになっているさまが可笑《おか》しかったのだが、千寿にはそうは聞こえない。自分の言い分をあざ笑われたと感じた。くやしさと情けなさにウッと涙ぐんだ。

右も左もわからず知り人もいない場所で、会う人ごとに冷たくあしらわれ、あるいはいやらしい目で嘗《な》めまわされて、心細さはいやおうなしにつのっていた。さらには厨司から「ここには、おまえに食わせるめしはない」と言い渡されたことも、自分の存在を否定されたに等しい衝撃として胸にわだかまっている。今夜は水腹で済ませるとしても、明日からの命の糧《かて》をどうしたらいいのかという強い不安もある。

そうした不安や心細さを必死で抑えつけている自分を、無遠慮に嗤《わら》われた……と感じた。大人達に嗤われて涙ぐんだ自分にさらに情けなさが増し、だがなけなしの誇りが逃げだすのを許さなかった。

みじめたらしい自分への怒りとくやしさにしゃくりあげながら、千寿はここへ来た用件を果たそうと声をしぼった。

「わ、わしは諸兄様にお召し抱え、いただいた家人、なれど、お仕事のようす、ぞ、存じず、どうお仕えしたらよいのか、わ、わからぬゆえ、知保様、に、お尋ねにまいったしだい。な、なにとぞ知保様に、お、お取り次ぎ、くださりませ！」

男達は顔を見合わせ、千寿はまた嗤われるのを覚悟した。いくら嗤われようが用事は済ませると意地を固めて、みっともなく濡《ぬ》らしてしまった頬《ほお》を水干《すいかん》の袖《そで》でぐいと拭《ぬぐ》った。

「お頼み、お耳に届きませんでしたか！」

と舎人達を睨みつけた。

何人かは可笑しげにクククッと肩を揺らしただけだったが、取り合ってくれた人物もいた。新田寿太郎だ。

「おい、知保！　客だと言ったろう、いったい何をぐずぐずしているんだ！」

部屋のほうを振り返って怒鳴って、何を見たやらチッと舌打ちをし、千寿に向かって手招きした。

「あいつにしゃべらせても、どうせ要領を得まい。で、何がわからん」

自分で教えてくれるという。

千寿は、縁の端に腰かけた新田寿太郎の前に行ってひざまずくと、聞きたいことを挙げ並べた。

「まずは、いつごろお床《とこ》を出られるのかがわかりません。お床を出られたあとのお世話の手順も、寺でしていたのと同じでよいのかわかりません。耳盥《みみだらい》やぬぐい布のありかも存じませぬし、お衣裳のことも……法衣や袈裟《けさ》のことならわかりますが、諸兄様のお召し物はたいそうややこしいようにお見受けいたします」

「ふむ……そなた、地下の出か？　顔だちからして、どこぞの名家の子かと思うたが」

まばらにひげをたくわえた顎をかきかき言った新田寿太郎は、まじめに問うていたので、千寿も正直に答えた。

「わたくしは赤子のうちに捨てられた者で、牛飼いの養い親に乳をもろうて育ちましたあとは、ずっと寺で暮らしておりました。俗世のことはほとんど存じませぬ」

「そんなそなたを、諸兄様はようお使いになる気になられたものだな」

「……はい。ですが、寺ではずっと門主様のおそば仕えをいたしておりましたので、お役に立てるはずじゃと存じました。それで、そのようにお願いいたしましたところ、お聞き届けくださいまして」

「ふむ？　そなた、諸兄様に買われてきたのではないのか？」

「いえ！　諸兄様はわたくしの命の恩人でございまする」

「ほう。恩に感じて仕えたというわけか。けなげではないか。のう、みなの衆」

寿太郎が言い、

「まことまことと」

と舎人達も同情を示した中、ウッウッと嗚咽《おえつ》を漏らしながら部屋の奥からあらわれたのは知保である。

「すまぬ、まことすまぬ。そのような子細があるとは露知らず、顔形が美しいのをよいことに諸兄様に取り入り、わしの仕事を横取りした奴と思い込んだ。まっこと、すまなかった。わしにわかることなら何でも教えるぞ」

雨降って地固まるごとくに舎人達が味方になってくれたことは、千寿にとっては心強いという以上の恵みをもたらしてくれた。

知保は、もたもたと要領を得ないやり方ながらも、何事も過ぎるほど懇切ていねいに教えてくれたし、寿太郎ほか目端《めはし》の利く舎人達は、宮中での『要領のいい暮らし方』を伝授してくれたのだ。

なによりありがたかったのは、厨司からことわられた食事を、「俺達と食えばいい」と言ってくれたことだった。

「ここは、上つ方からの下がり物がふんだんに来るところだからな。一人二人の食いぶちなどどうにでもなる」

「しかし厨司様に見つかりますと、ご迷惑がかかるのでは……」

「なあに、ありゃあな、余った食い物をほかに売って、わが懐に小銭を稼いでおるのよ。ここだけの話ぞ。上に知れたら首が飛ぶし、そうしたことは相身互いというものでな」

何事にも要領のいい舎人達は、どこからどうしたものか、千寿のための寝具一式も調達してきてくれた。

「めしのことと一緒で、諸兄様は気づいておられなんだろう」

「はい。もう暖かいゆえ、布団はなくても寝られると覚悟しておりました」

「悪いお方ではないが、生まれた時から上げ膳据え膳の御曹司様じゃからの、こういうことにはまるで気が利かれぬのさ」

「あっは。聞かなかったことにいたしまする」

「それそれ、そうした賢さが身を助ける。正直は美徳じゃが、その上に『馬鹿』がついては、世の中は渡れぬて」

「心得まする」

千寿にとっては村にいた幼いころ以来の、まわりから可愛《かわい》がられる実感は、とても幸せな心持ちがした。


知保や舎人達の手助けのおかげで、三日もすると、千寿は万端隙《すき》なく自分の役目を務められるようになった。

朝は、夜番の者からの合図をもらって主人より先に起き、諸兄様がお目覚めになるころには洗面や着替えの支度は調え終えている。朝餉を終えたあとの習慣もしっかり飲み込んだので、先回り先回りにお世話を果たす。装束の着付け方も覚えた。

沓脱《くつぬ》ぎにそろえる沓はいつもぴかりと光るまで磨いておいたし、正装の装束も普段着の直衣《のうし》も折り目正しく調えられるようになり、少しの汚れならきれいにできるようにもなった。

出仕《しゅっし》なさる諸兄様をお見送りしたあと掃除をする。諸兄様の曹司の掃き掃除、拭《ふ》き掃除はもちろん千寿の仕事だが、そのほか廊下や舎人部屋の掃除もできる限り手伝っている。恩義に報いたい気持ちの表し方を、ほかには思いつかなかったから。

曹司での暮らしに慣れ始めて心持ちも落ち着いてくると、ずっと気がかりだった事柄がむくむくと頭をもたげてきた。

如意輪寺《にょいりんじ》を出るとおっしゃっていた慈円阿闍梨《じえんあじゃり》様の、その後の身の上である。どこぞに庵《いおり》を構えて暮らすと仰せられていたが、あのお齢《とし》でどこでどのように生活しておられるのか……

思えば心配となつかしさがつのって、矢も盾もたまらなくなるが、いますぐ捜しに行けるような立場ではない。だから（いつか必ず）と千寿は心に言い聞かせた。

機会を見つけて諸兄様に何日かのお暇をお願いし、きっと捜しに行こう。必ずふたたびお会いして、千寿のことはご心配いりませんと申し上げ、喜んでいただくのだ。

それは、四月も中旬に入ったころだった。

晴れて暑かった午後も遅くなった時分に、業平《なりひら》様とつれだってお戻りになられた諸兄様が、敷台で沓を脱ぎながらたいそう疲れた顔でおっしゃった。

「やれやれ、今年の支度はやたらと手間取った」

「まったくだ。祭は例年のことだというのに、あのぼんくら式部卿《しきぶきょう》めが」

ブツブツと毒突《どくつ》いた業平様も、疲れきった風情でしきりと顔の汗を拭っている。

そのようすを見て、千寿は水を張った耳盥とぬぐい布を取りに行った。先に曹司に入っておられた諸兄様に、「お体をお拭きいたしましょう」と提案した。

「ん？　ああ、そういえば駆けまわるあいだにだいぶ汗をかいた。顔など洗いたいな」

冠《かんむり》を脱ぎ、装束を解いた諸兄様が、耳盥の水で顔を洗うのをお手伝いし、残りの水でぬぐい布をしぼって用意した。

「単衣《ひとえ》と大帷《おおかたびら》をお脱ぎくださいませ」

「ん？　汗くさいか？」

「新しいものにお召し替えになられたほうが、お気持ちがよかろうと存じます」

「うむ」

紅色の単衣と麻の帷を脱いで上半身裸になった諸兄様に、「お拭きいたします」とことわって、水でしぼったぬぐい布でまずは背肩から拭き始めた。

「おう、すっと心地が晴れるな」

と気持ちよさそうに言われて、

「今日はいつになく暑うござりました」

と返した。

諸兄様の体軀《たいく》は、すらりと丈高く骨太で、阿闍梨様のお齢を召したお体と違って肌も肉づきも若々しく張りつめ、千寿はひそかに（自分もこんな体に育ちたい）とあこがれている。

そんな思いがある千寿の手の動きは、自然と心のこもったていねいなものになる。

「まあ、祭のころはいつもこうしたものだがな」

諸兄様が言われ、千寿は尋ね返した。

「その祭と申されますのは？」

「ん？　知らぬか？　賀茂《かも》の上社下社《かみしゃしもしゃ》に奉幣《ほうへい》する京随一の大祭だぞ」

「いえ……」

「ほう、賀茂の祭を知らぬのか。では楽しみにしておれ。

明日は、紫野《むらさきの》の斎院《さいいん》からお出ましになった斎王様《さいおう》（巫女の最高位の女性）が、鴨川《かもがわ》での『御禊《みそぎ》の儀《ぎ》』のために一条大路をお渡りあそばす。

明後日の、斎王様と帝《みかど》の勅使《ちよくし》とが参宮《さんぐう》される『路頭《ろとう》の儀』は、それまた盛んなものでな、行列が通られる一条大路は見物の者達で埋まる。

ん？　そういえば葵《あおい》は届いているか？　祭のあいだは、宮中ではみな葵のかざし（頭飾り）をつけ、門戸ごとに葵の枝を差し飾るのがしきたりなのだが」

「あ……井戸端の桶《おけ》に山と浸けてありました青枝は、そのためのものでございましたか」

「明日の出仕の際、冠につけて出るからな」

「かしこまりました」

背を拭き上げ腋《わき》もぬぐい上げて、胸元をお拭きしていたところへ、狩衣《かりぎぬ》に着替えた業平様が入ってこられた。

「おう？　よいことをしてもろうておるな」

「うむ、千寿はよく気が利く」

「どうせなら大口（下袴《したばかま》）も取って全部ぬぐうてもらえ」

「ばかを言うな、そこまでさせられるか」

「そうか、千寿は男のモノを怖がるのであったな」

「からかうな」

渋面を作って抗議して、諸兄様は口調を変えた。

「馬場に行くのか？」

「ああ、奉納する走馬《はしりうま》の稽古《けいこ》にもう一汗かいてこねばならん。例の『相模《さがみ》』に乗るのだがな」

「なんだ、まだ乗りこなしておらんのか？　手に入れてやがて二月《ふたつき》にもなるというに」

「きゃつめ、時直《ときなお》の乗る『筑後《ちくご》』に懸想しておるのよ。祭の最中にナニをおっ立てて挑みかかったりしようものなら、俺は大恥をかく」

「それは……大恥どころでは済むまいぞ」

「おまけに『筑後』のほうもまんざらではないと来ている。おかげで俺は、女のところへ飛んで行きたい奴の色心を、手綱《たづな》さばきに従わせる稽古を積まねばならんというわけさ」

「ふ〜む……そりゃあ難儀だなあ」

深々と同情のため息を吐いた諸兄様に、業平様がけろりと言った。

「ばか。真に受けるな」

「なっ！　冗談か!?」

「ありがたく思え。心配をしたおかげで気が鎮まって助かったろう」

業平様はそんなわけのわからない返事をし、だが諸兄様はカアッと顔を赤くした。

「な、な、何を言う！」

諸兄様は明らかに怒っていたが、業平様は取り合わずに、千寿に向かって言った。

「明日は出仕前に湯浴《ゆあ》みをするが、ぜひ湯殿に供をして諸兄の背を洗ってやれ。おもしろいものが見られるぞ」

「なっ、業平殿っ！　お、おかしなことを言うな！」

つかみかかりそうな勢いで怒鳴った諸兄様に、業平様はひらりと逃げて見せながらハハハと高笑いし、ハッハハと笑いながら立ち去った。

「あやつと来たら、いつもくだらぬ戯言《ざれごと》ばかり言いおって！」

諸兄様はそう憤慨したが、千寿はとあることに気がついて、内心ひそかに困惑していた。

さっき業平様が言った「気が鎮まって助かったろう」というセリフ……その意味が、ふと目に入った諸兄様の大口のそこのぐあいからわかったのだが……千寿が味わっていた困惑は、二重三重の驚きと戸惑いが絡み合っていた。

まずは（諸兄様ともあろうまじめなお方でも、魔羅が高ぶるようなことがおありなのか）という驚き。

それから、（まさかとは思うが……わしがお体をお拭きしていたあいだに高ぶられたということは、諸兄様にも徳生《とくしょう》らのような淫欲《いんよく》がおありだということか？）との戸惑い。

そして、（おそらくそうなのだろう）と思っても、怖いとか逃げだしたいとは感じていない自分への戸惑い。

「ああ、もうよいぞ。替えの帷と単衣を頼む」

諸兄様がおっしゃり、「そのぬぐい布をくれ」と手を出された。

「ぬぐい残しがございましたでしょうか」

「いや、足先をな」

「気づきませずっ！　いたします」

「よい、俺が」

「おさせください！」

座っていただいて白絹の襪《しとうず》の緒を解いてお脱がせし、たくましく骨張った甲高な足先をぬぐい始めた。指のあいだをぬぐっていた時、目のすみに、大口のソコがもくとなるのが見えてしまった。

「もうよいぞ」

と諸兄様が声をかけてこられたのは、それをぐあい悪く思われてのことのようだ。

千寿はソレには気づいていないふりをするために、

「お寒うございますか？」

と尋ねた。

「あ、まあ、いささかな」

という返事に、いそいで用意してあった帷と単衣を着せかけ、作業に戻りながら詫《わ》びた。

「申しわけございませぬ。まずはお足をおすすぎし、そのあとでお体をお拭きするのが順でございました。風邪などお召しにならねばよろしゅうございますが」

「いや、それほどまでに寒かったわけではない」

答えてくださりながら、諸兄様は単衣の前をかき合わせて、さりげなくソコを隠した。

（はて、どうしたものか……）と千寿は迷った。

（昔、大人の僧達に言われてやったあの療治を、してさしあげるべきなのだろうか）

千寿はまだ経験がなかったが、そうなった時のソコは張り詰めるほどに疼《うず》き痛んで、ひどくつらいものなのだそうな。

しかし、（してさしあげるのはよいのだが、そうと申し上げたら、諸兄様がお隠しのことにわしが気づいていることが知れてしまう。申し上げてもよいものじゃろうか）

そうこう考えているあいだに、足拭いは済んでしまった。

「うむ、さっぱりした。心地よかったぞ」

「ありがとう存じまする。お召し替えは直衣でよろしゅうございましょうか」

「ああ、頼む」

ところが着付けをやるには、問題の箇所を目の前にする位置にひざまずかなくてはならない。むろん千寿は見て見ぬふりをしたのだが、表袴を着せようとしてうっかり手が触れてしまい、たがいの隠し事が隠れ得ないことになってしまった。

先に詫びを言ったのは諸兄様だった。

「あられもないことで、すまぬ」

それから、

「すまぬが知保を呼んでくれ」

とお続けになり、さらにつけくわえて「そなたは屋敷に戻るがいい」と。

「お許しくださりませ！」

千寿は目ですがる思いで諸兄様を見上げた。

「わたくしはあなた様にお仕えいたしとうござりまする。どうか追い払わずにおそばにお置きくださいませ」

「俺もそう思うていたが、このとおりだ」

諸兄様は憤懣《ふんまん》やる方ないという表情で自分のソコを見下ろし、情けなさそうに続けた。

「凡俗《ぼんぞく》の人間には、阿闍梨殿の真似は無理だったようだ」

「お手当て……させてくださいませ」

と申し出た。

「何を言う！」

と怒った顔で叱ってこられた諸兄様は、困ってあわてておられたので、言い添えた。

「療治でござりまする。腫《は》れて痛むソレは、牛の乳をしぼるようにいたせば治せまする」

「寺ではそんなことをさせられていたのかっ」

吐き捨てるように諸兄様は言った。

「それを淫事《みだらごと》とは知りませなんだ幼いころのことでござりまする」

「ますますけしからぬっ」

「千寿は療治が巧いと言われて、得意に思うておりました」

「騙《だま》されていたのだな！　その……まさか阿闍梨殿にか？」

「いえ、ほかの僧方です。皆様わたくしの療治を喜んでくださるのを、医師になったような気でうれしく思うていたのですが、ある時わたくしの体を……診てやると言われて、その……」

「……いたずらされたのか」

「なにやら腫れて痛がゆくなりましたのを、僧方と同じ病になったと怖く思うて、阿闍梨様のところへ逃げ込みました。阿闍梨様は、わたくしを騙していたずらした僧をお叱りになり、わたくしには、その事の意味を教えてくださいました。

以来わたくしは、二度とそうした目に遭わぬよう気をつけてまいりましたが、それは騙されたり力ずくでの無体はいやでござりましたゆえ。諸兄様がお許しくださいますなら、療治のお役に立ちとう存じます」

諸兄様はますます困りきった顔になられ、

「……だがこれは……」

と口ごもった。エイと思いきったふうに言われた。

「これは、俺がそなたに淫心《みだらごころ》を起こしてこうなったのだ。身も心も美しいそなたに、乙女に向けるような情を覚えて、つまり……愛しいと思うていたのは前々からだが、その愛しさというのは、俺が自分で考えていた情とは違うたようで……その……こう、ムラムラとな、抱きたいと思うてしもうたゆえだ。

だから、そなたに療治などされたら、俺はきっと我を忘れて無体におよぶに違いない。そんな目には遭いたくなかろう?」

「……かまわぬような気がいたします」

と千寿は答えた。心の中を探ってみたが、徳生達に迫られていた時のような、いやだとか怖いという気持ちは見つからなかったのだ。

ところが諸兄様は、千寿の返事を聞くなり目を怒らせて怒鳴った。

「ばかを言うな！　恩義に感じて身も捧げようという心根は美しゅうはあるが、俺は受け取れぬ！　恩や義理やらで報いてもらいたいとも思わぬ！　俺のこの思いは『恋』だからな！」

そして憤然としたしぐさで残りの衣裳をみずから着込むと、ドカドカと部屋を出ていってしまわれた。

独り残された千寿は、しばらく動くこともできなかった。

（諸兄様を怒らせてしまった）という身も凍る悔《く》いと、（どうしたらいいのだろう⁉）という灼《や》けつくような焦りとが、ひたすらぐるぐると渦巻くばかりで、何も考えられない。

どれほどのあいだ、そうして座り込んでいたのか……

「千寿？　ああ、そこにいたか」

という業平様の声に、ハッと顔を上げた。見ればあたりは真っ暗だ。

「もう夜だというのに灯しもつけず、主人は放ったらかしで、いったい何をそんなに考え込んでいたのだい？」

「考えて、おりましたのは……」

「いや、それはあとで聞こう。とりあえず、おまえの石のように頑固な主人を引き取りに来ておくれ。俺はもう寝たいのだが、曹司に居座って動こうとしない。迷惑千万なのだ」

手燭《てしょく》を掲げて立っている業平様は、心底閉口している顔でおられたが、千寿にはハイという返事はできなかった。

「けれど……わたくしがまいりましても……」

業平様がみしみしと曹司に踏み込んでこられ、うつむいて座っている千寿の前に腰を下ろして、傍らの床に手燭を置いた。ふうと縁から入り込んできた風に、業平様が衣に焚《た》き染《し》めておられる甘い香りが薫った。

「話は聞いた」

と業平様はおっしゃった。

「諸兄の不器用と、そなたの物知らずとが真っ向からぶつかったようだが、火花が散ったおかげで、見えなかったものが照らし出されたのではないかと思うが？」

「……仰《おお》せの意味が……わかりませぬ」

「諸兄はそなたに『恋をしている』と言うたのだろう？」

「はい……」

「そなたも諸兄が嫌いではない」

「はい」

「嫌いではないどころか、諸兄がその気なら身を任せてもかまわない、と思うたのだろう？」

「……はい。それでお叱りを受けました」

「諸兄が疎過《うとす》ぎるのさ。あの男は、人の心の機微については呆《あき》れるほど鈍感だ。だから、俺にはざっと聞いただけでも明々白々に読めたそなたの気持ちを、まるで推し量ることができなかったのさ」

「わたくしの……気持ち？」

アア、アア、わかるまいさと業平様は苦笑いし、あぐらの膝の片方に肘《ひじ》を置いて頬杖をついた。

「そなたは、なぜ寺を逃げだしてきた?」

「それは……」

「言いたくないならそれでもいいが、俺が言うたような、坊主どもに寄ってたかって犯されたといったものではあるまい」

「はい、そのようなことは!　危ない方々からはいつもちゃんと逃げました」

「だろうなあ。そなたはとても男の味を知っているように見えないもの」

「はい。千寿はまだ誰にも抱かれたことはありません。七歳以来、この身を誰かに触れさせたことも」

「そんなそなたが、諸兄には『かまわぬ』と言ったのだね」

「……はい、申しましたが……諸兄様はひどくお怒りになられて……わたくしはもう、お仕えすることは許されますまい」

「なあに。諸兄が思い違いをしているせいと、そなたの言い方が悪かっただけだ」

業平様はそれを笑い声でおっしゃり、ついついとあたりを見回してから、

「秘策を授けてやるから耳を貸せ」

と千寿をそばに呼び寄せた。

千寿は膝を進めて近寄り、「お聞かせください」と耳を差しだしたが、近づいてきた業平様の吐息が、いきなりむちゅりとした唇の感触でうなじに触れたので、びっくりして跳びすさった。

「なっ！」

「あははは、やはり俺ではだめか」

「お、お騙しになられたのですかっ」

目を剝《む》いた千寿に、

「いやいや試してみただけさ。そなたが、あの不器用者の不器用な恋に、ふさわしい相手かどうかをね」

業平様はそうからかい笑いし、不意にすっとまじめな顔になって言った。

「あの男はね、俺の大いに気に入りの友なのだ。藤原の一門にしては馬鹿正直で堅物で、巧く立ち回ることなどできぬところが好きでたまらぬ」

「はい」

と千寿はうなずいた。

「わたくしも諸兄様が好きでござりまする」

「ほう？」

と疑うように首を曲げて見せた業平様に、先ほど諸兄様から言われたことを思い出して、っけくわえた。

「お助けいただいたご恩を重く胸に置いておりますのは本当ですが、ただ恩に思うているだけではありませぬ。お慕いしているのでございます」

「ほう」

業平様はまだ信じていない表情で、千寿は思いを言い重ねた。

「諸兄様はお心優しく、誠心《まことごころ》にあふれたお方でございます。ご恩返しを言い立てておそばに仕えさせていただきましたのは、ほんとうは、千寿が諸兄様のおそばにいたかったからです」

「それは、諸兄は阿闍梨様のように下心なく千寿を可愛がってくれるからだろう。そなたは諸兄を別れた阿闍梨様の代わりと思うて、なついているのではないのかい？　だとしたら諸兄は、そなたを恋の相手にすることはできぬよ」

千寿は（違う！）と思ったが、返す言葉を口に出す前に、業平様が縁のほうを振り返って言った。

「諸兄、俺が膳立《ぜんだて》してやるのはここまでだ。あとは二人で語り合え」

そしてすっくりと立ち上がると、

「やれやれ、こんな雅《みやび》とも遊び心とも遠い無粋《ぶすい》な橋渡しを、この俺にやらせるとは」

とやらブツブツぼやきながら部屋を出ていき、

「とんだ名折れだ、二度とはしてやらぬぞ！」

という捨てゼリフは、縁の遠くから。

だがそれらは、千寿の耳にはろくろく入っていなかった。千寿の目と耳と心は、戸口の陰にひそむようにして立っていた丈《たけ》高い姿への、千々《ちぢ》に乱れる思いで塞《ふさ》がれていたから。

「あの……」

と声をかけたが、続ける言葉が思いつけない。

諸兄様は、そんな千寿を睨むように見つめながら部屋に入ってこられて、後ろ手でゆっくりと扉を閉めた。閉じた戸の前に立ったまま、かすれた声でおっしゃった。

「業平殿に言われて気がついた。俺は出会うた最初から、そなたに隠し心を抱いていたようだ。こういう男では、もう慕う気も失せただろう」

「わたくしも」

と口をひらいた千寿の声もかすれたが、咳払《せきばら》いをはさむのは恥ずかしい気がしたので、そのまま言った。

「わたくしも業平様の仰せられたことで気がつきました。阿闍梨様はいまもおなつかしい大事なお方ですが、諸兄様をお慕いする気持ちは、それとは違うているようです。でも……」

「でも？」

「でもまだ、そこまでしかわかりませぬ」

「そうか」

「けれど……」

「ん?」

「……諸兄様にでしたら、抱かれるのはいやでも恐ろしゅうもない気がいたします。あの、初めてのことでございますので、どうだかはわかりませぬが」

「初めて?」

聞き返して来られた諸兄様の後ろから、ひょいと顔を出された業平様がおっしゃった。

「一つ言い忘れた」

「わあっ、驚くではないかっ」

「俺が前に言った『千寿が寺を逃げてきた理由』な。あれは俺の勝手な推量で、千寿に聞いたら『そんなことはなかった』そうだ」

「え?」

「つまり千寿は、寄ってたかっての輪姦《りんかん》などはされてない。いまだ未通《おぼこ》の清い蕾《つぼみ》だ」

「なっ!」

「ただし初めてというのは、これまた格別に気を遣うてやらねばならん。しくじるとあとあとまで尾を曳《ひ》くからな、心してかかれよ。

じつは俺としては『では、なぜ寺を逃げたか』という問題に大いに興味を引かれているが、まあ今日のところは棚上げにしておいてやろう。じゃましたな」

「あ、ああっ、まったくな！」

諸兄様はやり返したが、業平様が親切にたがいの誤解の糸を解いていかれたことは承知しておられて、口とはべつの面映《おもは》ゆげな苦笑で見送られていた。

「で、あー………試してもよいか？」

諸兄様はそれを、気後れに喉《のど》が押しつぶれているようなささやき声でおっしゃり、千寿も小さな声しか出せない心地で「……はい」とうなずいた。

戸口の前を離れた諸兄様が、千寿の手を取って「おいで」と引いた。敷き畳の上に座らせておいて、片寄せてあった几帳《きちょう》を囲いまわした。

曹司を照らす明かりは業平様が置いていかれた手燭の灯だけで、几帳をまわした中は闇に近く暗い。

肩を抱かれて、身を固くした。

「怖いか？」

と聞かれて、

「いえ」

と答えたが、嘘《うそ》はよくない気がして言い直した。

「……少し」

「俺も……怖い」

た。

諸兄様が耳元でささやいた。

「これで千寿に嫌われたらと思うと、とても怖い」

ヒソヒソとささやく声は、温かい吐息となって千寿のうなじをくすぐり、ぞくりと身が震えた。

「寒いか？」

尋ねながら、諸兄様は千寿を引き寄せ、自分の胸に肩を預けさせる格好に抱き込んだ。

「いえ……」

と答えた口に口をかぶせてこられて、唇でちゅうと唇を吸われた。背筋をゾクンと震えが走り「あ……」とひらいた口に、ぬるりと舌を差し入れられた。ぬくりぬるりと口の中を犯した舌が出ていって、

「いやか？」

と聞かれた。

「……いえ」

「そうか。俺はうれしい……そなたとこのように触れ合えるなど、まるでうつつの夢を見ているようだ」

諸兄様は千寿の手を握り取り、まるで（この手こそが愛おしい）というふうに指先で撫《な》で、手のひらで撫で、果ては唇を押し当てて丹念に愛《め》で尽くした。それから（この頬こそが）とい

うように頬を撫で、うなじを、肩を、背を撫で愛でて……

千寿には、好き好んで人に身を任せた経験はない。いや……何かの折に頭を撫でてくださった阿闍梨様の手の心地よさや、もう思い出そうとしてもうまく思い出せない、かか様の胸に抱かれる暖かさや、とと様の腕に抱き上げられた安心感の記憶はあるが……こんなふうにおずおずともじもじと愛で触られた経験はない。気持ちがよくてじれったくて、もっと熱く強く触れて欲しいとねだりたくなるような、こんな触れられ方は知らない。

「どうだ？　いやではないか？」

とささやかれて、（ああ、そのせいか）と考えた。このもどかしさは、そのせいだったか。

「少しもいやではありません」

とささやき返した。

「そうか、いやではないか」

と安心したふうに笑った人の唇に、さっきのように口を嘗められたいと思った。でも、自分からねだっていいのだろうか……いけないだろうか……でも……して欲しい。

寄り添い合って座った人の顔に顔を向けて、目で言ってみたが通じなかった。でも何か言いたいのはわかってくださって、「なんだ？」と聞いてくださった。

が……何と言えばいいのだろう。あの行為を指す言葉を、千寿は知らない。けれどしたい。だから返事は口でした。つまり、諸兄様の口にそろりと唇で触れることで。触れ合わせた唇のあいだに、ちろりと舌を這《は》わせてみることで。

諸兄様は喉の奥で呻《うめ》くような声を出し、千寿をぎゅっと抱きしめて、さっきのアレをしてくださった。千寿は（うれしい……）と思いながら諸兄様の舌の感触を味わい、口を離して「こうか？」と言わずもがなを聞いてきた諸兄様に「はい」とうなずいた。

「千寿はこうするのが好きか」

「はい」

「うれしいな」

やさしく笑んで、またしてくださったそれの気持ちよさに酔いながら、千寿はもう一つ思い浮かんだしたいことを告げようと、諸兄様のそこに触れた。

袴の上から手を当てただけでも、大きさ固さはありありとわかったそれに触れたとたん、諸兄様は驚いたように腰を引かれた。

こんどのこれは言い方を知っていたので、ささやき声で言った。

「腫れております。ご療治をさせてくださいまし」

「い、いやではないのか？」

「はい、少しも。してさしあげとうござりまする」

「そ、そうか。では、その、た、頼もう」

「はい」

気づけば手燭の灯は小さく衰えてしまったようで、几帳の中は先ほどよりも濃い闇に沈んでいたので、手探りでまさぐって、夏を過ごしてよく育った鮎《あゆ》ほどのそれを手の中に包んだ。

弱過ぎぬよう強過ぎぬよう加減を計りながらこすってさしあげると、諸兄様はたちまち息を荒くされ、「千寿、千寿」と呻くようにつぶやかれた。

「あァ、千寿……俺もそなたに触れたい。よいか？　それとも、いやか？」

だが千寿が返事をする前に、諸兄様は袴の脇から手を差し入れてこられて、握られた。

「あっ」

と思わず声が洩《も》れたのは、握られた瞬間に、ジンッと痺《しび》れるような心地がそこから背筋へと走ったからだ。気づかぬうちに自分のそこも腫れていたと悟って、千寿は耳に血が上るのを覚えた。なにやらとても恥ずかしい。

「い、いやか、す、すまぬ」

諸兄様があわてて声で言われて手を引いた。

「い、いえ」

と急いで首を横に振った。

「い、いやではなく、は、恥ずかしい……」

「なぜだ？」

諸兄様の問いには笑っておられる響きがあって、千寿はますます恥ずかしくなった。

「このようなことは初めてで……」

と言いわけした。

「このようなこと、とは？　こうしたことをするのが、か？　それとも、これがこのようになっていることか？」

ふたたび袴に手を差し入れてきながら意地悪く問い詰めてこられた諸兄様は、千寿が困るのを楽しんでおられたので、

「知りませぬっ」

とつっぱねた。

「そうか。だがいやではないなら、してよいな？」

「知りませぬ」

「ううむ、明かりを灯しておくべきだったな」

笑い声でおっしゃって、諸兄様はお続けになった。

「そなた、いま、すねた顔をしているであろう？　それとも怒った顔か」

「せ、千寿が恥ずかしいことを、お、お意地悪くお尋ねになるからですっ」

「はは、そうか、怒っているか。灯しがあれば、愛らしゅうすねた顔が見られたのになあ」

諸兄様は言葉で戯れておられたので、千寿は何か気の利いた返事を言い返そうと思ったが、諸兄様にされていることで息が喘《あえ》いでしまっていて、しゃべることなどできそうになかった。

ああ、そうだ、手が止まってしまっていた。ちゃんと……心を込めてしてさしあげねば……

闇の中で、たがいの袖が擦り合ってシュッシュッと音がする。

「あっ、あっ」

と喘ぎに声が混じってしまって、急いで口を閉じた。でも口を閉じたらうまく息がつけなくて、苦しい。諸兄様にされているそこから湧《わ》き出してくる熱が吐けなくて、どんどんせつなくなってくる。

「あっ、ああっ」

息を殺して大きく喘いで、千寿は「お、お放しを」とお頼みした。

「も、もうっ」

「出そうか?」

「あっ、あっ！　わ、わかりません、なれどなれどっ、も、もう、せつのうてっ」

「初めてか?　気を吐くのも初めてなのか?」

荒い息を吐きながら口早に尋ねてこられた諸兄様に、「は、はい」とうなずいて答えた。

「ああっ、ああっ、お、お放しをっ、お手が汚れまする！」

言うあいだにも声が勝手にかん高くひるがえって、アッと思った時にはトプと出てしまっていた。必死で残りを押し止めようとしたが、くっくっとしごかれて逆らえず、トプリ、トプとしまいまで出してしまった。その心地は、たまりにたまったせつなさが放たれるえも言われぬ気持ちよさで、千寿は思わずうっとりとなってしまった。

「よかったか？」

と耳元でささやかれて、ハッと正気に戻った。

「も、申しわけございませぬっ、お、お手をっ」

わたわたと小袖のたもとを引き出して、汚してしまったお手をぬぐおうとした。

「うむ、懐紙があるゆえ」

ごそごそと手をぬぐう音がして、「これは宝に取っておこう」という笑いを含んだお声。

「およしなされませっ」

と取り上げようとして、まだ固く火照《ほて》っている諸兄様の魔羅に手が当たった。

「うっ！」

「申しわけありませぬ！　わ、わたくしばかりっ」

そもそもは、これをおなぐさめするために始めたことだったのに！

急いで手を添えたそれは、もうはじける寸前のようだった。そうと感じて千寿がとっさにしたことは、お衣裳を汚さぬための選択で、やり方は何度か目にしていた稚児仲間達のふるまいから見覚えたもの。

はぐりとくわえたとたん、諸兄様はぶるぶるっと震え上がられ、「よ、よせっ！」と叫ばれたが、その時にはもうドクッと放たれていた。「ウッ、ツッ！」と呻きながらたくさんお出しになり、千寿の口の中は青臭いぬめりでいっぱいになった。ついウッと吐きそうになった千寿を、諸兄様は結《ゆ》い髪をつかんで乱暴に引き剝《は》がされ、「吐け！」と口元にあてがってこられたのは懐紙のよう。

手を添えて、こぷと吐き出した。ハアと息をついた。

「何ということをっ」

と叱ってこられた諸兄様は、カンカンにお怒りらしい。

「それが稚児の作法かっ」

吐き捨てるように言われて、はしたないことをしてしまったらしいと気がついた。

急いで引き下がって、

「申しわけございませぬっ」

と平伏した。

「無調法《ぶちょうほう》にて、お飲みできませなんだっ。申しわけございませぬっ」

「なっ！」

諸兄様が息を呑《の》み、千寿は、どんなお叱りを吐きつけられるかと身を縮めた。

「まさか、稚児というのはいつもあのようにして……飲むまでするのか？」

そのお声は驚き呆れているふうで、千寿はやにわに、ひどく恥ずべきことをしてしまった気分になった。

「ほ、朋輩《ほうばい》らがあのようにいたすのを見知っておりましたので、お衣裳を汚さぬためにはよろしかろうかと」

そう小さな声で言いわけした。

「初めてだったか？」と聞かれて、

「はい」と答えた。

「そうか」

と、うなずいている調子で言われた諸兄様は、ご機嫌を直されたようすで、千寿はホッとしながら顔を上げた。

「来い」

と呼ばれたので、膝で進んでおそばに戻った。

「どうにも驚いたのでな、つい荒い声を出した。口の中が気色悪くはないか？」

「いえ」

「では、口を吸うてもよいか？」

「それは……」

まだアレの味がしている。アレが病の膿《うみ》などではないのはもう知っているが、味わいよいとは言えないえぐいぬるみはまだ口の中に残っていて、きっとご不快だ。

だが諸兄様は、千寿の返事は聞かないままに肩を引き寄せて、唇を合わせようとしてこられた。

「おやめください」

と顔を逃がしたが、顎をつかまれて強引に舌を吸われた。

「まずい」

とつぶやかれて、「ですから、おやめくださいとっ」と睨んだ。

「それをそなたは、この口で受けてくれたのよな」

しみじみとした口調でささやきながら、指で千寿の唇を何度もなぞって、諸兄様はぎゅうと千寿を胸に抱き込み、背にまわした腕できつくきつく抱きしめた。

「たまらぬ……そなたが愛しくてたまらぬ……愛しくてせつのうて、胸が張り裂けてしまいそうだ……」

「……諸兄様」

つぶやき呼んで、千寿は息が苦しいほどに抱きしめられている胸に身を預けた。この人にされるのならば、あそこにあれをああされるのも嫌ではないと思った。

だが諸兄様はそれ以上はお求めにならず、腕を放して千寿の口に唇を押し当てて終わりにされた。

「明日は祭の潔斎のため湯浴みをするので、いつもより早く起きねばならん」

「かしこまりました」

「髪も洗わねばならんのだが、介添えはできるか？」

「寺とは違う特別なお作法がございますなら、存じませぬが」

「俺は寺での作法を知らぬから、違うかどうかわからんな」

「……知保様にお助けいただいてよろしゅうございましょうか」

「俺は千寿と二人きりがよいが、それが無難かな」

　いかにもしかたなさそうに言われた諸兄様に、可笑しみを誘われながら、「湯汲みの下人が出入りいたしますから、どのみち二人きりにはなれませぬ」とやり返した。

　明かりを灯し直して、敷き畳に寝具を延べ調え、寝衣へのお召し替えをお手伝いした。

　着替えの介添えは、家人としてお仕えするようになってから毎晩していたことなのに、ついさっきああしたことをしたせいか、大口を脱がれた裸身にいつになくドキドキしてしまった。前を合わせて腰ひもをお結《ゆ》わきするあいだにも、顔が赤くなってくる気がして、たいそうぐあいが悪い。

　目が上げられない心地で、顔を伏せたままお世話をしていたら、

「どうかしたか？」

　と聞かれてしまって、いっそう困った。

「さっきは暗かったからよかったが、目にしてしまうとやはり怖いか？」

「い、いえ、そのようなことは……」

「ただ何やら恥ずかしい気がする？」

「……はい」

「見目美しく、心映えは愛らしい。俺がそなたに恋をしたのは、理の当然だったな」

そうほほえんで、諸兄様は「頼みがある」とおっしゃった。

「そなたを抱いて寝たいのだが、よいか？」

「それは……」

あれをしたいということか？　いや、お望みならばいやというのではないけれど……

千寿のためらいを見透かしたように、

「ともに添い寝をしたいのだ」

と諸兄様は言い直され、つけくわえられた。

「一つ布団の中で、そなたと一緒に眠りたいのだが……窮屈であろうかな」

そんな子どものような真似をなさりたいのかと可笑しくなりながら、言った。

「窮屈なのはかまいませんが、起こしに来てくれる夜番の舎人に見つかりましても大事ございませぬでしょうか？」

諸兄様はちょっと考え、

「俺とそなたが恋仲になったのを知られるだけだ。べつに大事になどならぬと思うぞ」

とおっしゃった。

「それとも、そなたには何か差し障りがあるか？」

「いいえ。ございませぬ」

「では寝よう」

「はい」

……どちらも世事に疎《うと》い、よく言えば無邪気……悪く言えば物知らずな二人だった。

だがそれも当然ではある。千寿は、稚児趣味が蔓延《まんえん》した、ある意味で特殊な環境である寺の暮らししか知らず、諸兄のほうは蔭位《おんい》（父親の身分によって二十一歳になると自動的に位階を賜ること）の身である生粋《きっすい》の御曹司で、しかも恵まれた生まれ育ちのせいか持って生まれたタチなのか、立身出世には興味がない。よって周囲の風評を気にするような心情にも縁がない。

ちなみに千寿が「大事なかろうか」と心配したのは、同衾《どうきん》している自分達を見た夜番の舎人が、いらぬ気を利かせて自分を起こしてくれなかったら困るのだが……という意味だった。

そしてたまたまその役に当たった新田寿太郎は、千寿が心配したとおり、大いに困惑するハメになった。

千寿を起こしてやるには、上司の寝所を侵す非礼を犯さなくてはならないというジレンマを乗り越えさせたのは、親切心というよりも下世話な好奇心のそそのかしだった。几帳の隙間から覗き込んだ二人の寝姿は、大小の丸太を並べたような行儀よさで、寿太郎のスケベ心は肩すかしを食った。

さて、まだ眠い目をこすりこすりお供をした暁《あかつき》前の湯殿で、業平様とご一緒になった。湯殿といってもこのころは、炊《た》き窯《がま》付きの据え風呂ではなく、かまどで沸かした湯を大きな桶に汲み込んで浸《つ》かる行水《ぎょうずい》形式である（いまで言うなら幼児のベビーバスでの入浴をイメージすると近い）。蔵人達の使う湯殿の簀《す》の子《こ》場には湯桶《ゆおけ》が二つ据えてあって、つまり二人ずつ入浴できる。その相客が業平様だったというわけだ。

一足先に湯に浸かっていた業平様は、千寿を供につれた諸兄様を見ると、ニヤリとしながら声をかけてきた。

「ゆうべはうれしいことがあったようだね」

「うむ。おぬしの忠告のおかげだ」

諸兄様は四角四面にまじめくさった顔で答え、業平様はニヤニヤ笑いを深めた。

「うれしい事の顚末《てんまつ》は二人きりの時にじっくり聞かせてもらうとして、一つ願いを聞いてもらえるか？」

「千寿は相思相愛の俺の恋人だとわきまえての頼みなら聞こう」

「おやおや、そういうことは大きな声で言うものではないぞ」

「そうなのか？」

「ああ、恋というのは秘《ひ》してこそ趣深い。おぬしのようにあっけらかんと語ってしまっては、雅趣《がしゅ》がないというものだ」

「そうか、秘めねばいかんのか」

諸兄様は「知らなんだ」とこりこり頭をかき、業平様は「こういう男よ」と千寿に目くばせされた。

「ところで頼みというのはな」

「おう」

「千寿に晴れ着を贈ってやりたいと思うのだ」

「晴れ着？　祭見物のためのか」

「気が利かぬおぬしは、せっかくの美少年を着たきり雀《すずめ》にさせておるではないか。興ざめもよいところで気になっているのだ」

「そういえば……」

と諸兄様は、ここへ来て以来たしかに着の身着のままでいる千寿を振り向いて、「ぬかったな」とつぶやいた。

「今日にでも屋敷から取り寄せよう」

「なればよ、とりあえずは俺が取り寄せておいたものを贈らせてくれと頼んでいる。容姿にふさわしく美々《びび》しゅう着飾らせてみたいのだ」

「ふむ。べつによいが……なぜわざわざそれを俺に聞く？」

「おぬしの懸想人《けそうびと》に、勝手に贈り物をするわけには行くまい？」

「そうなのか？」

諸兄様の返事に、業平様は「ぷっ」と吹き出し、千寿に向かっておっしゃった。

「この男にわからせるより、そなたに教えておくほうが早道のようだ。文《ふみ》でも物でも、贈られてくるものには下心がついているものだと心得ておけよ」

「おぬし、千寿に下心があるのか!?」

ザバッと湯をはね散らして目を剝いた諸兄様に、業平様は（あーもーこやつは）というふうに苦笑いして言った。

「そう疑われぬように、わざわざ『贈らせてくれ』とことわったのではないか。まったく、おぬしとの会話は、通じぬこと高麗人《こまびと》と語らうがごとしだぞ」

「すまんな」

とむくれて、諸兄様が千寿におっしゃった。

「そういうことだそうだ。業平殿からの贈り物は、下心を気にせずもろうてよいぞ」

千寿が「はい」と答えたら、業平様はプーッと吹き出して「いやはや、似合いの主従！」と笑いころげた。千寿は意味がわからず、見やった諸兄様も（何のことか）という顔をしておられた。

湯浴みを済ませると、簀の子場の隣の揚《あ》がり屋で、髪や衣裳を調えた。

その朝の諸兄様のいでたちは、祭に備えて屋敷から届けられた仕立て下ろしの束帯と、新調の冠。仕上げに、冠の巾子《こじ》の下縁の上緒《うえお》に青々とした葵の枝を挿《さ》し飾った。

そうしてでき上がった凛々《りり》しい姿は、諸兄様の身の丈高い体つきや精悍《せいかん》な顔だちを引き立てて見えて、千寿はしばしぽうっと見惚れてしまった。

出仕前のひとときは習慣どおりに過ごされるらしく、二人で曹司に戻っていたところへ、業平様の使いが千寿への贈り物を届けに来た。

「ほほう……さすが派手好みの業平殿、蘇枋錦《すおうにしき》の水干か。さぞ映《は》えるだろう」

その衣裳は、千寿の目にも立派過ぎると見えたので、

「わたくしのような身分の者が、このような晴れ晴れしい物を召してよいのでございましょうか」

と伺いを立てた。

「よいのだろうさ。業平殿は、俺よりずっと世事にくわしい。そなたが咎《とが》めを受けるような、うかつな贈り物をしてくる男ではないと思うぞ」

着て見せろと言われたので、取り急ぎ井戸端で水をかぶって身を清め、髪も梳《けず》り調えて、戴《いただ》き物を着込んだ。白絹の小袖に、蘇枋《すおう》色の裾濃《すそご》に染めた葛袴《くずばかま》、蘇枋地の錦の水干という晴れ姿を、諸兄様は目を細めてごらんになった。

「なるほど……これはよう、そなたの美しさを引き立てる。まさしく花の風情だな」

そこへ縁を渡って業平様がやって来た。もともと美男のこの方も、今日は一段と涼やかだ。

「おう、やはり似合うな。どこぞの公達《きんだち》かと見違えるぞ」

手には葵の葉を巻きつけた柱の小枝を持った業平様は、そう千寿の装いを褒めてくださり、

「どれ、かざしをつけてやろう」

と千寿を手招いた。

「俺がする」

と諸兄様が、その手から葵の枝を取りあげた。

「なんだ、吝気《りんき》（やきもち）か？」

「ああ、吝気だ。おぬしのくれた贈り物がこうも似合うのがくやしい」

「はっは！　正直な男だ」

諸兄様に手ずからかざしを挿していただくのは、うれしさが面映ゆい、ひどくくすぐったい気分のものだった。

やがて出仕の時刻になり、門口まで見送りに出た千寿に、業平様が耳打ちされた。

「『開大門鼓《かいだいもんこ》』が鳴ったころに、校書殿の蔵人所に葵をひと枝届けてくれ」

「かしこまりました」

「枝ぶりのよいものを頼むぞ」

「はい」

『開諸門鼓』が鳴ったと同時に、所《ところ》の衆《しゅう》と呼ばれる蔵人所の下役達が、井戸端に置いてあった葵の枝をいっせいに運び出し始めたので、急いで司にわけを言ってひと枝取らせてもらった。所の衆達は、内裏の御殿の御簾《みす》御簾に、葵を飾りに行くのだそうな。

「この日ばかりはわれらも昇殿《しょうでん》を許される。名誉なお役なのだ」

と司は胸を張った。

さて、各大門をひらく合図の太鼓が鳴るのを待って、千寿《せんじゅ》は言いつけどおりに葵《あおい》ひと枝を蔵《く》人所《ろうどどころ》に届けに行った。校書殿《きょうしょでん》の西側にまわって蔵人所のある庇《ひさし》の外まで行ったが、蔀《しとみ》を上げてある部屋の中には誰もいない。

「もうし、お頼みもうしまする！　どなたかおられませぬか、もうし！」

声を張り上げて呼ばわってみたが、返ってくる声もない。

「困ったな。これではお言いつけを果たせない」

御殿の外を行きつ戻りつ、誰かいないものかと捜していたところへ、「これ、そこな童《わらわ》」と呼ばれた。

振り向くと、紫の袍《ほう》を着込んだ束帯《そくたい》姿の貴人《きじん》が、諸兄《もろえ》様から行くなと言われている校書殿の北側の御殿の階《きざはし》の上で、千寿を差し招いていた。でっぷりとした丸顔の、身分の高そうなお方だ。逃げてしまってはまずいかもしれないと思い、その場で膝《ひざ》を折った。

「ご用でございましょうか」

「うむ。その葵の枝を所望《しょもう》じゃ」

困ってしまった。これは業平《なりひら》様に頼まれたもので、しかも代わりを手に入れるすべはない。

だが貴人の頼みをおことわりするにはテクニックがいる。何か気の利いた口実はないか!?

「恐れ入りまする、この枝は『いずれかに置き忘れた珊瑚《さんご》の鞭《むち》』の代わりにお届けにまいります『章台《しょうだい》の柳の枝』でございます。なにとぞお許しくださりませ」

唐《とう》の崔国輔《さいこくほ》の漢詩『長楽少年行《ちょうらくしょうねんこう》』の一節《いっせつ》をもじって言いわけした。

「ほ、ほ」

と貴人は鷹揚《おうよう》に笑われ、

「珊瑚の鞭がないゆえに『わがままを起こして進まぬ白馬』にお困りなのは、どなたじゃな」

とは、同じ詩の一節を用いての問い返し。

千寿もまた、続きの詩文をもじって答えた。

「過ぎましたる『春の日の路傍《ろぼう》の情』を追うておられるお方です」

「なるほど、いまはもう夏じゃの。それとも季節のめぐりを『過ぎた恋』に掛けたか?

はて、こうも見事に受け答えられると、そなたの名こそ知りとうなる。名はなんという?」

「千寿丸と申します」

「身分は?」

諸兄様の名は出したくなかった。もしもご迷惑が降りかかったなら、悔やんでも悔やみきれない。

ふと、あの夜に阿闍梨《あじゃり》様が語られた夢を思い出した。

「矜羯羅《こんがら》童子様のお言いつけで西よりまいりました者でございまする」

とごまかした。

そこへ、

「千寿、何をしている?」

と呼んできた声は業平様。貴人が背にした御殿の奥からあらわれて、貴人に向かって「左《さ》中 将《ちゅうじょう》様」と呼びかけた。

「なにか無調法がございましたか?」

「あなたのゆかりの童か?」

「石のあいだから拾いあげました玉でございます」

「あの葵の枝をもらい受けようとしたのだが、上手にかわされた」

「それはご無礼を。わたくしが持ってくるよう言いつけた物ですので、お譲りはできぬと思い込んだのでございましょう」

「見目まことに美しく、打てば響く聡明さで、言葉つきにも卑しさがない。どうした身分の者だろうかと不思議に思うて問えば、矜羯羅童子のお使者だと言う」

「はっは、それはまた言い得て妙。明かしますれば、かの慈円《じえん》阿闍梨の秘蔵子でございます」

「ほう？　隠遁《いんとん》なされてしまわれた、かの慈円殿の縁者か」

丸々とした頬《ほお》に押しつぶされているような細い目をみはって、左中将様はしげしげと千寿を見やってこられた。

千寿も左中将様の丸顔を見つめた。このお方は慈円阿闍梨様をご存じの方！　もしや阿闍梨様の行方も!?

「これ千寿、左中将様のお求めとあればぜひもない。その葵、献上《けんじょう》しもうせ」

業平様がおっしゃり、千寿は「はい」とうなずいたが、内心では大いに困ってしまっていた。お渡しするには、近づいてはならぬと言われた御殿の軒下に踏み込まなくてはならない。

だがぐずぐずしていると叱られそうに思えたので、腰を屈め頭を低くして階ぎわまで伺候《しこう》した。心得て階を下りてきてくださった業平様に、できる限りうやうやしく緑の葉枝を差し出した。業平様はそれを左中将様の手に取り次いだが、その足取りやしぐさは一分の隙《すき》もない優美そのもので、千寿は（見習おう）と思った。

「さてさて、あなたが取り寄せたこれをもろうたうえは、なんぞ返しをいたさねばならぬが」

左中将様がおっしゃり、業平様はにこりと笑って答えた。

「なんの。千寿のふつつかなご無礼をお許しいただけましただけで充分でございます」

「そうそう、慈円殿の縁者とまでは聞いたが」

「わけあってただいまは、かの蔵人所の硯石《すずりいし》殿が家人《けにん》として預かっております」

「ほほ、諸兄殿か。硯石とな、ほほほ、うまいうまい。なるほど硯石、ほほほほ」

諸兄様の『堅さ』をあげつらう揶揄《やゆ》だったが、左中将様の言い方にはその堅いお方への好意がにじんでいたので、千寿はむっとしないで済んだ。

「では硯石殿に伝えておいてたも。藤原《ふじわら》一門が帝《みかど》の篤《あつ》きご信任をいただいているのは、硯石殿の清廉潔白なお勤めぶりもあってのことだと、良相《よしみ》が言うておったとな」

「かしこまりました」

左中将様がくるりとこちらに背を向けた。行ってしまうのだ。千寿は胸の中で〈お待ちください！〉と叫んだが、身分の低い者が高貴な方を呼び止めることなどできない。

唇を噛《か》んで見送った。もしかすると阿闍梨様の行方を知っているかもしれないお方に会えたのに、尋ねる機会が得られなかったのがくやしくてたまらない。

「千寿」

と呼ばれて、ハッと見やった。階の中段に立った業平様が〈近くへ〉と合図してきた。小声で話したいことがあるらしい。

階の欄干《らんかん》の脇に近寄った。業平様は階段に腰を下ろして、二人の距離を縮めた。

「この御殿は清涼殿《せいりょうでん》といって、帝がつねの住まいとされているところだ。そして俺の後ろのそこが『殿上《でんじょう》の間《ま》』。左右の大臣・大納言《だいなごん》・中納言《ちゅうなごん》・参議《さんぎ》の、いわゆる『殿上人』の方々しか入れない場所だ」

千寿は覗《のぞ》き込むのも畏《おそ》れ多いような気がして目を伏せた。

「先ほどのお方は、左中将参議・藤原良相。諸兄との血のつながりは遠いが、まあ親戚だ。藤原一門では出世頭になりそうなお方だからな、葵の枝で釣れたのは上出来だった」

「葵の枝で……?」

「おう、あれはそなたを公卿《くぎょう》の誰ぞと引き合わせてやろうと思うてのことよ。今日の『御禊《みそぎ》の儀』に参列するには葵のかざしが欠かせぬが、毎年、落としただの折れただのと代わりの枝を求める方がおられてな。この時分に葵の枝を手にしてこのあたりをうろついていれば、誰ぞから声がかかろうと思ったのさ」

「なぜ、そのようなことを?」

「コネ作りよ。俺も諸兄もまだ六位蔵人で、帝のおそばに侍《はべ》る役目とはいえ、ようは下っ端官人。権力といえるほどの力を持っているわけではない。だからいざという時のために、そなたの後ろ盾を見つけておこうと思うたのさ。

あの良相という方は、蔵人頭から参議に上がられた方で、諸兄はあの方の下で働いたことがある。そなたのことも気に入られたようだったしな、何かの時には味方についてくだされよう」

「ありがとう存じまする」

千寿は心から頭を下げた。

「ところで、一度聞いておこうと思うていたのだが」

「何でござりましょうか」

「親は知れぬと、そなたは申しておるが」

「はい。存じませぬ」

「しかし人は木の股からは生まれぬゆえ、親がいないというはずはない。そして俺には、少しばかり心当たりがないでもないのだがな」

「……まさか、わしはあなた様のお子だとでも!?」

業平様の言い方からそんなふうに聞き取って目を丸くした千寿に、業平様はなぜかご自分でも「は?」と目を丸くされ、プハッと吹き出された。

「おいおい、そなたはいま十四だろう?　俺は二十四。それでは俺が十になる前に作った子だということになるぞ!　いくら俺でも、その歳にはまだ」

言いかけて、業平様は何の意味かくるりと目玉をまわされ、「ともかく」と話に戻られた。

「そなたとて自分の出自がまったく気にならぬということはなかろう?」

千寿は真正面から業平様の目を見据え返して言った。

「わたくしには親はおりませぬ。たしかに、わしを産んだ母はおるのでござりましょうが、いらぬと捨てられた身でござります。あの日に縁は切れております」

「だがもしかすると、俺や諸兄と肩を並べる家柄の出かもしれぬのだぞ？　親御もそなたを捨てたことを悔やんでおるかもしれぬ。探し当てて名乗り出れば、富貴の身分に迎え入れられるかもしれぬ。その可能性を惜しくは思わぬか？」

「思いませぬ！」

千寿はきっぱりと言いきった。その胸の中にも頭のすみにも、迷う心はみじんもない。迷うどころか、そんな可能性を思うことすら腹立たしい。なにしろそれが原因で拓尊に目をつけられ、大好きだった阿闍梨様とお別れしなくてはならなくなったのだから。

「わしには、命を拾うてくだされた恩人と育ての親がおられるだけで充分でござります！　どうやらこの顔だちがもとでそうしたお疑いを引き寄せるようですが、ならばいっそ面の皮など剝いでしまいたいぐらいでございますっ」

「それはやめてくれ、諸兄が泣く！」

閉口した表情で手を振られて、業平様は「わかった、もう二度とは言わぬ」と約束された。

「ぜひ、そのようにお願いいたしまする」

と千寿は心からの念を押した。

「さて、そろそろ『御禊の儀』が始まるな」

業平様が腰を上げながらおっしゃった。

「帝が、斎王《さいおう》様の『御禊の儀』の行列にくわわる牛馬を閲見なさるのは紫宸殿《ししんでん》の南庭だから、校書殿の南にある小門から覗けるよ。俺が乗る『相模《さがみ》』も歩く」

千寿は「はい」と答えてその場を離れた。

事件の野次馬や行事の覗き見は、この当時の人々にとって悪事のうちには入らない。むろんはしたないことではあるが、つね日頃から娯楽というものがまったく不足しているのだから、観られるものは何でも観たいのである。

……賀茂《かも》の祭は、四月上の酉《とり》の日の『騎射《うまゆみ》の儀』から始まる。それぞれの社頭での清めの儀式で、騎馬武者が疾走する馬の上から的を射る、つまりはやぶさめ行事である。

そのあとの中午《うま》または未《ひつじ》の日に鴨川《かもがわ》での斎王の『御禊の儀』がおこなわれ、その午の日には上社下社《かみしゃしもしゃ》でそれぞれに、神霊を祭にお迎えする『御阿礼《みあれ》の儀』『御蔭《みかげ》の儀』が執《と》りおこなわれる。

そして続く中の酉の日に、帝からの奉幣《ほうへい》を預かった勅使《ちょくし》とともに斎王が両神社に参拝に向かう『路頭《ろとう》の儀』、神前でのさまざまな奉納事をおこなう『社頭《しゃとう》の儀』が華やかに挙行され、翌日の、祭の参列者達をねぎらう帝主催の宴である『還立《かえりだち》の儀』で終わる。

賀茂の斎王様は、船岡山《ふなおかやま》の北にある紫野《むらさきの》の斎院にお住まいになっている。未婚の内親王《ないしんのう》（帝の娘）が任に当たられる斎王は、賀茂別雷《わけいかずち》神社（上賀茂社）と賀茂御祖《みおや》神社（下鴨《しもがも》社）の祭祀《さいし》を司る役目で、この夏の始めの例大祭の主役である……

さて、月華門《げっかもん》と献額されたくだんの小門には、身分の低い水干《すいかん》姿の男達がもう大勢集まっていた。門の中に立ち入るわけにはいかないので、扉をひらいた門口に押し合いへしあい押し詰まっている。これでは小柄な千寿が向こうを覗こうとしても無理だ。

あきらめて去ろうとしていたら、門に続いている校書殿の縁の上から呼ばれた。

「そうじゃ、そちじゃ。来よ、来よ」

なにやらイタチのような顔をした初老の男が、縁の端から手招いている。束帯の袍の色目からすると中級の官人のようだ。招かれるままに近くへ行った。

「御儀《おんぎ》を拝見したいのじゃろう？　見せてつかわすゆえ、あちらの階からそっと上がってまいれ」

「ありがたく存じますが、わたくしは御殿に登れる身分では」

「なあに、わからぬわからぬ、早う来い」

観たいものを見せてくれるという誘いをことわるのはむずかしい。

千寿はそっと階のところへ行くと、草履《ぞうり》を脱いで懐に入れ、縁に上がった。上がってしまったうえは、こそこそしていると怪しまれるので、こうしているのがあたりまえなのだという態度を作って、先ほどの官人のところへ行った。

東向きの縁にはずらりと儀式見物の官人方が居並んでいて、何人かはうろんげな目つきで千寿を見やってきたが、親切なイタチ男殿は、顔を利かせられる立場にいるらしい。縁の南端に座った自分の横に千寿を割り込ませてくれた。が……

「どなたかの小舎人《こどねり》か?」

「はい」

「名は?」

「千寿と申します」

「歳は幾つじゃ」

などと聞いてきながら、そそそと膝を撫《な》でてきた。千寿が気にしないふりで黙っていたら、しだいに腿《もも》のほうへと撫であげてくる。親切には下心があったのだ。

(くそっ)と思って、反撃の手を探した。

もう儀式は始まっていて、花綱《はなづな》で華やかに飾り立てられた見事な体格の赤牛や黒牛が、束帯姿の四人の曳《ひ》き手達につき添われて次々と曳かれて行くあとから、こんどは馬の行列がやって来た。その先頭の白馬を見たとたん、いい手がひらめいた。

「ああ、ごらんくださりませ、あるじ様のお馬でございますっ」

嬉々《きき》とした声を作って、前を過ぎていく立派な鞍《くら》をつけた純白の駿馬《しゅんめ》を指さした。

「ほ、ほう? そちのあるじは奉幣の勅使をお務めになられる左中将様か」

すっと手を引っ込めながら聞いてきたイタチ殿に、千寿は(しまった、あれは業平様のお馬ではなかったか)と内心でベロを出しつつ、嘘《うそ》も方便と決め込んだ何食わない顔で「はい」と答え、以来イタチ殿は二度といたずらはしてこなかった。

そればかりか、見物の途中でついと中座していったと思うと、取りに行ってきたらしい菓子をこそっと渡してきたものだ。つまり（先ほどのふるまいはあるじ様には内密に）という意味のワイロである。

千寿は「ありがとうござりまする」と受け取ったが、少々薬が効き過ぎて、ダシに使ってしまった左中将様に後ろめたく思った。

南庭での儀式が終わると、見物の人々はいっせいに立ち上がった。このあと、斎院からお出ましになる斎王様につき添う供奉《ぐぶ》の行列が整えられ、斎王様が『御禊の儀』をなさる鴨川べりまでを往復する。その盛儀は酉の日の『路頭の儀』に勝るとも劣らず、行列が通る一条大路《いちじょうおおじ》には多くの見物人達が集まるのだ。

徒歩《かち》の者、騎乗の者、文官武官に女官《にょかん》や童も取り混ぜた三百有余人が、美々しく正装して斎王の輿《こし》に供奉する華やかな行列を、高貴富裕の人々は大路ぎわに仕立てた桟敷《さじき》や、あるいは牛車《ぎっしゃ》の中から見物するが、庶民達にはそうした貴人達の物見《ものみ》風景もまた見物《みもの》。今年は誰それの桟敷が一番立派だとか、去年まではあった誰それの桟敷が見当たらないのは地方に左遷されたからだというような噂話《うわさ》と一緒に、大いに耳目を楽しませる。

千寿は、達智門《たっちもん》外の群衆に混じって行列を待った。最初にやって来たのは弓を手にした検非違使《けびいし》達で、総勢八十人ほどが二列に並び、行列のじゃまになりそうなはみ出し者を威風で払いながら進んでいく。続いて晴れやかな騎馬の衛士《えじ》達が六十騎ほど。それから四位五位とおぼしい束帯姿の官人達が続き……

「あっ、業平様じゃ」

思わず小さくつぶやいて、千寿は白馬にまたがった華麗な唐風の武人姿を見守った。着込んでいる目にも綾《あや》な装束は、走馬《はしりうま》のための物だろう。

（あの方はああした姿をなされても、華やかというより艶《あで》やかというふうだな）などと考えた。

「おお、斎王様の御輿《おこし》じゃ、御輿が来るぞっ」

「お顔は見えぬか!?」

「見えぬ、見えぬ！　見えるわけがあるかっ」

「おい、輿のあとから来るお付きのあの女、なんともふるいつきたくなるような美女だぞっ」

「ん？　どれだ、どれだ」

「右側の、ひいふう……四番目の女よ。かざした扇の下から、さっきちらと見えた」

「ううむ見えぬなあ」

斎王の御輿のあとからは、本祭りの『路頭の儀』ではさまざまな奉納品を運ぶ仕丁《しちょう》達が連なり、行列の最後に続く牛車の列が見えてきたところで、諸兄様を見つけた。

仕丁達の列のあと、車の列の先を、他の蔵人達とやって来る。

ともに行く六人の中でも、背の高さでひときわ目立つ諸兄様は、定めの深緑色の袍を着込んだ束帯姿。先ほど通っていった業平様のような華々しさはなかったが、千寿はその男らしい凛々《りり》しさにわれ知らずホウとため息をこぼした。

いつからこんなに心魅《ひ》かれるお方になっていたのか……最初は怖いとも思った武骨なお顔だちが、いまは慕わしくてたまらない。あのお口と唇を合わせたのだと思うと、うれしいやら恥ずかしいやらで頬が燃えてくる。あの胸に抱きしめられて、ああされてああしたのだと思い出せば、清めの儀式にふさわしくない心持ちがむらむらと湧《わ》き上がってきて、うなじや耳まで熱くなってくる。

行列の進みに合わせた足取りで、颯爽《さっそう》と目の前を通り過ぎて行こうとしていた諸兄様が、ふとこちらを向いた。千寿を見つけてうれしげにちらりとほほえみ、いっそう姿を整えようとするふうにすいと背筋を張り直して行き過ぎていった。

クスリと笑ってしまった。うれしくて幸せで……ただうれしくて……

派手やかにしつらえられた牛車の列がガラガラと通り過ぎると、見物人達は三々五々に散り始めた。行列が戻ってくるのは昼過ぎで、達智門あたりにいたのはおおかたが宮仕えの者達。帰り行列を待つ気らしい庶民達ほど暇ではない。

千寿も門内に戻ろうと歩きだした。その袖を後ろから引かれて、何気なく振り返った。

葛布《くずふ》の水干を着込んだひげ面の男だった。

振り返った千寿の顔をまじまじと見下ろしてきたと思うと、「見つけたぞ」と黄色い歯を剝《む》いて笑った。

とっさに袖をつかんでいた男の手を振り払って、身をひるがえした。門の中に入っていく人の流れに無理やり割り込んで、「お通しくだされっ、お通しくだされ！」と頼み頼み掻《か》き進んで、人で混み合った門を通り抜けるやダッと駆け出した。

（誰だ⁉　誰だ⁉）

いや、わかっている。拓尊《たくそん》の下人《げにん》あたりに違いない。

（捜していたのか⁉　まだ、わしを捜して⁉）

そうに違いない。でなければ「見つけた」などと言うはずがない。

（どうしよう、どうしよう！　どうしたらいい⁉）

焦り思いながら、無意識に振り返った。追ってくる男の姿を見つけて、ギョッと青ざめた。

大内裏《だいだいり》の中まで追いかけてくるとは！

大内裏をさらに画する内裏の外囲いの築地《ついじ》が見えて、千寿は足を励ました。築地の北の角を曲がり、『宴《えん》の松原《まつばら》』に面した角から南に向かって、築地に沿って東に。修明門《しゅうめいもん》に行き着いて、飛び込んだ。

「おっ⁉」

「こりゃ！」

と阻《はば》みに来た衛士に、

「お助けください！」

と叫んだ。

「わたくしは蔵人所に仕える藤原諸兄様の家人、千寿丸でございます！　祭の御行列を拝しに出ておりましたところ、うろんな男に袖をつかまれ追いかけられて、ここまで逃げてまいりました！　どうかお通しくださいませっ」

衛士達は顔を見合わせ、千寿のようすに目を走らせて、うなずき合った。

「よし、通れ」

「ありがとう存じまするっ」

ホッと安堵《あんど》の息をついたところへ、バタバタと走り寄ってくる足音が聞こえたので、とっさに門柱の陰へ隠れた。

「こりゃこりゃ、止まれ止まれ！」

「これより内は禁裏《きんり》である！　何用ぞ！」

「へっ!?　あっ、そのっ」

「官・姓名を名乗りあれ！」

「あ……ええと、その」

「名乗れるような身分は持たぬ者のようだな」

「い、いや、あのっ」

「怪しい奴」

「ひっ捕らえて検非違使庁に突き出し申そう」

「おう」

「ままま、待ってくれ！」

男は「嵯峨《さが》山如意輪寺《にょいりんじ》の『拓尊門主』の下人別当《げにんべっとう》だ」と名乗り、「逃亡した寺の稚児《ちご》を捜していたところ、祭の見物人の中に見つけたので追ってきた」と説明した。

衛士達は顔を見合わせ、一人が尋ねた。

「逃げたのは公奴婢《くぬひ》か私奴婢《しぬひ》か」

「あー」

「公奴婢なら玄蕃寮《げんばりょう》に逃亡の旨を届け出て、追捕《ついぶ》の手続きをせねばならん。私奴婢ならば勝手にすることだが、どちらにしろ門内には入れられん。帰れ」

「し、しかし、ここへ逃げ込んだのだ！　この目でしかと見た！」

「そうかそうか、だがここは内裏だ。下賤《げせん》の者の立ち入れる場所ではない、帰れ帰れ！」

衛士達は男を追い返し、千寿はひとまずホッと胸をなで下ろしたが、心持ちは安心などとは程遠かった。

（拓尊の手の者に見つかってしまった、どうしよう！）

むろん諸兄様におすがりするほかはないが、いまは話せない。祭のための潔斎《けっさい》を、そんな禍《まが》ごとをお耳に入れることで汚してはいけない。

（内裏の外へ出なければだいじょうぶだ）と自分に言い聞かせた。

ここに居さえすれば安全だ。さっきのように帝のご威光《いこう》が守ってくださる。

……それにしても、あの拓尊がさっさと新しい門主に据わっていたとは。もちろん、慈円阿闍梨様が去られたあとの如意輪寺のようすなど、自分にとってはどうでもいいことだが……

（わしを可愛がってくれたトモチメや、わしがあそこを抜け出すのを見逃してくれた百合丸は、変わりなく過ごしているのだろうか）

千寿は少し心配になった。拓尊が、慈円阿闍梨様のような慈悲深い門主ではあり得ないのは明白だったからだ。

（二人がひどい苦労などしていませんように）

と大日如来様に祈った。


翌日は、その翌日の祭に備えて政務は休みということで、諸兄様は千寿をつれて屋敷に戻られた。

「業平に先を越されたのがくやしくてたまらん」

とは、千寿が昨日、かのお方から錦《にしき》の水干をいただいたことらしい。

乳母《めのと》だという中年の女を呼び出して、「俺の童衣《わらわぎ》を出してくれ」と言いつけた。

「新しい物をあつらえてやりたいが、手に入るまで日数がかかる。明日の見物には俺が贈った衣裳を着せたいのだ」

「まあまあ、そういうご用向きで」

乳母は可笑《おか》しそうに目を細め、

「でしたらお母上様のところへおいでになってごらんなさいませ」

と勧めた。

「母上のところ?」

「業平様に先を越されておくやしいのは、諸兄様だけではないようでございますよ」

「おう、何かご用意いただいていたのか!?」

諸兄様はさっそく千寿をつれて北の屋に渡り、千寿は桂子《かつらこ》様から風流作りの立派な晴れ着を賜《たまわ》った。濃紅《こいべに》の平絹の上に模様織りの青の紗《しゃ》を載せた、菖蒲襲《しょうぶがさね》の水干上下《かみしも》だ。

「うむ、これはよい、よく似合う!」

諸兄様が手を打って喜ばれた。

「派手派手しい錦よりもこれのほうが、そなたの清々《すがすが》しい美しさをよほど引き立てる」

……業平様の贈り物が心底くやしかったらしい。

「それでね、諸兄殿に一つお願いがあるのだけれど」

「は、何でしょうか、母上」

「明日はあなたは斎王様の供奉につかれるのでしょう?」

「はい」

「でしたら千寿は明日一日、わたくしの供に貸していただけないかしら」

「ああ、物見にお出になられますか」

「殿《との》が『明日はぜひ、ともに桟敷に座って欲しい』と申されますのでね」

「おやおや。母上は四条の方と同席なさる気はないのでしょう?」

「あちらは車からごらんになるそうよ」

「では父上はこちらにお帰りなのですか?」

「ええ、昨日ね」

「大納言職への返り咲きが決まったからでしょうか」

「ほほ、そのようね」

「補任《ぶにん》の内示文はわたしが書いたのですよ。その時に祝いの文は添えましたが、お戻りならばお会いしてこねば」

「それでは千寿はお借りしていいわね?」

「夕方にはお返しいただけますか?」

「ええ、そうします」

「では大門がひらいたらよこしましょう」

そう約束を決めてから、諸兄様は千寿を見返っておっしゃった。

「こうしたわけだ。明日は母上のお供を頼むぞ」

「かしこまりました。大門がひらきましたら、こちらへまいればよろしいのですね」

「来たら、まずはお支度を褒めちぎってさしあげてくれ」

「まあ！　それは業平様の入れ知恵かしら？」

「わたしとて子どもではありません。そのくらいの知恵は働きます」

「知恵と言ってしまうところが朴念仁《ぼくねんじん》なのですよ」

「う……すみません」

軽やかに笑い合う母子を、千寿は少しうらやましいような気持ちで見ていた。

諸兄様はそのあと父上様とも引き合わせてくださった。あまり似ていない父と子で、仲もそれほどよくないようだったが、それでも少しうらやましい気がした。ほんの少しだけ。

その夜も、諸兄様は千寿を一緒の床に寝かせた。

「祭が済むまでは潔斎を守らねばならぬが、独《ひと》り寝は寂しい」

そんな子どものようなことをおっしゃって、ただ腕枕に抱いて眠るだけの同衾《どうきん》をおさせになった。

千寿は（困る……）と思ったが、それはいやだからではなく、諸兄様の腕の中で潔斎を守るというのはひどくつらかったからだ。

慈円阿闍梨様を慕ったのとは別の慕わしさが心に生まれたことで、千寿の体には、それまで知らなかった情感が巣くった。その情感を色欲だと悟るのは、大人達の色情を見せつけられてきた千寿には簡単なことだったが、それを抑え我慢する努力がこれほどつらいものだとは、自分の身に起きてみて初めてわかった。

諸兄様も千寿も、五戒を守ることを誓った僧侶ではない。精進潔斎は祭のあいだだけの忌《い》み事で、あと二日だけの我慢だというのは充分な救いだ。それなのに、そのたった二日間が耐えがたく思われる。

諸兄様と体を寄せ合っていると、それだけで体が疼《うず》いてくる。あの夜、諸兄様にされたことを、体が思い出している。考えまいとしても忘れようとしても、体は言うことを聞かない。眠ってしまおうと必死で努力しても、眠れない。

「千寿？」

と耳元で諸兄様がささやいた。それだけでズクンとそこがふくらんだ。

「眠れないか？」

「……はい」

と答えた。

「俺もだ」

と返ってきた。

その口調に（ああ、諸兄様も同じ我慢を……）と考えて、いっそう体がせつなくなった。

ああ……触られたい、触りたい……わしのほうから触ってしまえば、きっと諸兄様も触ってくださって……でも、だめだ！　明日は諸兄様は大切な祭の供奉をなさるのだ。潔斎を破ったとがで雷神だという賀茂の神様のお怒りに触れて、雷に打たれたりなさるなら！　だから我慢しなければだめだ。でも……つらい……つらい！　つらくてつらくて、このつらさに比べたら神様のお怒りなど、どうでもいいような気がしてくる。もちろん、これは惑《まど》いだ。従ってはならない惑乱《わくらん》だ。でも……うずりうずりと疼いてたまらない色欲で、頭が変になりそうだ！

「あの……」

「ん？」

「寝床を……分けてはいけませぬか？」

「いやだ」

諸兄様は駄々《だだ》をこねる調子でおっしゃり、しかし千寿も（そうなのだ）と思った。そこがズキズキと痛みを訴えるほどの色欲を抱えながら、こんなふうにただ寄り添い合っているのは死ぬほどつらい。けれども、離れてしまうのはいやなのだ。

「……煩悩《ぼんのう》というのが、これほどまでに耐えがたく心を惑わせるものだとは、いままで知りませんでした」

ささやき声で打ち明けた千寿に、諸兄様は腕枕に抱き込んだ千寿の肩をぎゅっと抱きしめてこられながら、おっしゃった。

「俺も同じだ。たとえ明日は賀茂の御神の雷撃を食らうと決まっていても、おまえを抱いてしまいたいと……その覚悟を嘉《よみ》しての潔斎破りならば、御神も見逃してくだされるのではないかと信じてしまいたくて、うずうずしている」

「ああっ、もしもそうならっ」

「だがな」

「はい。そんなふうに御神のお心を試して、もしも諸兄様に罰《ばち》が当たるようなことになりましたら、千寿はっ」

「それも恐ろしいが、むしろ俺は、こうして我慢に耐えなくてはならぬことを、少しばかり楽しんでいる」

「楽しい……のですか？」

このつらさが!?

「ああ……楽しいようにも思えるのだ」

「わかりませぬっ。わたくしには、ただただつらいばかりでっ」

思わず諸兄様の胸にしがみつき、諸兄様の脚に脚をからめて、滾《たぎ》ってたまらないそこを押しつけながら訴えた。からめた脚の内股に感じ取った諸兄様の魔羅《まら》も固く猛っていて、潔斎のための禁忌など頭から飛びかけた。が……

「このつらさは、俺にとっておまえがどれほど愛しい者かという、その裏返しだと思うとな、何やら楽しくもなってくるのさ」

魔羅ははちきれそうに猛らせているのに、そのつらさを声には出さない諸兄様の淡々としたささやきは、夏の炎暑をなぐさめる一陣の涼風のように、欲に負けかけた千寿の心持ちを立ち直らせた。

「つらさは……裏返し……」

「……ああ。じつを言うて俺はな、二十五も過ぎているいまのいままで、これほどに強く恋い焦がれる情は知らずに来た。いや……思えば、恋という情そのものを知らずに来たのだ。それを……おまえと会って、知った。知ってみて……恋に血道を上げる業平の気持ちがわかった。ただ明るいとしか見ていなかった日の光が、おまえが俺のそばにいてくれるうれしさで、えも言われぬ金色《こんじき》の輝きを帯びるのよ。その輝きは、ほかのすべてをも、これまで見たことのなかった美しさに照らし出すのよ。

しかもおまえは、俺がおまえを思うのと同じように、俺を恋い慕ってくれている」

肩を抱いていた腕をするりと腰に移され、ぐっと抱きしめられて、千寿はウッと奥歯を噛《か》み締めた。諸兄様の猛ったそれと千寿の滾っているそこを、ぐいと押しつけ合う格好にさせられたからだ。喘《あえ》いでしまいそうな息を、歯を食いしばってこらえた。体が揺れたらこれが擦れ合って、たぶん出てしまう。諸兄様を汚してしまう。

「色欲は、心とは別に独り歩きすることもある」

諸兄様が苦しそうなお声で言われた。

「だが『恋』という心を得たそれの甘美さを知ってしまった俺は、もう二度と、心の添わない色欲に動かされることはあるまいな。

千寿、千寿……おまえが愛しくて愛しくて、たまらない……愛しいおまえと情の限りにまぐわいたくてたまらないっ！　だがいまは、辛抱しなくてはならぬ……」

「はい……」

お声から口調から、ならぬ我慢をこらえておられるのがひしひしと感じられて、不思議なことに千寿は少しだけ楽になった。

「だから俺は、辛抱するつらさを待つ楽しさに思い替えることにしたのだ。そうでもせぬと身がもたんからな」

「……はい」

「それでも、恋というものを知らなかったころに比べて、いまの俺は百億倍も幸せだ」

「はい。わたくしも……」

体はつらいが、たしかに心は幸福感に満ちている。

「しかしこのままでは、いかにも眠れぬな。背を合わせて寝るとしようか」

「はい」

もぞもぞとたがいに背を向け合って、背と背を合わせる格好になりながら、諸兄様がクスッと体を揺らされた。

「いや、俺は何をしているのかと、ふと可笑しくなってな」

「は？」

「いや……母上のところにおまえを預けてでも来れば、これほどつらい思いはしないで済んだかもしれぬのに……わざわざ自分やおまえを苦しめてでも、おまえとこうして眠りたい俺は、なんとわがままの強い男か、とな……はたから見ればさぞ愚《おろ》かしく滑稽《こっけい》であろうと、ふと思うたのさ」

「……はい」

と千寿も笑った。

「さあ、寝るぞ寝るぞ」

陰陽《おんみょう》寮《りょう》で鳴らされる時の鐘が聞こえた。たしかあれは亥《い》の刻の知らせ。早く寝なければ……


そして翌暁。祭行列の供奉に出られる諸兄様のお支度をお手伝いし、門口までお見送りすると、千寿もいただいた菖蒲襲の晴れ着に身を整え、『開大門鼓』が鳴るのを待った。

懐に阿闍梨様からいただいた独鈷杵《とっこしょ》を忍ばせているのは、もしも昨日の男にまた会ってしまった時の用心だ。

「お？　めかし込んだな」

と舎人の寿太郎《じゅたろう》に声をかけられて、「はい」と笑って見せた。

「本日は、諸兄様の母上様のお物見にお供いたします」

「そうか。今日も一条大路はおおきに混むぞ。気をつけて行けよ」

「心得まする」

大内裏での刻《とき》の知らせは、陰陽寮の係官が漏刻《ろうこく》（水時計）を用いて計った時の区切りごとに鐘をつき、開門や閉門はさらに太鼓を打ち鳴らして周知させる。

千寿は修明門で開門を待ち、門扉がひらかれるのと同時に内裏を出た。大内裏から出るには、東の待賢門《たいけんもん》を使うか、南の美福門《びふくもん》を通っていくか。

待賢門のほうから出ようと決めて、大内裏の外の町屋から出仕《しゅっし》してくる官人達の流れとは逆に歩き出したところでだった。

いきなり後ろからガシッと両腕をつかまれ、大きな手で口をふさがれた。

「騒ぐと腕をへし折るぞ」

押し殺した声でそう脅してきたのは、拓尊の下人別当だと名乗っていたあの男！

とっさにブルンと力いっぱい頭を振って、わずかにゆるんだ口ふさぎの手に思いきり咬《か》みついた。

「おのれっ！」

と耳のあたりを殴られたが、手が放されたのをさいわいにわめいた。

「お助けください！　攫《さら》われまする！」

「うっ、こりゃ！」

「黙れ、騒ぐな！」

男達は千寿を殴りつけたが、それがかえって人目を引いた。

「何事じゃ！」

「どうしたどうした！」

わらわらと駆けつけてきてくれたのは、ちょうど門のほうからやって来ていた貴人の供の者達。

「左中将様の御前を騒がすのは何奴ぞ！」

「お助けください！」

千寿は叫んだ。

「待て待て！　こやつは逃亡した私奴婢でござる！」

下人別当が怒鳴り、千寿があてにした助け手達は躊躇《ちゅうちょ》した。

だがそれを見てホッとしたぶん、捕り手の男達に隙ができた。思いきり身をひねって男達の腕から逃れると、千寿は脱兎《だっと》の走りで門を目指した。

「捕まえてくれ！」

下人別当の声がわめいた。

「そいつを捕まえてくれ！　逃げた私奴婢なんだ！」

別当は追いかけてきながら怒鳴っていて、その声は門を守る衛士達に届いてしまったようだ。

武装したひげ面の衛士達が、わらわらと門を固めにかかる。

それと見て取るや、千寿はタッと方向を変えた。右手に見えた建物と建物のあいだの道に走り込もうとした。その背にヒョオッ、ヒョオッと飛来し、ドンッ、ドシッと当たって千寿を突きころばしたのは何だったのか。激しく背を打たれた衝撃に息が止まって、すぐには跳ね起きられなかった。虫のように悶《もだ》えて、それを見つけた。鷹《たか》の羽をつけた狩胯《かりまた》の鏑矢《かぶらや》が二本……これで射られたらしい。

「そうれ、捕ったぞ！」

抵抗する力を取り戻す前に後ろ手に縛り上げられ、口には布を押し込まれて、乱暴に引き起こされた時。千寿が思ったのは、（せっかく桂子様がご用意くださった晴れ着を汚してしまった）という悔いだった。

射られた矢は鏃《やじり》が二胯《ふたまた》になった狩り用の矢で、突き刺さりはしなかったが、衣は破れているかもしれない。諸兄様が「錦より似合う」とお喜びだった、涼やかな菖蒲襲の水干……

「いやいや、ご助力ありがとうござった。こやつは顔だちに騙《だま》されるととんだ目に遭う、タチの悪い稚児でござっての。やあや、助かり申した助かり申した」

下人別当は、衛士達にそんなでたらめをしゃべり散らしながら、手下の者達に千寿を引きずらせて門を出た。

「さてさて拓尊様に何よりの土産ができた」

「褒美が出ますかな」

「おう、むろん出していただくさ」

「ではこのまま如意輪寺へ戻るんですかい？」

「せっかく祭が見られると思うたに」

「うむ……このままこやつを引っ立てていくのは、いかにも目立つな。目立ったところで、逃げた私奴婢を捕らえたのじゃと申し開きはできるが、検非違使あたりにうるさく詮議《せんぎ》されるのも面倒だ。うむ、寺には夜を待って帰るか」

「では……？」

「こやつは昨夜の女のところに預けて、ゆるりと祭見物をしてから戻ればよかろう」

「さすが別当様じゃ、話がわかる！」

「褒めたとて酒は出ぬぞ」

「まま、そうおっしゃらず」

「拓尊様からたんと褒美をもらわれるのじゃ。前祝い、前祝い」

下卑《げび》ただみ声でべちゃべちゃとしゃべり合いながら、男達は千寿を小突き小突き引っ立てて南へ下っていく。二条大路を過ぎると、もう千寿にはどこがどこやらわからなかった。京に来てから二十日余りになるが、諸兄様のお屋敷と内裏の中を少しばかりしか知らないのだ。

小路《こうじ》から小路へとずいぶん歩かされて、みすぼらしい掘っ建て小屋が立ち並ぶ場所に来た。千寿はもちろん知らないが、東の市《いち》の裏手にできている私娼窟《ししょうくつ》である。小屋のような家々には何人かずつ女が住まわされていて、ろくに衝立《ついたて》もない部屋で、やって来る男達に春をひさぐ。

千寿がつれていかれたのは、そうした中では幾分ましな一軒だった。

「大夫《たゆう》、大夫！」

と呼びながら別当が家に入っていき、千寿も中へ押し込まれた。

「なんだね、こんな朝っぱらからやかましい」

ブツブツ言いながら奥から出てきたのは、下品な顔つきのでっぷりと肥えた女で、千寿にはわからないが、色を売る女達を何人も抱えて商売させている元締めの一人である。

「おう、呼び立ててすまねえな、大夫」

別当が下手《したで》に出る調子で言った。

「じつはこいつを夕暮れまで預かって欲しいんだ」

女は出てきたとたんから千寿をじろじろと値踏《ねぶ》みしていたが、太って二重になっている顎《あご》をうなずかせながら言った。

「へえ……あんた人買いもやるのかい。頼もしいねえ。どっから攫ってきたんだい？　なかなかの上玉じゃないか。いい値で売れるように口をきいてあげてもいいよ」

「冗談はよしてくれ。こいつはわしの主人のご執心で、京中捜してでも見つけてこいと言いつかった稚児だ。言っとくが、預かりついでに客なんぞ取らせおったら、その首と胴とは泣き別れになるぞい」

「ふふん、預かってくれと頼みに来たわりに、大きな口をたたくじゃないか」

「忠告だよ。拓尊様に逆らったりしたら、地獄に落ちたも同然の目に遭う。なにしろ前の門主様は」

べらべらと言いかけて、別当ははたと口をつぐんだ。

「おう危ない危ない。うっかりしたことを言うたら舌を抜かれるわ」

千寿はゾッと背筋が凍るのを覚えた。

(慈円阿闍梨様に何があったというのだ！　わしを逃がしてくだされたことで、何かひどい目に遭われているのか!?)

だが尋ねようにも口の中には布が詰め込まれていて、うーうーとしか声を出せない。

「ともかく頼んだぞ」

「預かり賃に銭二百文《もん》」

「おいおい」

「と言いたいとこだけど、百文に負けてやるから、その子の着てる物をおよこし」

「へっ、こいつぁ上物だぜ？　水干だけでも二百文や三百文の品じゃねえ」

「だからなにさ、あんたが自分で市に売りに行くってのかい？　その悪党面がそんな上等なもんを持ち込んだ日にゃ、追いはぎでもやったに違いないってんで検非違使に売られンのが関の山さ」

「口の減らねえ女だな！」

「あいにくとあたしゃあ、この口利きで食べてるんだよ」

「わかったわかった、じゃあこうしようぜ。着物は大夫が売って、儲《もう》けは折半。それがこいつの預かり賃だ」

「へんっ、今日は祭だよ!?　市なんかひらいてるもんかね！　これだから田舎者はいやんなっちまう。預かり賃は百文と着物だ、さっさと百文置いてきな。どうせ祭を見てから帰る気なんだろう、さっさとしないと行列が行っちまうよ」

「別当様よお、まあだ暇がかかるんなら俺達ァ先に行きますぜ」

手下の一人が言い出し、大夫は言い値から一文も引かない顔でいたので、別当もしょうことなしにあきらめた。

「わかった、じゃあ半金の五十文だ。残りはこいつを受け取りに来た時に払う。ただし逃がしやがったりしたら、ただじゃ置かんぞ。大夫と言ったって、てめえも女の端くれだ。すっ裸でナニに大根でも突っ込まれた格好で辻《つじ》にさらし者、なんてなあいやだろうなあ」

下品でげすな脅しを、大夫はゲタゲタと笑い飛ばした。

「こちとらァ、あんたに金づるのあつかい方を教わんなきゃなんないような素人じゃないよ。その子はそこの柱にでもくくって、祭見物に行ってきな。斎王様の御輿にゃあ、ちゃあんと賽《さい》銭《せん》を投げるんだよ」

「なんだよ、拝むのに銭がいる女なのけえ!?」

「そりゃアンタ、斎王様ってのは帝の娘様なんだからさあ」

「そそそりゃ、い、いい女かっ!?」

「噂によれば、ちょいとでもお顔を拝めたもんは寿命が延びる、天女のようにお綺麗な美女だそうだねえ」

「い、行くぞっ」

「へえい!」

ドタドタと男達が出ていき、柱に縄尻を結ばれて土間に座らされた千寿と、でぶの大夫とが残った。

(この女一人なら、縄さえ解ければ)と思っていたら、

「嵯峨の如意輪寺の、新しい門主に仕えてる奴らだってことでね。まあ、金回りがいいのはたしかさ」

大夫が吐き捨てるように言った相手は、家の奥の衝立の陰からあらわれたまだ若い男。仲間

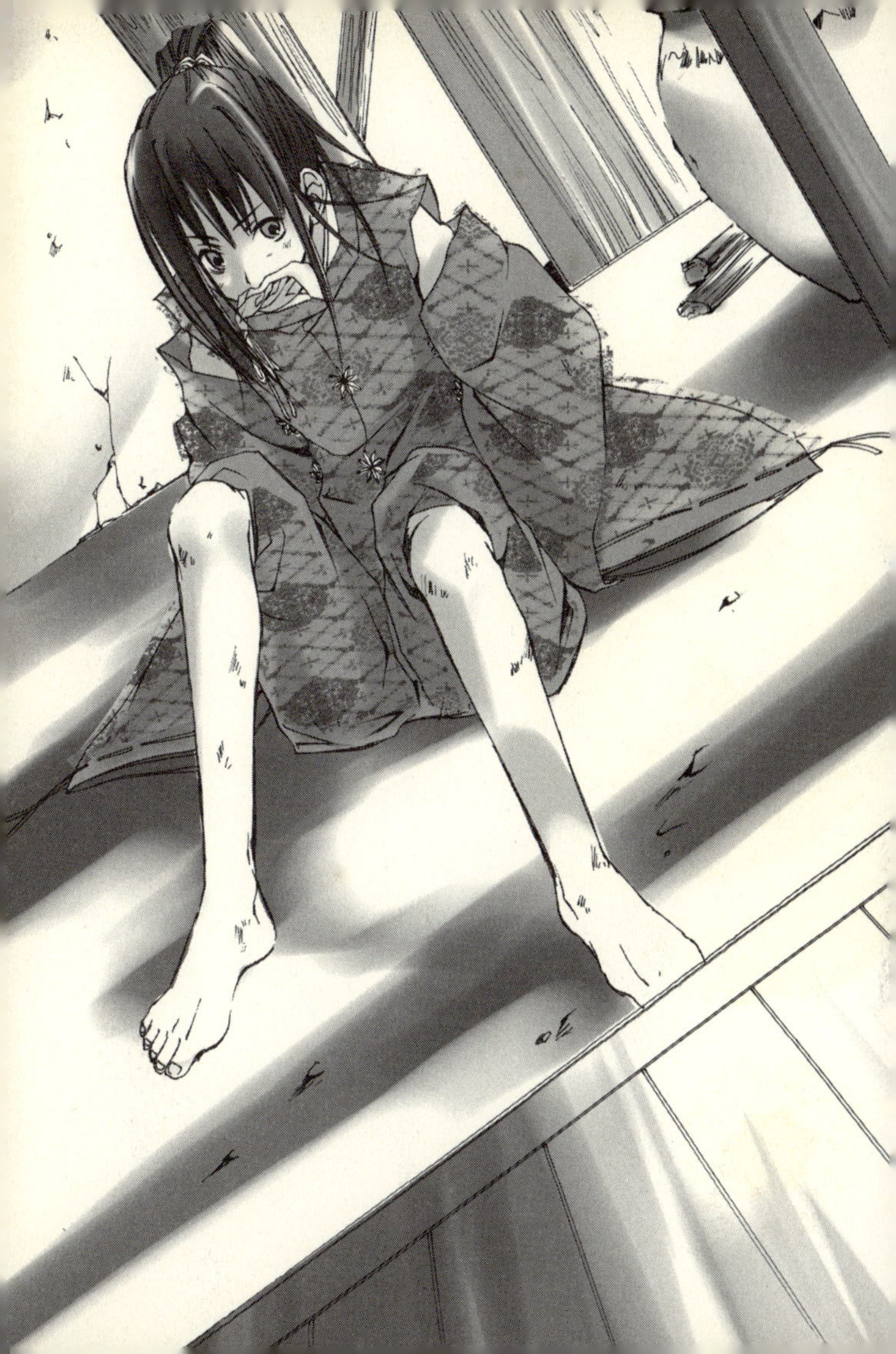

がいたのだ。

歳は諸兄様や業平様と近いようだが、もとは上等だったらしい水干をだらしなく着たようすはむさ苦しく、下卑た面つきや荒《すさ》んだ目つきに暮らしぶりが透き見える、お二人とはまるで人種が違う男だった。

しかもそいつは、四十は過ぎているだろう大夫に後ろから抱きつくと、やおら懐に手を突っ込んで、いやらしく乳房をいじくり始めたものだ。

「なんだね、続きがしたいのかい？」

女がいやったらしい甘やかし声を出し、若い男は千寿のほうへ顎をしゃくった。

「天からのお恵みみてェにころげ込んできたこれだけの上玉を、まさか百文ぽっちの稼ぎで終わらせる気はねェよなあ？」

「あたりまえだろ」

女はニッタリ笑った
「けど、あいつらが言ってた門主サマってなあ、どうもたいした悪党のようだからね。ちょいと工夫がいりそうじゃないか」

「うむ。どうする？」

「まあまあお待ち、あたしだってそう急には思いつかないよ。そら、おまんまを食って祭に出かけるよ」

「俺ァ祭なんてどうだっていい」

「ふん、好きにおし。斎王様の御輿を拝めば今年一年、病が除けられるって言うし、供奉の公《きん》達《だち》の中にゃあ、それこそ見たばかりで寿命が延びそうなそりゃあ綺麗な男がいるんだ。あたしゃ行ってくるからね」

「わかったよ、俺も行くよ。けど、こいつはどうするんだよ」

「こうやって縛ってあるんだ、逃げられっこないだろうが」

「ここへこのまんま置いとくのか？　奴らのほうが先に戻ってきたら、あんたの儲けはさっきの五十文だけってことになっちまうぜ？」

「おや、あんたもずいぶんと頭が働くようになったんだねえ。そう言やあそうだ、ここに置いとくのは間抜けってもんだよ。よし、裏の物置に隠しとくとしよう」

大夫と男はそんな相談をまとめると、柱にくくった縄尻を解いた。

千寿は（行けるか!?）と思ったが、まだ手は縛られている。もう少しようすを見ることにした。

「しかしまあ、見れば見るほど……ほんとに男かよ」

男がもぞと股間《こかん》をまさぐってきて、千寿はいやたらしさに腰をひねって男の手から逃がれた。

「へっへ、男じゃあらあ。けどこの顔じゃあ、陽物なんかついてたって無駄だろう。突っ込まれてヒイヒイ言わされる側に決まってるからな」

言いながら、男はこんどは尻をまさぐってきた。やめろと怒鳴りたいが「う～！」としか声は出ない。

「ちょいと、遊んでるんじゃないよ！」

大夫が機嫌悪く言って、千寿の尻をいたずらしていた手をピシリとたたいた。

「この子は売り物だよ。この器量のうえに、まだ男は知らない未通《おぼこ》のようだから、いいだけ高値がつけられる。瑕物《きずもの》なんかにしやがったら承知しないよ！」

「へいへい、わかったよ」

男はへらへらとうそぶき、大夫は男の顔をひっぱたいた。

「いい気になってるようだから言っとくが、あんた程度の魔羅持ちはいくらでもころがってるんだ。あんたの代わりなんか、いくらでもいるんだよ！　生皮剝がれて放り出されたくなかったら、その子には手を出さないこった」

「わ、わかったよ」

二人は千寿を家の裏手につれていき、そこにあった汚らしいぼろ小屋に押し込んだ。

「いいかい、おとなしくしてるんだよ」

大夫が千寿に言いつけた。

「このあたりの連中は悪ぞろいでね、あたしみたいに親切で道理もわかった人間は、ほかにはいやあしない。逃げ出してそういう連中に見つかろうもんなら、身ぐるみ剝がれて腰骨が砕けるまで犯《や》られて、使い物にならなくなったら堀川にでも投げ込まれちまうのがオチだ。その歳でそんな死に方はしたくないだろう?」

千寿は心底ゾッと青ざめた。

「だから、おいたをせずにいい子にしておいで。心配しなくてもあんたなら、ちゃんとおまんまを食わせてくれる分限者《ぶげんしゃ》(金持ち)の買い手がつくよ」

ぶよぶよした手でいやったらしく千寿の頬を撫でまわしながら脅しつけて、女は太った尻を振り振り小屋を出ていき、男がぴしゃりと戸を閉めた。錠前をかける音。

(くそっ!　おとなしく売り物なぞにされてたまるかっ!)

胸の中で毒突《どくづ》いて、千寿はさっそく縄目をゆるめにかかった。腰の後ろで手首をひとくくりに縛っている縄は、肉に食い込むほどにきつく締められているが、たとえ手がちぎれたって身の自由を取り戻す!　そして諸兄様のところへ帰るのだ!

諸兄の耳に事件の一報が入ったのは、まだ朝のうちだった。

今日は祭のハイライト『路頭の儀』当日。夜明けの開門と同時に、斎王の供奉を務める一行は紫野の斎院に向かって出かけていった。『路頭の儀』の行列は、斎王の住まいである斎院からの出発となるからだ。

だが、諸兄ら蔵人はまだ内裏に残っている。斎王に同行する奉幣の勅使は、その朝に紫宸殿でおこなわれる宣命《せんみよう》を記した詔書《しようしよ》を受け取る儀式を済ませてから、斎王の行列が一条大路を大内裏外までやって来るのを待って合流するしきたり。帝の秘書官である蔵人達は、その勅使の合流を見届けてから、行列の最後尾にくわわるのである。

『開大門鼓』が打ち鳴らされて、勅使を務める左中将が昇殿され、儀式に参列する公卿達の顔もそろって、おごそかに詔勅《しようちよく》拝受の儀が執りおこなわれ、勅を奉じた左中将を中心に小さな行列を作って内裏を出た。

大内裏の北の門のたまりで、斎王の行列を待っていた時だった。

一人の近衛《このえ》衛士が蔵人達のところへやってきた。

「恐れ入りますが、左近将監《さこんしようげん》様はいずこに」

左近将監とは、業平が兼任している官名だ。

たまたま男に近いところにいた諸兄が答えてやった。

「業平殿なら、今年は走馬の乗り手を仰せつかり、すでに紫野のほうへ行かれたぞ」

「さようでございますか」

まだ若い衛士は困りきった顔をした。

「急ぎの伝言でもあるのなら、俺が言ってやってもかまわぬが」

衛士は勅使の供奉として行列の先頭に近いあたりにつくが、諸兄達は後尾のほうなのでしばらく行列をやり過ごす。中ほどを来る業平に伝言を持っていってやれる立場というわけだ。

「ではお頼みいたします」

衛士はうなずいて、言った。

「左中将様からのお言づてでございます。なに公務に類することではないが、耳に入れておいてやれと仰せつかりました」

そう前置きしての衛士の伝言に、諸兄は耳を疑った。

「千寿がつれ去られた!?　いつだ!」

「左中将様がご出仕の折りに、待賢門の内でお見かけになられたそうです。男らが『逃げた私奴婢だ』と申しておったので、門衛の衛士が捕縛に手を貸してやったとのこと」

「ばかなっ」

「『将監の気に入りの小舎人のようじゃったが、人を召し抱える時にはよう身元を調べぬと、いらぬ火の粉が降りかかるものぞ』との忠告を、お伝えするようにという用件でございます」

「千寿は私奴婢などではない!　奴婢の身分を解かれて慈円阿闍梨の仏縁養子になっておるのだ!　捕縛など、何かの間違いだ!」

気色も荒く詰め寄った諸兄に、衛士はたじたじと腰を引きながら言った。

「わしにそのようなことを言われても困りまする。わしはただ伝言を申し伝えにまいっただけで」

「お、おう、すまなんだ」

もっともな言い分に上《うわ》の空で詫《わ》びて、諸兄はさっとその場を離れようとした。

「こりゃ諸兄殿、どこへ行く!」

と止めてきたのは蔵人頭の左中弁《さちゅうべん》。

「落ち着けっ」

と右少将《うしょうしょう》も抑えに来た。

「し、しかし!」

「われらは勅使の供奉の最中ぞ、抑えい抑えいっ」

「……くっ!」

たしかにいまは大事な公務の最中である。勝手に場を離れることなど許されるはずもない。しかし今日の祭事がすべて終わるのは、夕刻も遅くなってから。愛しい千寿が攫われたというのに、それまで何もできないのか!?

「諸兄殿、諸兄殿」

紀《き》家の三人が諸兄を取り囲んできて、ヒソヒソと言った。

「千寿というのは、おぬしがたいそう寵愛《ちょうあい》だという童じゃな?」

「業平殿からあれこれ話は聞いておった」

「折りあれば皆で、そなたの鼻の下の伸びぐあいをからかってやろう、とな」

「したが、まことのところはどうなのだ」

「ど、どうとは？」

「私奴婢なのか、そうではないのかということだ」

「それがはっきりせぬことには、うかつに動けぬぞ」

「千寿は私奴婢ではない」

「はっきりとたしかなことなのか？」

「ああ。あれは如意輪寺の門前に捨てられた赤子で、寺が育てて稚児に使うておったが、門主の慈円阿闍梨が養父となられて奴婢の身分から解かれた。阿闍梨が書かれた解放状もある」

「なれば千寿とやらをつれていった者達の申し立ては、嘘ということになるな」

「ああっ、真っ赤な嘘だ！」

「では訴え出れば取り戻せようぞ」

「むこうが言い張れば裁判になるが、確たる証拠があるなら負けはせぬ」

「じゃからいまは気を鎮めろ。大事な祭の供奉に不始末があってはならんぞ」

「……うむ。……わかっている」

そう……千寿を私奴婢と言い立ててつれていったのなら、相手は如意輪寺の者だ。相手がわかっている以上、訴え出て取り戻すことはできる。

(問題は、それまで千寿が無事でいるかどうかだ！)

千寿が寺から逃げてきた事情は、結局あのまま聞いていないのだが、慈円阿闍梨の形見分けの独鈷杵やああした書状を懐に出てきたということは、慈円阿闍梨は千寿が寺を出るのを承知だったということ。だが、だったら狩り犬をけしかけるようなひどい追いかけ方をしていたのは、いったい誰なのだ？　寺の中で、門主の意向に逆らう動きがあるということか。

（ああっ、なぜもっと早くに事情を聴き出しておかなかった！）

ともかくも、慈円門主は千寿をかばい、しかしかばいきれなくなって逃がしたという推測が立てられる。では反門主の者が千寿をねらう目的はなんだ？

（むろんあの美童ぶりに淫心を湧かせてのことに違いないわ！）

千寿が追手のかかっている身だと知っていれば、一人で出歩かせたりなどはしなかったものを……！

（いや、いやこれは気を回せなかった俺のしくじりだ。出会った時の千寿は、狩り犬遣う狩人に追われていたのだぞ。あんな人狩りのようなやり方をする者が、なぜ、あれであきらめたと信じ込んだ!?　それをなぜ、いまになってから思い至る！　なぜもっと早く気づかなんだ！

俺は大阿呆じゃあ!!）

ハアァと大きくため息をついて、諸兄はたまらないやるせなさを両のこぶしに握り込んだ。

そういう事情で逃げてきて、そうした理由で追われていたなら、捕まったといってもおそらく命は無事だろうが……体はまず無事では済むまいし、そうなったらば体だけではなく心も……

（まさかに自害などはせんでくれよっ⁉）

思って、ハッとなった。

（そうだ、そんなことになったら……可能性はある！　ええい、こんなところでぐずぐずしている場合ではないぞ！）

思ったままにダッと駆け出そうとした。

ガシッと紀家の三人に押さえ込まれた。

「諸兄殿！」

「お役目を投げ出す気か！」

生まじめな諸兄は一瞬ひるんだが、

「しかしっ」

と三人を振り払おうとした。

その瞬間だった。

「御行列、お成《な》りにございますう！」

と式部官《しきぶかん》の声がかかり、万事は窮した。

「これ蔵人方、何をお騒ぎか。お整いあれ」

「ははっ」

頭の中が真っ暗になるような絶望感の中で、諸兄は必死に考えをめぐらし、一縷《いちる》の光明を見つけ出した。

（業平に相談しよう！　あの男なら、何か手だてを思いついてくれるやもしれぬっ）

平城《へいぜい》天皇のお孫殿は、官人としては型破りで、やることは時に横紙破り。それでさんざん迷惑させられてきた諸兄だが、そういう男だからこそ、こうした場合には頼りになるのではないか。まして千寿のことは「見目よく賢いあれを俺の小舎人に欲しい気持ちは変わらぬが、おぬしへの友情を重んじて、あれはおぬしに譲ってやる」と言っていたような気に入りぶりだ。きっと一肌脱いでくれよう。

そこで諸兄は深い呼吸を二、三度やって落ち着きを取り戻した顔を作り、右少将に歩み寄ってうやうやしく言った。

「先ほどの左中将様よりの伝言は、早々に業平殿に申し伝えるべきと存じます。何とぞご許可を」

胸の中では（ぜひ、ご許可を！）と叫ぶ思いでいた自分の顔が、冷静を装った口面を裏切る物凄《ものすさ》まじい形相を浮かべていることに諸兄は気づかず、右少将は、そんな諸兄の自制の努力を精確に読み取った。またこれまでのつき合いから、公務の場でうかつなことをしでかす男ではないという厚い信頼感も持っている。

「のちほど事の顚末《てんまつ》をすべて報告するならば、許可しよう」

と条件をつけて答えたのは、この堅いこと木石のごとき部下が「地に舞い降りた迦陵頻伽《かりようびんが》のような美少年にベタ惚《ぼ》れ」だという業平談の浮かれ話の真偽には、大いに興味を引かれていたからだ。


「誓ってご報告いたします」

と四角四面の返事を返してきた諸兄が、地獄で仏に逢った亡者とはかくや、というような救われた表情になるのを見て、右少将は（業平の言うていたアレは、戯言《ざれごと》ではなかった）と確信した。


そうなるとこんどは、この折り紙付きの堅物が『ベタ惚れ』と評されるような恋に墜《お》ちた相手というのを、見たい知りたいという気が湧いてくる。

「その時には、騒ぎのヌシらしい千寿とやらも伴うてまいれよ」

と言い添えた。

「ははあっ」

と諸兄は承り、胸の中で（必ず！）と誓った。

（たとえ何があろうと、千寿は必ず取り戻す！）

式部官の「お成りにございますう」の声は、行列の先頭が見えたという意味の、待つ者達への到着予告で、実際の到着まではそれからしばらくかかった。

そのあいだに諸兄は、業平に告げるセリフを何度も練《ね》り返し練り返しして練り上げたが、自慢の白馬にまたがった業平の姿を見つけたとたんに、すべて吹き飛んだ。

立場を忘れてはしたなく駆け寄るミスを犯さずに済んだのは、ぐっと腕をつかむことで理性を取り戻させてくれた誰かだ。

徒歩で行く検非違使と、騎馬で行く六衛士達が門の前を通り過ぎたところで、いったん行列が止まり、騎乗した勅使と、勅使が奏上する帝の宣命を納めた文箱《ふばこ》を乗せた牛車とその供まわり達が、それぞれの定めの位置にしずしずとくわわるのを待って、ふたたび動き始めた。

華やかに威儀を整え粛々と進む行列の、御神に奉る幣《ぬさ》に続いて重要な舞いなどの奉納役の先頭を行く、『走馬』の儀の主役達が門の前へと行きかかって来るのを待って、諸兄は待ちに待ちこらえていた足を踏み出した。見苦しく急ぎ過ぎない早足で、すたすたと業平のもとに向かった。

行列は、斎王が乗った輿の足取りを基準として、ゆったりと進む。そのゆったりかげんが気に染まないのか、一触即発の機嫌でいるらしい愛馬『相模』にまたがった業平は、諸兄が声をかけるより先に「どうした」と聞いてきた。

むろん業平は馬を止めたりはせず、諸兄も行列を乱す気はない。勅使のくわわった行列は、正式かつ厳粛な国家行事として、京を守護する神の社に向かっているのだ。乱れは許されぬ。

馬の足取りに合わせて鞍横《くらよこ》に従いながら言った。

「左中将様がおぬしに伝言をよこされてな。主旨は『巻き込まれるな』という言づてだったが。千寿が攫われた」

「……ほう」

「攫ったのは如意輪寺の者達だ。俺は、どうしたらよいだろうか」

「下鴨社に着いたら俺のところへ来い」

話はそこでということだ。

「わかった」

と答えて、諸兄は何食わぬ顔で行列を離れ、同僚たちのところへ戻った。

斎王の御輿を見送り、各種の奉納品を運ぶ仕丁達の列が通り過ぎるのを待って、蔵人達は行列にくわわった。後ろからはガラガラと牛車の列が来る。

柳の並木が涼しげな細枝をなびかせている広い大路の両側は、見物の人達の桟敷や牛車や立ち見の庶民達の群れでぎっしりと埋まっている。

その中にわが家の桟敷を見つけて、（ああ、母も巻き込んでしまったのだ）と気づいた。

物見の供をしに来るはずの千寿が来ないのはどうしたわけだろうかと、ひどく気を揉《も》んでおられるに違いない。だが事実を伝える手だても、母の心配をなぐさめる方法も、いまはない。

だから諸兄は、母がいるはずの桟敷の前を通りすがりに、（ご心配をおかけしてすみません）という心持ちで会釈を送った。

その固い顔つきでの会釈は、桂子に二つの察しを得させた。一つは、気を揉んでいたとおり、やはり千寿に何かあったこと。そしてもう一つは、事情は息子が心得ているということ。

そこで桂子は、つかむにつかめない漠然《ばくぜん》とした心配の暗雲に曇らせていた愁眉《しゅうび》をひらき、夫との久しぶりの祭見物を楽しむことに専念する気持ちになれたのだった。

もう『路頭の儀』の行列は過ぎていったが、物見の楽しみはいまからというところ。貴人達がたがいの桟敷を行き来し合ったり、旧知の女友達が牛車を寄せてきて旧交を温め合ったりする、めったにはない社交の機会が訪れるのだ。

勅使や斎王が上賀茂神社での『社頭の儀』を済ませて、帰り行列でふたたびこの一条大路をお通りになるのは、夕刻遅く。それを待つという口実があるから、残る一日は時間を気にせずにたっぷりと、挨拶《あいさつ》やおしゃべりに花を咲かせられるというわけだ。

もっとも桂子も、息子の本当の胸のうちを知ることができていたら、とても社交を楽しむどころではなかっただろう。その悶々《もんもん》とした苦しみを知っていたなら……

行列は、京の東を限る東京極大路《ひがしきょうごく》を過ぎて、野面《のづら》の道を鴨川堤へと向かう。あたりはしたたるような初夏の緑に包まれ、野草が咲かせる小さな花々や軽やかなヒバリの歌声が、人々の耳目を楽しませる。

賀茂の祭のこの時季は、天然のすべてが若々しい力に満ちあふれた、美しく喜ばしい季節なのだ。そうした風景にさらに花を添えるがごとく、華やかな祭行列は行く。

だが行列の一員として粛々と足を運んでいく諸兄の胸の中は、吹き荒れる危惧《きぐ》と焦燥の嵐で真っ黒に閉ざされている。

（ああ……千寿、千寿、千寿……頼むから無事でいてくれ……不動明王、矜羯羅童子、制吒迦《せいたか》童子、観世音菩薩《かんぜおんぼさつ》、大日如来《だいにちにょらい》……どうかどうか千寿をお守りくだされ……千寿をこの手にお返しくだされっ……）

鴨川堤を北に向かった一行は、葵橋《あおいばし》を渡って下鴨神社に着き、斎王が昇殿して『社頭の儀』が始まった。勅使が宣命を朗々と読み上げ、幣が供えられ、奉納品の数々が捧げられる。舞殿をめぐって神馬を三度曳きまわす『牽馬《ひきうま》の儀』、駿河《するが》歌による舞人達の『東遊《あずまあそび》』の奉納、そして一連の神事を締めくくる馬場での『走馬の儀』。

業平は乗り手達の中でもっとも颯爽とかつ美しく、見事な乗馬術を披露した。

これで下鴨社での行事は終了し、一行は上賀茂社へ向かう前にしばしの休息を取る。

諸兄は業平のところへ駆けつけた。

開口一番、「どうする!?」と助言を求めた諸兄に、業平はフッと笑って言った。

「任せろ」

「おう」

と諸兄は信じた。胸を塞いだ暗雲に、一条の光が差し込んでいた。

そのころ、千寿も闘っていた。

ギシギシと皮膚がこすれ破れる痛みに耐えながら、腰の後ろできつく縛られている両手を必死で動かし、やがて縄が少しずつゆるみ始めた。

（あと少し……もう少しだ……痛いのなんか辛抱しろっ……ぬ、抜けたあ！）

手が自由になると、まずは口に押し込まれている布を引っ張り出した。

「うっ……げえっ」

唾《つば》を吸い込んでぬるぬるになっている布を投げ捨てようとして、思い直した。広げてみると一尺《しゃく》（約三十センチ）ほどあった布きれを二枚に裂き、縄ですり切れて血だらけになってしまった両手首に巻きつけた。

巻いた布を歯でくくり締めながら、千寿は悲しくつぶやいた。

「ああ……また独鈷杵をなくしてしまった」

たぶん、鏑矢で射られてころんだあの時に落としたのだろうが、

「こんどもまた諸兄様が見つけてくださる……などという都合のいいことにはなるまいなあ」

ともかく、次はここを逃げ出す手だ。

戸口には錠前がかけられているし窓もないが、粗末な小屋の作りはいいかげんで、屋根掛けと板壁とのあいだに小柄な千寿なら通れそうなくらいの隙間がある。

エイと飛びついて、どうやら板壁のてっぺんに手をかけられた。腕の力と足掻きとで体を持ち上げ、まずは外のようすを覗いてみた。女が脅していったような目に遭うのは、絶対にごめ

んだ。

すぐそばに、似たような掘っ建て小屋があった。壁と壁とが五尺とは離れていないすぐ近くで、中に人は……いるようだ。

（音を立てたら見つかる）

時間をかけてこっそりと、隙間をくぐり抜けた。最初は腹這《はらば》う格好でやり、壁のてっぺんに腹が乗ったところで、仰向きに向きを変えた。屋根の端を手がかりに体を引き上げ、そのまま屋根の上に登った。見えたのは、踏んでいるのと同じような粗末な板葺《いたぶ》き屋根がぎっしりと肩を寄せ合っている風景と、はるか遠くに聳《そび》えている寺の塔。

（内裏はどっちだろう）

と小手をかざして見晴らしていたところへ、

「おい、おまえ！」

と下から声がかかって、ギョッと見下ろした。

水干に烏帽子をつけた中年の男が、隣の小屋の前から千寿を見上げていた。

「見ぬ顔だな。そこで何をしている」

とっさに（北へ！）と決めた。内裏はそちらの方角のはずだ。

「お見逃しくだされっ」

と答えてひらりと跳んだのは、北隣の小屋の屋根の上。さいわい密集している家々の屋根づたいに、行けるところまで行くつもりだ。

跳んでは走り、走っては跳んで四、五軒越えたところで、「なんだ、なんだ⁉」と屋根の下からわめく声がして、後ろを振り返った。

さっきの男が屋根の上を追ってきているのが見えてギョッとなった。

アワワッと全力での逃走に切り換えた。斜めに張られた屋根板の上を、ダダッと走ってヒラッと隣へ跳び移る千寿の動きは必死の素早さだったが、男は輪をかけて速かった。なんと、屋根から屋根へポンポンと一丈《じょう》以上もの距離を跳躍することで、走る手間は省いて追ってくるのだ。

(傀儡《くぐつ》かっ⁉)

思ったところで、屋根がとぎれた。

(溝《みぞ》、道、築地！)

思いきり跳んで溝の向こうの道に飛び降り、二歩走って築地の屋根に飛びついた。だがその時にはもう男が追いついてきていて、築地を掻き登ろうとした足をつかまれた。男の肩を蹴《け》りつけて、その反動を足がかりに築地の向こうへ跳ぼうとした。男はつかんだ手を放さず、千寿は跳ぼうとした勢いのままに、頭から築地に突っ込むハメになった。ガンッと目から火花が散り……気を失ったらしい。

　ドッという笑い声に、ハッと目を開けた。暗い。いや、目の上に何かがかぶさっているのだ。手を上げて払いのけた。濡れた布だった。

「おや、気がついたかい」

　若い女の声が言い、千寿はそちらに目を向けた。声をかけてきた相手らしい女と、それより年かさの女と、男が三人。板の間《ま》に車座になって、何か食べている。

　そのうちの一人は、あのポンポンと千寿を追ってきた男で、捕まってしまったのだとわかった。

「おでこは破けたけど、頭の鉢までは割れちゃいない」

　若い女がそう言って、可笑しそうにフフフと笑った。

「どこぞの御曹司にしか見えないのに、たいした逃げっぷりだったんだって？」

　起き上がったらズキンッとひたいが痛んで、触ってみたらけっこうなコブになっていた。でも女が言ったとおり、それ以上の別条はなさそうだ。

「おとなしく売られはせんぞ！」

　と大人達を睨《にら》みつけた。

「おいおい、『売る』たァおだやかじゃねェな」

　例の男が立ち上がって、ギシッミシッと床を鳴らしてこちらにやって来た。千寿はすばやく膝を立て足裏をついて、いつでも動ける体勢を取った。

「おいおい、まるでノラ猫だな。まあそう尖《とが》るな。何もしねェよ」

男は苦笑して言って、しゃがむ姿勢をとっている千寿の前に、自分もしゃがみこんだ。

「おまえ、傀儡だな？」

「違いまする」

「あんな技を持ってて傀儡じゃねェってはずがあるか。頭領は誰だい」

「違いますると言うておりますっ」

「まさか、ハグレか？」

「ですから、わしは傀儡ではありませぬ。前は稚児で、いまは家人でございます」

「稚児……だと？」

男が聞いてきた。答えずにいた千寿に、重ねて尋ねた。

「もしやおまえは、嵯峨の如意輪寺のあのはねっ返り小僧か!?」

千寿はびっくりして男を見やった。

ほかの者達も「え!?」と声を上げてこちらを見返った。

「おうおう！」

と男が手を打った。

「面影があるぞ、うむ、あの稚児じゃわ！　ほれ、カガシ、ナツメ、見てみろ！　あの時の童じゃて！　名はたしか……千寿？　そうそう、千寿丸じゃ！　そうだろう!?」

では、あの時の……寺で興業をした傀儡達の軽業に惚れ込み、阿闍梨様から「ならぬ」と止められながらも弟子入りを申し込んでことわられた、あの時の頭領か!?　だが顔が違う。あの頭領は黒々とひげを生やしていたし、もっと大柄な人だった。この男ではない。

「なんだ、おい！　弟子にしてくれと寺を抜け出して追ってきた、師匠の顔を忘れたか!?」

男が笑い叫び、千寿は警戒心もあらわにやり返した。

「あの時の頭領にはおひげがあった」

「わははは、剃ったのじゃ、剃ったのじゃ！　ナツメがむさ苦しいと言いおるのでな！」

「でも、もっと大きなお人じゃった」

「わははは、そりゃ、あのころのおまえは俺の乳までの背丈もなかったからなあ！」

「では……ほんとうに？」

「ああ、わしじゃわしじゃ！　なつかしいのう！　弟子入りはことわる代わりに教えてやった修行を、ちゃんと身につけおったとは驚いた！　しかしまた、なんであのような場所におったのじゃ。寺は出たのか？」

「まああお頭《かしら》、この子はもうちょいとやすませてやらなきゃいけませんよ。ほら、だんだん顔が青くなってきている」

ナツメというらしい若い女が寄ってきて、千寿のひたいにさっきの濡れ布を当ててくれながら言った。

「頭が痛いかい？　ひどうかい？」

「あー、少し」

ただコブができただけだと思っていたが、起き上がっていたあいだになにやらズキズキし出していた。

「まあ、あれだけガチンとぶっつければのう！」

「お頭、声がうるさい」

めっとナツメに睨まれて、頭領は「地声じゃ」とふんぞり返ったが、声は落としていた。

「じゃあ、まあしばらく眠ってだな、話はそれからとしよう、うむ」

ズキズキはだんだんひどくなっていて、そうしたいのはやまやまだったが、傀儡達が自分をどうする気なのかわからないまま眠るわけにはいかなかった。

「わしは売られるわけにはゆかぬのです」

そう頭領に言ってみた。

「まさかと思うが、寺から攫われてきたのか？　おまえが逃げ出してきたのは、遊《あそ》び女《め》商売の大夫の家じゃったな」

「あらいやだ、お頭ったらそんなところに行ってたの？」

ナツメに睨みつけられて、頭領はモゴモゴとごまかした。

「ともかく、いまはお眠り」

年かさの女が、湯のみについだ薬湯らしいものを差し出してきながら言った。

「あたしらはあんたの味方だ。安心して眠ってだいじょうぶだから」

「なんだ、そんな心配をしてたのか」

頭領が（心外だ）という顔で千寿を睨み、

「よっぽど恐ろしい目に遭うたようだな」

とつぶやいた。

「うむ、何も心配はいらんぞ。ここは俺達の常宿で、あるじも元は傀儡の者だ。つまり傀儡仲間しか立ち入れん家だということだ。たとえばあの大夫めがおまえを追ってきても、俺が追い払うてやるゆえ、安心して眠れ。話はしゃべる元気が出てから聞く」

頭領の言葉には嘘や騙し口の響きはなく、千寿はホッと警戒を解いた。

「ありがとう存じまする。このご恩は必ず」

「そんなことはいい。そら薬だ、飲んでおけ」

「薬ってほどのもんじゃないよ。アマチャヅルの煎《せん》じ湯だ。喉《のど》が渇いてるかと思ってさ」

「いただきまする」

と受け取って飲んでみたそれは、

「甘い……」

「そうだろ？　うまいだろ？」

女が得意げに笑った。

とたんにハッと思い出した。

「桂子様のお供っ！　今ごろ、ご心配をっ」

「桂子様？」

「も、諸兄様の、わたくしがお仕えしている藤原の蔵人諸兄様のお母上様です！　今日は祭見物のお供を言いつかっていたのです！　それが、お屋敷に向かう途中で！」

千寿はパッと立ち上がった。

「帰ります！」

と飛び出そうとした。

「おっとと、待った待った！　一人じゃ危ねえ」

「一人じゃなくたって危ないよ。人買いの奴らは徒党を組んでるからねえ」

「いいわ、あたしが行ってきてあげる」

そう立ち上がったのはナツメだ。

「その藤原の桂子様に、あんたは来られなかったけど、無事でいますってお伝えしてくりゃあいいんでしょう？」

「あ、はい、でもそのようなお手間」

「あんたみたいな綺麗な子が、そのタンコブ顔で町を歩くのって、なんだか許せない気がするのよね」

　ナツメはからかいなのか本気なのかわからない顔で言い、「それで？」と続けた。

「その藤原様のお屋敷はどこなんだい？」

「あー、大内裏から近くて」

「おや高位のお方なんだ」

「道は大内裏からしかわかりません」

「プッ」

「それに桂子様は、今ごろは桟敷にお出かけではないかと」

「ああ、一条大路ね？　だったら簡単だわ。桟敷なんて、そういくつもは出てないもの。じゃあお頭、行ってくるわね」

　ナツメはさっさと出かけていき、

「おいおい、俺も一緒に行ってやろう」

　と男の一人があたふたと追いかけた。

「やれやれ、八郎《はちろう》の岡惚《おかぼ》れはまだやまないんだねえ」

　と女が笑った。

　諸兄《もろえ》の「どうする!?」を、「任せろ」と請け合った業平《なりひら》が取った手だては、諸兄の常識からすると乱暴至極なものだった。

上賀茂社《かみがもしゃ》での『走馬《はしりうま》の儀』が済み、本日の神事が完了したとたんに、乗った馬の後ろにもう一頭を曳《ひ》いて諸兄のところへやってきたと思うと、

「行こう」

と一言。

だが諸兄のほうも、今日ばかりはどんなむちゃも厭《いと》う気はない。

「ありがたい！」

と応えて、束帯《そくたい》姿も何のその、ひらりと鞍《くら》に飛び乗った。

ドドッと駆け出した二人を、人々は「何ごとだ!?」と見送り、蔵人所《くろうどどころ》の面々は「やってくれたわ」とひたいを押さえた。

「まあ、ぎりぎりで非礼は免れているが」

「あれあれ、二騎ともまるで矢のようにすっ飛んでいく」

「諸兄の奴、落馬でもせねばいいがな」

「たしかにあの千寿《せんじゅ》という童《わらわ》は、まれに見る美しさのうえに賢くよく働いて、諸兄殿がいたく寵愛《ちょうあい》というのもわからぬではないがなあ」

「おう、そなたらは千寿とやらを見知っておるか」

「右少将《うしょうしょう》様には、まだごらんには？」

「いや、逢うてない。逢うてはおらぬが、少し気になることを聞いておる」

「ほう？　どのような」

「業平が言うていたのだ。東宮《とうぐう》（皇太子）に隠しの弟君がおられて、しかも病がちな兄君には似ぬ生まれであられたりしたら、帝《みかど》はどうなさるでしょうかね、とな」

「まっ……さか！」

　蔵人達は仰天の顔を見合わせた。

「千寿はそのような身分の者だと……業平殿が？」

「いや、むろんはっきりそうとは言わなんだ。が、明らかにそう思わせようとして匂わせていたな、あれは」

「そう申せば、東宮のご幼名は『萬寿《まんじゅ》の君《きみ》』と……」

「いや、逆だろう。萬寿、千寿という名の似から、逆に話を作ったのではないか？　こちらが本気に取ったら『引っかかりましたね』とでも笑う気なのだぞ、あの男は」

「ううむ、たしかに業平殿のやりそうなことではある」

「だが……もしもじゃが、もしも万が一、まことであったら……？」

「俺は何も聞いておらぬぞ！　ああ、知らぬ！　俺は今日ここで何も聞かなかった、うむ！」

「……そういうことにしておくか」

「ああ、それが利口じゃ」

蔵人達は口々に言い合い、右少将もうなずいた。

「方々、何をわやわやとにぎおうている?」

ひょっこり顔を出してきた左中弁《さちゅうべん》には、右少将が「業平殿の走馬をあれこれ許しておりました」とごまかした。

さて、馬を連《つら》ねて京に駆け戻った諸兄と業平は、途中で決めた相談で、諸兄の屋敷に駆け込んだ。どちらも祭儀用の正装姿なので、ともかく着替えて出直そうという話になったのだ。

「誰かある! 狩衣《かりぎぬ》を持て、二着じゃ! 急げ!」

「俺は袴《はかま》はこれでいい。どうせ、おぬしの物では長過ぎる」

「わかった。おい、烏帽子《えぼし》に鉢巻きもだ!」

あわただしく身支度を整えていたところへ、桂子《かつらこ》の侍女が駆けつけてきた。

「お方様より、いますぐお渡りくだされたいとのお言葉でございますっ」

諸兄は(どうする!?)と業平を見やり、業平は肩をすくめてみせた。

「桂子様には、ざっとの事情はお話しせねばなるまい」

「いまか!?」

「今夜一晩、お眠りになれないお心持ちをおさせするのか?」

「お話しするほうが、眠れなくなると思うがな」

「なあに。『間違いがあって千寿は寺につれ戻されました。いまから業平と引き取りにまいります』と申し上げれば、ご安心なさろう?」

「おう、そうか！　さすが業平殿は口がうまいな！」

「人聞きの悪いことを言う。それでは俺が口先で御方をたばかるように聞こえるぞ」

「おう、すまぬすまぬ」

だが事態は、二人が思ってもみなかった展開へと進む。

もう夕暮れが満ちた北の対屋《たいのや》で待っていたのは桂子だけではなく、また話を聞かされてドッと安堵《あんど》したのは諸兄達のほうだった。

「そうですか、傀儡《くぐつ》の女がそんな知らせを」

「すれ違いにならずさいわいでした。案内してくれるというので待たせてあったのです」

「おう！　それは何より！」

「では俺はお役御免だな」

業平が（つまらん）という顔で言い、諸兄は「来ないのか?」と首をかしげた。

「行ったところで、おぬしらがいちゃいちゃとうれし涙にかきくれるのを見せつけられるばかりだろう。ばからしい。明日の『還立《かえりだち》の儀』（祭の打ち上げの饗宴《きようえん》）のあれこれもあることだしな、俺は帰る」

それを聞いて、諸兄はギョッと思い出した。今夜は宿直《とのい》の番だ！

「業平殿っ、すまぬが」

と手を合わせた。

「ああ、宿直は代わっておく」

と先回りに言ってくれて、業平はフフンとつけくわえた。

「この貸しは大きいぞ」

「わかっている。いかようにも取り立ててくれ」

「では千寿をよこすか」

「うっ……そ、それ以外なら、いかようにも……！」

「はっはっは！　おぬしは正直でいい」

目を細めて笑って、業平は内裏《だいり》に帰っていった。

諸兄は、母の女車《おんなぐるま》（女性用の牛車）を借りて出かけた。怪我をしているという千寿を乗せて帰ってくるためだ。

傀儡の女は、引き合わされた諸兄の丁重な礼に、ひどく戸惑った顔をした。

「いえ、そのように仰せられては、お返し申し上げる言葉に困ります」

「いやいや、礼は幾重《いくえ》言うても言い足りぬ。もしもそなたが知らせてくれなんだら、俺と友とは如意輪寺《にょいりんじ》に夜討《ようち》をかけたうえで、千寿は見つけられぬ、空振りの恥はかく、というざまになっていたところだ。

まことにかたじけなかった。何ぞ礼がしたい、欲しい物を言うてくれ」

言ってから（しまった）と気づいて、急いで言い添えた。

「そのっ、千寿はやれぬ！　千寿以外のものを言うてくれ」

身分卑しい者にしてはなかなか美しい女は、クスッと袖《そで》の陰で吹き出し、だがすぐにまじめな顔に戻って言った。

「では一つだけお頼みがございます」

「おう、なんだ」

「頭領へのお咎《とが》めはなにとぞお許しくださいませ」

「はて、異《い》なことを言う。そち達の頭領には礼こそ言え、咎める理由など」

「理由はあるのでございますよ。じつは千寿殿が怪我をしたのは、頭領のしくじりのせいなんです」

「なにっ⁉」

「もちろん、わざとしたことではございません。ですからどうかお許しをいただきとうございます。ほかには何も欲しいものはございません」

「……わ、わかった。誓って咎め立てはせぬ。約束しよう」

「ありがとうございまする」

ナツメがそうして言質《げんち》を取っておいたのは、じつに利口なやり方だった。そうでなければ諸兄は、親切な恩人である頭領に向かって、千寿のひたいに大きなコブを作らせた咎《とが》への怒りを爆発させていただろうから。

たった一日に流刑地《るけいち》での千秋を過ごす思いを味わった日の締めくくりは、諸兄にとって喜怒哀楽の激情を嘗《な》め尽くすひとときとなった。

すなわち、天にも昇る思いでいそいそと出向いた傀儡宿《やど》では、喜びの再会をするはずだった千寿は、白皙《はくせき》のひたいに血のにじむコブを腫《は》れ上がらせた姿で横たわっていて、諸兄は怒りの爆発を抑えるのにまずは四苦八苦。

しかも千寿は、逃げそこなって築地《ついじ》に激突したというコブだけではなく、両の手首には見るも無残なひどい傷を負っていた。

「こっ、こっ、これも!?」

「これは頭領じゃありません！」

「如意輪寺の下人別当《げにんべっとう》に縛られた縄のあとでございます」

「縛られた縄を、こう力ずくでひっぱずしたのでございましょうねえ。コブなんかすぐに綺麗に治りましょうが、こちらの傷はずいぶんと深く切れているので、跡が残るかもしれません」

医術の心得があるという中年の女の説明に、諸兄は「かわいそうに、痛かったろう。痛かろう」と涙をこぼした。

「それにしても憎いのは、逃げた私奴婢《しぬひ》だなどと言い立てて、罪咎《つみとが》のないそなたをこんな目に遭わせおった奴ばらじゃ！」

　そう怒りをあらわにした諸兄は、

「どうか門主様をお助けくださいっ」

　と言い出した千寿から、話の前置きに、寺を逃げ出した時の顛末《てんまつ》を初めてくわしく聞かされて、諸兄は大いに唸《うな》った。

「そなたが寺を逃げた理由が、そのような政治的なことであったとはなあ」

「申し上げたいのはこの先でござります」

「うむ」

「慈円《じえん》阿闍梨様は、わたくしを寺から逃がしたあとは、ご自分も御山をお下りになり、庵《いおり》を結んで静かにお暮らしになるとおっしゃっておいででした。ですからわたくしは、てっきりそうなされていると思うておりまして、いずれ何日か暇をいただいて、庵をお捜しし『千寿はこのとおり元気です』と申し上げようと考えていたのです」

「うむ、うむ」

「ところが、わたくしを捕らえた男達の話の端々《はしばし》によると、どうもそうではないようす」

「……どういうことだ」

「わたくしが聞きましたのは、『拓尊《たくそん》様に逆ろうたら、地獄に墜ちたも同然の目に遭う。なにしろ前の門主様は』というところまでで、そのあと男は口をつぐんでしまったのですが、何やら胸騒ぐ言いぶりではございませぬか？　わたくしはそれを聞いて、わたくしを逃がしてくださったがために、慈円阿闍梨様に何ごとか起きたのじゃと感じたのでございます！」

「うむう……まさか僧籍にある者が人をあや」

「しっ」

と頭領に制されて、諸兄はあわてて「殺《あや》める」などという不吉な言葉を出しかけてしまった口を押さえた。

「あーいや、しかし何かの災難が降りかかったというのは、あり得る気がするな」

「やはりっ」

「あ、いやその、ただ少し不愉快な目にお遭いであるとか、その程度のことかもしれぬが」

「そんなはずがありませぬ！　『地獄に墜ちたも同然の目』と下人別当は！」

「いや、つ、つまりだな」

業平をつれてくるのだったと、諸兄は心底後悔した。

「すまぬ、俺は機微《きび》を傷つけぬうまい話し方というのができぬ。だが、そなたの心配はようわかるし、阿闍梨殿の身を案じる気持ちは俺も同じだ。

しかし、ううむ……もし本当ならば、由々しき大事件ぞ」

「藤原《ふじわら》様」

と頭領が発言を求めてきた。

「これは傀儡の浅知恵でございますが、わしらで寺を探ってみようと存じます」

「探る？」

「へい。慈円阿闍梨様とはいささかの因縁がございまして、お顔は存じ上げております。こうむりなされたご災難がどのようなものであるかはわかりませんが、たとえば寺のどこかに押し込められてでもおられるなら、お捜しできると思うんで」

「寺へ行ってくださいますのか⁉　でしたら、わしも！」

飛びつくように言った千寿に、頭領は首を横に振った。

「おまえ殿は、まずはそいつの養生が先だ」

と指さしたのは、見るも痛々しいひたいのぶつけ傷。

「まあだズキズキ痛む頭を抱えて、走ったり跳んだりはできぬだろうが」

「なに⁉　そんなに痛むのか！」

思わず（おのれっ）と頭領を睨《にら》んでしまって、隣に座ったナツメから（お約束！）と睨み返された。（わ、わかっておる）と睨みを引っ込めた。

「ともあれわしらにできるのは、ようすを見てくるぐらいのことじゃ。あとのことは藤原様にお願いすることになろう。わしら傀儡には、寺と戦《いくさ》をするような力はないわい」

「うむ。拓尊の非道が明白になれば、玄蕃寮《げんばりょう》に訴え出るという手もあるし、必要ならば兵を差し向けることもできよう」

必要な手続きを考え始めながら言った諸兄に、頭領は「まあ、そのあたりはお任せしますが」と口を濁した。

「ところで千寿殿、寺の中に味方についてくれそうな者はおらぬかの。最初から闇雲《やみくも》に調べまわるより、手引きなどしてくれる者がおったほうが好都合なのじゃが」

「庫裡《くりの》司《つかさ》の女房殿は、きっと味方してくれると思います。トモチメという名です。それと稚《ち》児《ご》の百合丸《ゆりまる》も、あるいは手を貸してくれるやもしれません。わしが逃げるのを見逃してくれましたから」

「そいつあ……無事かどうか」

ギョッとするようなことをつぶやいて、頭領は「よし」と腕組みを解いた。

「カガシ、八郎、行くぞ」

「へいっ」

「いまからか!?」

と驚いた諸兄に、頭領はフフンと肩をそびやかした。

「嵯峨《さが》まではほんのひとっ走り。おまけに忍び込んだり嗅《か》ぎまわったりは、夜のあいだにやることでございますよ」

諸兄はふとした危惧《きぐ》を思いついてしまい、言わぬが花かなと思ったが、やはり黙って呑《の》んではおけなくて小声で聞いた。

「そなたら傀儡というのは、盗賊のようなこともいたすのか？　あ、いや、千寿のために働いてくれるなら、盗賊だろうと鬼だろうと感謝こそすれ、だが」

頭領はニヤリと苦笑した。

「傀儡の者皆が皆そうだと思われると、同族どもに迷惑がかかりやすから、ここはまっすぐ白状いたしましょう。たしかにわしは、若いころには盗賊をいたしたこともございます」

「そ、そうか」

「盗んだのはもっぱら、女のアソコが湧《わ》かせる蜜でございますがね」

「女の……蜜？？？　おう！　なんだ、夜這《よば》いのことか！」

ポンと手を打って、諸兄は言った。

「だったら業平などは大盗賊だな」

ブフーッと傀儡達が吹き出し、頭領もガハガハと腹を抱えた。

「いやいや、こりゃあこりゃあ！　こっちのほうが一本取られちまった！」

「そ、そうか？　ははは、そうかそうか。千寿、頭領に褒められたぞ」

宮中の要職にある御曹司としてはあまりに朴訥《ぼくとつ》な反応に、傀儡達はさらに笑いころげ、おかげでたがいにそれとなく立てていた遠慮の気持ちが打ち解けた。

「それじゃあ、わしらはひとっ走りしてまいりますで。何かわかった時のお知らせ場所は、藤原様のお屋敷でよろしいんで？」

「うむ、今夜は屋敷に戻っておるが、明日になるなら内裏のほうがいいのだが。蔵人所町屋《まちや》まで訪ねて来てもらうわけには行かぬか？」

傀儡達は顔を見合わせ、頭領が答えた。

「へい……そちらにお差し支えがねェなら、わしらはかまいませんが……」

この当時、傀儡といった流れ芸人達の社会的地位は、後世での被差別民ほど貶《おとし》められていたわけではないが、けっして高くもない。頭領はそのあたりをおもんぱかったのだが。

「門の衛士《えじ》には『蔵人所の藤原諸兄に用事だ』と言えばよい。四の五のとうるさいことを申すようなら、千寿のように築地を乗り越えてくればよかろう」

諸兄はあっさりそう片づけ、

「かっ……かしこまりやした」

と頭領は肩を震わせた。また吹き出しそうだったのだ。

「お、そうだそうだ、これを母から預かっていたのだ」

あやうく渡し忘れるところだった錦《にしき》の袋を、懐から出してナツメの前に押しやった。

「『よい布でもあればと取らそうと思うたが、あいにくと若い娘御に似合うような品が手持ちにないので』という口上《こうじょう》だ。受け取ってくれ」

「まあ……！」

中身は銭らしい袋はずしりと重く、ナツメは桂子様の厚意に感じ入りながらおしいただいた。

行きには空《から》で曳かせてきた牛車《ぎっしゃ》に、千寿と二人で乗り込んでの帰り道は、ほのぼのとした幸福感が楽しかった。

母の乗用の女車だから、ただでさえ背の高い諸兄には窮屈な座り心地だったのだが、その膝《ひざ》には千寿の頭を載せさせていたので、背を屈めているのも苦にならない。

まだ少しばかり頭が痛むらしい千寿は、「甘えてくれ」と言った諸兄の言葉にすなおにしたがい、諸兄の膝を枕にして横たわっての道行きだ。もう夜もだいぶ更け、牛を曳く家人が掲げるたいまつの明かりは車の中までは届いてこないが、暗い中でも、千寿が安心しきって目を閉じているようすはわかる。

「眠ったか？」

とささやいてみた。

「いえ」

というささやきが返ってきた。

「つむりが痛んで眠れぬか？」

「いえ……眠ってしまうのは、もったいのうて」

なぜもったいなく思うのかは、甘えるように膝に添えてきた手が告げた。

「……そうか」

諸兄はほほえんで、傀儡の女が白布で巻いてくれたひたいの傷には触らぬよう重々注意しながら、そっと千寿の頭に手を置いた。闇に慣れた目には暗い中でもほの艶《つや》めいてみえる黒髪の、あるいは二度と触れることはかなわなかったかもしれないなめらかな手触りを愛《め》でながら、

「生きた心地がしなかった……」

と打ち明けた。

「勅使《ちょくし》の供奉《ぐぶ》についたところで、そなたがつれ去られたという報を受けてな。役目などはなげうってそなたを捜しに駆け出したいと、どれほど願ったか……」

「千寿も……諸兄様のもとへ戻りたい一心でござりました。誰ぞに売られて慰み者になるぐらいなら、手などちぎれてもよいと思うた……いま思えば、あの時は阿闍梨様への心配さえ忘れておりました……」

「……そうなのだな……そなたがこうして無事に戻ってくれたからよいものの、もしもそうでなかったら……俺は、立場を捨てる決断ができなかった腑甲斐《ふがい》ない自分を、死ぬまで呪い続けることになっていただろう……すまぬ、千寿……俺は腰抜けの臆病者だった……」

「そのようなことはありませぬっ、わたくしはそんなふうには思いませぬっ！　お役目を捨てられなかったのは、諸兄様がすべてに生まじめなお方だからで、わたくしはそういう諸兄様が好きですっ！」

真っ向からやり返す調子で言ってきた力みきったささやきに、諸兄は、（どうにも情けない

男だな、俺は）と苦笑しながら、「俺も好きだ」とささやき返した。

「そなたはこうして俺の手の中にいるのだから、過ぎてしまった『もしも』などに囚《とら》われるのは、たしかにばからしいことだ。俺はただすなおに、愛しいそなたの無事を喜ぼう」

「諸兄様……」

「……千寿……俺が好きか？」

「はい。とても……とても……」

「……うれしいな。俺もそなたが……」

ギシギシときしみながら行く車の中はまったくもって狭かったが、抱き起こした千寿と口を吸い合うには不自由はなかった。そして一度そうしてしまったら、もう離しがたくて……千寿も同じ思いのようだったので、それから家までは、ずっと抱き合って過ごした。唇と唇を押し当て合って、たがいにたがいの舌をしゃぶり合い、それでは足りずにたがいの高ぶりを握り合うことまでしてしまった。

だから屋敷に着いた時には、諸兄は、明日の『還立の儀』が済むまでは潔斎《けっさい》を守るべき身であることなど、ころりと忘れ果てていたのだ。

車寄せから部屋まで抱いて運んでやるあいだじゅう、千寿は諸兄の胸に顔を埋めていて、その恥ずかしげでいて頼りきったような甘えるような風情は、諸兄の胸の中で燃えるえも言えない愛しさをいや増した。

部屋では母の意を受けた乳母《めのと》が、傷ついて戻った千寿の世話をしようと眠そうな目をこすりこすり待ってくれていたが、「手当ては済んでいる、大事ない」と早々に出て行かせた。

几帳《きちょう》を立てまわした寝床の中で、狩衣を脱ぎ、千寿の水干《すいかん》の緒を解いた。千寿の肌は手触りも匂いも若い杏子《あんず》の実のようだったが、汗ばむにつれて香りはしだいに甘く熟していき、それとともに喘《あえ》がせる吐息も甘味を帯びた。

固くつぼんだ菊の蕾《つぼみ》は、最初はどうしたらいいかわからないほど頑《かたく》なだったが、指を唾《つば》で濡《ぬ》らしながらゆっくりゆっくりほぐしていって、五分咲きの柔らかさにまで咲かせられた。

それをそうした千寿のそこは、諸兄にそのことを手ほどきしてくれた女官《にょかん》のそこよりも、ずっと熱くて狭くて深く、だが何よりも千寿とそうしていることこそが諸兄を感動させていた。

それをしているあいだじゅう、千寿はしがみつくようにひしと諸兄の首に抱きついていて、そのいたいけなさまはたまらなく愛しさをかき立て、遂《と》げてもなお、そこは燃え立ってやまないほどだった。

掛け具の下で抱き合って、とろとろと眠りかけたところへ、戸の外から乳母の声が呼んだ。

「ご出仕《しゅっし》のお支度のお時刻でございます」

「ん……?」

そこでやっと諸兄は（ああ、しくじったか）と思い至ったが、青ざめるほどの悔悟は覚えなかった。

「すまぬが、役所に届け文を遣《や》ってくれ。『忌《い》みのことありて、本日の『還立の儀』への参列および参内《さんだい》は差し控えさせていただきたく願い奉《たてまつ》る』とな」

「……かしこまりました」

と答えた乳母が縁を去っていく足音を聞き送りながら、(なるほど、業平がときどきよこす不参のことわりは、こうした始末だったのだな)と考えた。

恋というものを知らなかったころには、なぜ急に欠勤するなどといういいかげんなことができるのか理解に苦しんだものだが、いまはよくわかる。仕事よりも大切に思えることができてしまったら、体は一つであるという理《ことわり》の帰結として欠勤するほかはないのだ。

(これは……明日は業平からさんざんにからかわれることになるな)

だがまあ、甘んじてからかわれよう。それとも、俺もやっと恋がわかる歳になったのだ、とでも言い返してやろうか……

一つ布団を分け合って、諸兄の腕を枕に少し体を丸めている千寿は、とうに安らいだ寝息を立てている。すうっすうっと聞こえる鼻息が腋《わき》の毛を吹くのが、かすかにくすぐったい。

「そなたとこうなれて幸せだ……」

乱れ髪のあいだから覗《のぞ》いている愛らしい耳にささやいて、諸兄はあらためて目を閉じた。

ホウホウと遠く聞こえるコノハズクの鳴き声に気づきながら眠りに落ちた。

目を覚まして、千寿がまず気づいたのは、自分を包んでいるほんわりと心地いい温かさだった。その温かさは、千寿の裸の背にぴったりと寄り添うようにして眠っておられる、諸兄様の素肌のぬくもりで……

（……ゆうべ、この方に抱かれた……）

面映《おもは》ゆいような心地で、開けてみた目をこっそりと閉じた。諸兄様より先に目を覚ましていては恥ずかしいような気がしたのだ。

まだ眠っている人を相手にたぬき寝入りを作ってみれば、ぬくもりの気持ちよさにとろりと眠気が差し込んできたが、寝入るでもなく……浅いうたた寝に訪れる夢とうつつの境をさまよう心地の中で、千寿はゆうべのことをとろりとろりと思い返した。

ギシギシと揺れる牛車の中での密か事……手燭《てしょく》を持った迎えが待つ車寄せに、抱かれて降りた気恥ずかしさ……諸兄様の腕に抱かれたまま、ゆらゆらと行く灯し火の導きでたどった暗い渡殿《わたどの》は、なにやら不思議な夢幻の境《きょう》のようだった。

ぽうっ、ぽうっと灯明《とうみょう》台に灯された小さな炎がほの暗く照らし出した曹司《ぞうし》は、見慣れているはずの几帳の模様が、なぜか見知らぬもののように目新しく見えて……几帳囲いの寝所の中に運び込まれる時、ほんの少しだけだが怖《お》じ気《け》が差した。

柔らかい布団を延べた寝床に横たえられた時、（ああ、なされるのだな）と思った。

いやではなく、ただ少しばかり怖かった。仲間の稚児達がそうされているのを見たことはあっても、自分が抱かれるというのは初めて経験することで、どうふるまったらよいのかわからなかったから。

衣《ころも》を解かれてすべてをあらわにされた諸兄様の体は、胸も腕も腹も……下腹の黒々と濃い茂みも隆々と立ち上がった陽物も……すべてがまぶしいまでにたくましくて、少しだけ怯《おび》えた。

菊座をまさぐってこられた指が、最初はとてもおずおずとされていたので、(もしや仕方をご存じないのではないか?)と考えて心細く思った。でも深く探ってこられた仕方には(慣れておいでのようだ)と安堵した。くちゅくちゅとそこをされるのはいやではなく、むしろ気持ちがいいぐらいで、それは恥ずかしいことのような気がしたから、あられもない声など出してしまわぬよう身を固くしていたら、「いやか?」と聞いてこられた。

諸兄様はまだそうした心配をされていたのだ。

「いやでなどはありませぬ」

とお答えした。それから、はしたなく聞こえるだろうかとためらったが、諸兄様にご心配をかけるよりは……と思いきって、言った。

「……心地ようて……恥ずかしい」

「なにが恥ずかしゅうなどあるものか」

諸兄様は笑い声でおっしゃり、

「そうか、よいのか。ここをこうすると、よいか」

とうれしそうにくり返された。だから羞《はじ》らわなくてもいいはずなのに、どうしてかもっと恥ずかしくなった。そして恥ずかしく思えば思うほど、そこをされるのがますます快《よ》くなる。とうとう「アッ」と声が出てしまい、しかも声を漏らしたらもっと快くなって、とめどをなくしてしまった。

諸兄様はそんな千寿を「愛《う》いな、愛《う》いなあ」とお喜びになり……

あれをそこに押し当てられた時、（うれしい）と感じた。でも、ぐっと押し入れられてきた魔羅《まら》はとてつもなく太々しくて（無理じゃ！）と思った。固く張り詰めたそれが、ミチッミチッと押し引きしながら奥へともぐり入ってくる感じは、痛いというより圧迫感が苦しくて、ただもう息もつけぬほどに苦しくて、夢中で諸兄様にしがみついた。何度も（おやめくださりませ！）と叫んでしまいそうになった。（もうっ、もうっ、おやめくださりませっ！　これ以上は無理でございますっ、苦しゅうて死んでしまいまするっ）

だがそうは叫べなかったのは、諸兄様がずっとお声をかけてくださっていたからだ。

「痛いか？　つらいのか？　やめたがよいか？　辛抱できるか？　すまぬ、すまぬな、千寿、あと少し、もう少しだからな……こらえてくれ、こらえてくれよ」

そんなふうに、心底すまなそうなお声でささやきかけてこられながら、諸兄様は千寿とご自分とを深く深く繋《つな》がれた。

「ああ……ああ……熱いな、蕩《とろ》けそうな心地だ……千寿はつらいか？　いや、つらくないはずがないな。すまぬ……だが俺はうれしい。酷《むご》い男だと思うだろうが……俺はうれしい。そなたをこうして俺のものにできて……たまらなくうれしいのだ」

口から息をすれば、いくらか楽になると気がついた。小さな声ぐらいは出せそうだった。

「わたくしも……うれしゅう存じまする」

とお答えしたとたん、諸兄様は苦しげに呻《うめ》いてぶるぶるっと身を震わせ、「突くぞっ！」とささやいてこられるやいなや、ズク！　ズク！　ズク！　ズク！……と！

「ああっ！」

と空をつかんでしまった手を、あわてて諸兄様の首にまわした。腕を巻きつけてしがみついて、腹の奥から体をはち切れさせてしまいそうな衝撃に耐えようとした。

あれは突然やって来た。まるで霹靂《へきれき》がひらめくように、固くつぶった目の奥を五彩の煌《きら》めきが走り、それと同時に、はらわたを内から突かれる苦しさが、ゾクッゾクッと背筋から脳天まで走り抜ける快感に変わったのだ。

……あのえも言われぬ感覚が一瞬ありありとそこによみがえって、千寿は思わず「んっ」と指の背に咬《か》みついた。

あれを感じた体の奥が、またあれが欲しいと疼き始めていた。一息ごとに、あの気も狂わんばかりだった快《よ》さが思い出されて、どんどんせつなくなってくる。

（……ああ……ああ……ああっ……どうしようっ）

「ん？　朝か」

という諸兄様の寝覚めのつぶやきに、ビクッと固まった。

「いずれの刻《とき》かな」

まだ眠そうに聞いてこられた諸兄様は、千寿が起きているのをご存じだ。

「鐘を聞きそこないました。日を見てまいりましょう」

と答えて、寝床を抜け出た。脱げてしまっていた小袖を、はしたなく半勃《はんだ》ちしてしまっている身にまとい、縁の扉を開けた。カッと差し込んできた日の光に目が眩《くら》んだ。

「……もう午《ひる》に近いようでござりまする」

「やれ……たいそうに寝過ごしたな」

起き上がって頭でもかいているふうな諸兄様のお声に、「はい」と返して蔀《しとみ》を開けた。

「そう申せば、つむりは痛うないか？」

「はい、もう」

「ゆうべはそなたを取り戻せたうれしさに、つい高ぶって無理をさせた。体は大事ないか」

「はい……」

「おう、だいぶコブも引いたぞ」

寝所に戻って、脱ぎ散らしてしまってあった菖蒲襲《しょうぶがさね》の水干、袴を手早く身につけ、ほどけてしまっていた髪もくくると、まだ肌を見せたままの諸兄様に小袖を着せかけてさしあげてから、几帳を取りのけにかかった。

「ん？　その背なはどうした」

と尋ねられて、「え？」と振り向いた。

「水干の背が破れておるぞ」

「あ……」

門の衛士に矢を射かけられたあの時に、やはり破れてしまっていたのだ。

「申しわけございませぬ、せっかくの戴き物を……」

「そなたのせいではない。代わりを持ってこさせよう」

諸兄様が言って、パンパンと手を打った。

「誰かある！」

「はーあ！」

と答えて縁から入ってきたのは、なぜかなんと業平様。

家人よろしく抱えてきていた洗面用の耳盥《みみだらい》を床に下ろすと、どっかりと座り込み、わざとらしいうやうやしさで頭を下げて言った。

「諸兄殿には上々の初首尾《しゅび》であられたようにて、まことにめでたく存ずる」

「からかうな」

苦笑いして、照れくさそうに小袖の前をかき合わせた諸兄様に、業平様がたたみかけた。

「頭《とう》の方々には、届け書きの『忌みのこと』というのは、恋ゆえの淫《みだら》心《ごころ》に負けて潔斎を破ってしまったという意味で、木石堅物《ぼくせきかたぶつ》のおぬしのしくじりとしてはむしろ寿《ことほ》いでやるべきことだと、しっかり説明し申し上げておいたからな」

「勘弁してくれ」

と諸兄様は音を上げ、業平様はカラカラと笑ってからかいに幕を引いた。

「どれ、さっさと身繕いを済ませろ。客が来ているのだ」

「客？　俺にか。おうっ、傀儡の者か⁉」

ハッと千寿も思い出した。ではもう嵯峨から戻ったのか⁉

「蔵人所町屋へ来いと言いつけておいて、おぬしは不参。おおいに困っておったぞ」

「それはすまぬことをした！　すぐ支度する」

「ああ、急げ急げ」

「ただいまお身ぬぐいをっ」

と支度に走ろうとした千寿を、「これ」と業平様が呼び止めた。

「そなたはよく宝を落とすな」

言いながら懐から出してこられたのは、阿闍梨様の独鈷杵《とっこしょ》！

「お拾いくだされたのでござりまするか！」

「これで、そなたに狩脵《かりまた》射かけた馬鹿者のことは許してやってくれ。あの場はああするのが衛士の務めだ」

「はいっ、はい！　ありがとう存じまするっ」

おしいただいて受け取った千寿に、諸兄様が唸るように言った。

「では、その背なの破れは……！」

「もうその件は終わりだ」

業平様がきっぱりと切って捨てられた。

「衛士のつまらぬ間違いなどより、『拓尊の乱《らん》』を詮議《せんぎ》するほうがずっとおもしろいぞ」

「拓尊の」

「乱？」

つい顔を見合わせた千寿と諸兄様に、業平様は「おいおい」と呆《あき》れ返る体《てい》で天を仰いだ。

「千寿が見聞きしたことが真実ならば、拓尊は陰謀をもって如意輪寺を乗っ取ったわけだろう。これすなわち立派な『乱』ではないか。千寿はともかく、しっかりしてくれ、諸兄」

「では？」

「ああ。おぬし達が起きるのを待つあいだ退屈だったのでな。傀儡の者から話は全部聞いた。いや、口が軽いなどとは思うてやるなよ。この在原《ありわらの》朝臣《あそん》業平が本気でかかれば、股をひらかぬ女はいないし、口をつぐみ通せた男もいないのだ」

業平様はなにやらひどく浮き浮きとはりきっておられ、そんな自画自賛を言ってカカカッと上機嫌に笑うと、「そらそら急げ！」と二人を追い立てた。

やって来ていたのは傀儡の頭領で、その報告は仰天唖然《あぜん》の、涙なしでは聞けないようなひどい物語だった。

「阿闍梨様を土牢《つちろう》に!?」

「ああ。乱心めされたという口実でな、拓尊門主が押し込めてしまいおったそうな。しかも寺の外に向かっては、慈円阿闍梨は高齢をはばかって寺を去り、山科《やましな》あたりに終《つい》の庵を結ばれてお暮らしだ、とかなんとか言い繕うておるそうじゃ」

「なぜそのようなひどい仕打ちを！」

「トモチメの話では、拓尊は毎日のように土牢に押しかけては、『千寿丸をどこへ逃がした、言え』と阿闍梨様を責め立てているそうな」

「そ……そんなっ！」

「人のすることではないとトモチメは怒り泣いておったが、それでもさすがに阿闍梨様には殴る蹴《け》るといった真似はできぬ。哀れをこうむったのは、ぬしが言うておった百合丸よ」

「百合丸も!?」

「こちらは夜とのう昼とのう責め嬲《なぶ》られて、もう幾日とは保たぬ風情」

「そ、それも、わしの逃げた先を吐かせようと!?」

「半分はぬしに逃げられた意趣《いしゅ》晴らしじゃろうな」

「やはり、わしのせいかっ！」

血を吐く思いでしぼり出して、千寿は諸兄様に向かってガバッと手をついた。

「これにてお暇《いとま》をいただきますっ、ご厚情は終生忘れませぬっ」

そしてダッと飛び出そうとしたが、

「おっと！」

「お待ち！」

諸兄様と業平様に左右から捕まえられた。

「お放しくださりませ！　わたくしのせいで阿闍梨様と百合丸が！」

「違う違う、よう考えてみろ」

「ああ、誰のせいと言うなら、すべてはみょうな欲心を起こして非道を重ねる拓尊のせい」

「し、しかしっ！」

「ええい、おとなしくしろ！　諸兄、この気短者をどうにかしろ、話ができぬ！」

「お、おう」

「ああっ、諸兄様、お放しくだされ、行かせてくだされ！」

なんとか体をもぎ離そうと身をよじる千寿と、そうはさせまいとする諸兄様の揉《も》み合いになったところで、業平様が怒鳴った。

「諸兄、どうでも聞き分けぬなら、千寿はとりあえず縛り上げてでもおけ！　こっちは拓尊を懲《こ》らしめる方法を取り急ぎ考え出さねばならぬのだ！」

「えっ……」

思わず暴れやめた千寿を、諸兄様がすかさず羽交《はが》い絞《じ》めにしてあぐらの膝の中に抱き込み、「捕ったぞ」と宣言した。

それには返事をせず、もう千寿にもかまわない顔で、業平様が話し出した。

「まずは、こういうことに頭が働きそうな知恵者が一人要《い》る」

「知恵ならおぬしが出せるだろう」

「寺に美女でもおるならな。俺の頭は恋の駆け引き専門で、拓尊の一件は政治的な手段が必要な話だ。そういう方面での切れ者と言えば誰がいる？」

「切れ者というて……俺が思いつくのは、小野《おの》参議ぐらいだな」

「よしっ、それだ！　前《さき》の蔵人頭にして東学《とうがく》博士・従四位参議の『野狂《やきょう》』小野篁《おののたかむら》。あのお方なら、軍師として玄蕃寮を手玉に取るぐらいやってくださるだろう。

将軍には、見かけどおりのタヌキであらしゃる左中将《さちゅうじょう》参議・先《さき》の蔵人頭の藤原良相《よしみ》、見かけによらず血気盛んなわれらが右少将・良峯宗貞《よしみねむねさだ》と置いて、後詰めに、堅きこと鉄壁で傀儡という使い勝手のいい知り合いがある藤原諸兄。うむ、陣容としてはまあ万全ではないかな」

「大将軍はおぬしか」

「いや、千寿だ。俺がやるのは膳立てまでよ」

びっくり仰天した。

「わたくしが大将軍!? 何の身分も、いえ、諸兄様の家人という身分しか持たず、家柄もないわたくしに、何ができましょうや!」

「家柄も身分もないところがいいのさ。それでいて貴公子然とした気品ある花の美童というところがな。それが、大恩ある慈円阿闍梨のために、鬼が城に決死の戦を仕掛けるのだ。聞けばみな、力を貸してやりたくもなろう?」

「なるほど」

諸兄様が感嘆の声を上げ、頭領もしきりとうなずいている。

「しかも千寿は、良相殿とはすでに面識があるし、宗貞様にもかねていろいろ吹き込んでおいたし」

「そうなのか!?」

と諸兄様が目を剝《む》いた。

「なぜ面識が? 何を言ってあると?」

「というような、この際どうでもよいことは、いずれ暇な時に明かしてやる」

「お、おう」

「やり方としては裁判を起こして、拓尊が不正なやり方で門主の座を奪ったことを証明し、僧籍の剝奪《はくだつ》、できれば流罪《るざい》にまで持ち込みたいね」

「だがもたもたしていれば百合丸とやらは責め殺されてしまうし、阿闍梨殿はお齢《とし》だ」

「わたくしを寺から逃がしてくださいました時、阿闍梨様はお風邪を召しておかげんが悪うございました」

「裁判などという手ぬるいことをやっている暇はないかもしれぬということか」

業平様が頭に手をやりながらおっしゃり、諸兄様が答えた。

「どう出るにしろ、まずはこっちの陣容を固めることだな」

「良相殿、宗貞殿は俺の口先で説きつけられるとして、問題は、かの『野狂』参議殿にどう話を持ちかけるかだ。かの遣唐副使のお役を仮病を使って蹴った件といい、へそを曲げたら帝に逆らうのも辞さないという、相当にねじくれたお方だからな」

「いや、筋の通らぬことがとことんお嫌いなだけで、帝もそれをご存じだ。だから遣唐副使の件で配流《はいる》（流刑）になったが二年で許されたし、その後は蔵人頭、参議と出世なされて」

「ではおぬしが話に行け。俺はあの方とは反《そ》りが合わん」

「……うむ、わかった」

俺は口下手なのだがと、諸兄様は困った顔をされていたが、業平様はさっさと話を進められた。

「ところで昨日の事件では、千寿が『如意輪寺の私奴婢』かそうではないかというのが、間違いのかなめになったらしいが」

「そのことならば、慈円阿闍梨が書かれた証拠の書状がある」

「見せてくれ」

「おう」

諸兄様が文箱《ふばこ》から出してこられた書状を一目見て、業平様は「ふむ」と鼻を鳴らした。

「俺は蔵人所であつかう文書《もんじょ》や手続き以外、さっぱり頭に入っていないのだが、諸兄はどうだ」

「諸省のことにくわしく通じているとは言わんが、おぬしよりは学んでおろうな」

「では恋に目がくらんで見落としているというわけか」

「なんのことだ?」

「聞くが、これが公に通用するには、担当の役所への届け出や裁可といった手続きがいるか?」

「ああ。いるだろうな。戸籍に関する重要事項だ」

「役所を通っている文書だとすると、たとえば写しにしろ、あつかった役人の署名や公印などが書き加えられているものではないのか?」

とたんに諸兄様はバッと業平様の手から書状をひったくり、じっと睨んで呻かれた。

「たしかに……これはただの私文書だ」

「えっ？」

「千寿は公的にはいまだ如意輪寺の私奴婢。奴婢には裁判を求めて訴え出る権利はないから、俺達は始める前から手詰まりということになる」

諸兄様は困惑しきった顔で唸り、千寿は青ざめた。

「さらに言うなら、如意輪寺からおぬしのところへ『千寿を返せ』という正式な申し入れが来た場合、おぬしは黙って引き渡さなくてはならぬ、というわけだな」

業平様の指摘に諸兄様はギリギリと歯ぎしりしつつうなずいた。

「そこで、まずはそこから手を打とう」

業平様があっけらかんとした調子で言った。

「そこから、とは？」

「誰ぞの怠慢で滞《とどこお》っていた手続きが、さくさくと仕上がるように仕向けて、この私文書を公式の文書として通してしまえば、この件は落着。俺達の手詰まりも解消する」

「まあ、な。だが……言いにくいことだが……よく見ればこの書状は、おそらく手続きにも出される前の……その、じつのところ公文書としての形式はまったく踏んでいない、いわばつまり、純然たる私状というか……その、阿闍梨殿が千寿へのお気持ちを書き記された、ただの私信と言うよりほかは……」

「もちろん、そうだ」

業平様はいともあっさりとうなずいた。

「だから、俺達の腕の振るいどころとなるわけだ」

「……とは？」

「俺でもおぬしでもよいが、まあ、おぬしのほうが適役かな。おぬしは明日、校書殿《きょうしょでん》に行く」

「ふむ？　いや、行くのはかまわぬが」

「用件は、おぬしの寵愛の家人・千寿丸の身分が『如意輪寺私奴婢』ではないことを、書類上で確認するためだ」

「は……いや、しかし」

「ところがおぬしは、くだんの重要書類が未裁可のまま放置されているのを『発見』する。誰かが間違って、届け出された書類を手続きの済まないうちに『済み』のあつかいにしてしまったのだ。

そこでおぬしは、怒り満面で『これはどういうことだ！』と担当の役所にねじ込み、誰かのうっかりで滞っていた手続きを即日完了させる」

「そ、それは！」

「千寿、おまえの手（筆跡）は直弟子だけあって阿闍梨によく似ている。この書状を手本にして、署名と花押《かおう》だけでいいから寸分たがわずそっくりに書けるように、大急ぎで稽古《けいこ》しろ。

そのあいだに俺は、この手の文書の正式な書き方を調べてくる」

「それはっ……公式文書を偽造して、俺に虚偽の手続きをさせようというのか!?」

「おう、石頭の諸兄にしては飲み込みがいいではないか」

業平様はからかい笑いを浮かべて言い、諸兄様は首まで真っ赤になった。

「どちらも官位剥奪に値する重罪だぞ！」

「千寿のためだが？」

「うっ！」

と諸兄様は口を閉じ、千寿は「あっ!?」と焦った。

「わ、わたくしのために、そのような恐ろしいこと……っ！　おやめくださいませ！」

「と、おぬしの可愛《かわい》い可愛～い千寿は言うておるが？」

「業平様おやめくださ い！　諸兄様はそのようなそのかしには乗られませぬ！」

必死に叫んだ千寿に、傀儡の頭領がぼそりと言った。

「『嘘《うそ》も方便』ということわざは、寺から出たと聞いた気がするが」

「そのとおり」

業平様がほがらかにおっしゃった。

「俺達が果たそうとしている目的が正当かつ正義であることは、火を見るより明らかだ。ならば、目的を果たすために必要な多少のあの手この手は、『方便』と考えるのが正しい」

「……うむ」

「こういう言い方では納得が行かないなら、損得勘定で考えてみようか？

たとえばだ、俺が提案している『公文書偽造』『公手続き詐欺』は、発覚すれば官位剝奪の思うだに身の毛がよだつ重罪だから、やらないことにする。

では、それで得をするのは誰だ？

まずは、やろうかと考えた偽造や詐欺を（いや待て、犯罪はよくない）と思い止まったおかげで、重罪に問われるハメに陥ることもないまま、以前に変わらぬ平穏無事な官人暮らしを謳《おう》歌《か》できる俺達だな。

それから、はしなくも千寿に逃げられて一時は（大損害だ）と頭を抱えたが、目端の利く忠義な下人が逃げた千寿の居場所を見つけ出したおかげで、差し紙一枚の手間で取り戻すという僥倖《ぎょうこう》に恵まれた、嵯峨山如意輪寺の徳高き新門主であられる拓尊阿闍梨サマ。

では逆に、この件で損をする人物というのを考えてみると」

「わかった！」

と、業平様の立て板に水の弁舌をさえぎって、諸兄様は胸の底から吐き出すような深い深いため息をはさんでおっしゃった。

「わかった。偽造だろうが詐欺だろうが、使える手だては駆使してやろうではないか」

「よ〜しよし、そう来なくては」

業平様はさも楽しそうにニンマリと笑って、次へと話を進めた。

「ではさっそくだが、いまから玄蕃寮に行って、如意輪寺の門主交代に関する文書を逐一調べてきてくれ」

「わかった」と諸兄様はうなずき、続けた。

「慈円阿闍梨が書いた、門主の座を退きたいという『退任願』が出ているかどうかがミソだろうな。もしも退任願があったら盗み出してくる」

「ゴヘェッ！」

業平様が変な噎《む》せ方をした。

「いいか諸兄、おぬしはともかく俺は、律令を乱す大罪人になる気はないからな」

「方便の便法のと焚《た》きつけておいて、いまさら何を言っている」

むっとした顔をなさった諸兄様に、業平様は「あのなあ……」と頭を抱えられた。

「諸兄、よく聞け」

「さっきからずっと聞いておる」

「ああ、そうか！　では、まともに頭を使いながら聴《き》け！」

「なぜそこでおぬしが怒る！」

「黙れ、この朴念仁《ぼくねんじん》のくせに恋などしたおかげで、すっかり馬鹿になっておる硯石《すずりいし》めが！」

乱暴至極《しごく》な悪口を面と向かってたたきつけて、業平様はガミガミと続けた。

「いいか、千寿のことはようは『千寿は誰の私奴婢か』という問題で、どこまで行ってもつまりは個人的な私事だ、そうだな⁉　たとえ千寿が、おぬしにとっては帝よりも親殿よりも自分の命よりも大切な人間だとしてもだ、律令に照らせばただの些細《ささい》な私事！　わかるな⁉」

「う……む」

「だーかーら！　千寿については、届け出書類を偽造しようが手続き不備だと詐称《さしょう》しようが、たいした問題ではない！　もちろんバレさえしなければだがなっ。

だが如意輪寺の門主の問題は、あくまでも公事だ。それも荘園を四つも与えられている大寺の長官に関する『大公事』なんだ！　これを書類を盗んだりして曲げるのは、明々白々な律令への反逆だ、わかるか⁉」

「それはむろん、よくわかる」

諸兄様は真剣な顔でうなずいた。

「だがそうなると、もしも表面上の手続きは真っ当におこなわれてしまっていたら、俺達は、拓尊の陰謀に何ら手を出せないということになるではないか？　それこそ方便の使いどころだと、俺は思うが」

業平様はイライラが限界に来ている口調でやり返した。

「ああ、そうさっ。だから小野参議や良相殿や宗貞殿を巻き込むのではないか！」

「む……」

「俺達は、如意輪寺の門主交代に関する『表面上は真っ当な手続き』の『理非』を『正す』のだ！　そもそも門主交代劇の真実は、まるで真っ当などではない『陰謀』なのだからな。そのことを『正当な手段』で暴《あば》いて打ち崩すのだ！　書類を盗むなどという違法な手段ではなく、小野参議の頭脳と、良相殿や宗貞様の政治力を使って、堂々とな！　わかったか、硯石！」

「なるほど」

そう深くうなずいて、諸兄様は「うむ、ようわかった」と晴れ晴れ笑った。

「うむ、たしかに俺は飲み込みが悪いな。すまん、手間をかけた」

「なあに、おぬしの頭の堅さにはもう慣れた」

業平様はズケズケと言い返したが、千寿はそこに、この人なりの諸兄様への信頼感を聞き取った。そう……どうも口から先に生まれたタイプらしいこの人が、滑りのよ過ぎる舌のままにどういう言い方をしようと、諸兄様は聞き取るべきことをちゃんと聞き取る。業平様にとって諸兄様は、それこそ何を言ってもだいじょうぶな、心底の信頼でつき合える友なのだ。

そして諸兄様が、業平様の（時にはひどい言いまわしの）言葉を、額面に惑わされたりせずに受け止められるのは、業平様の聡明さやするどさを高く買っているからだし、その人間性を篤《あつ》く信じてもいるからだ。

（お二人はほんとうに『よき友』同士であられるのですねぇ）

しみじみとうれしい気持ちで、千寿はまた別のやり合いを始めた二人を眺めていたが、ふとしゃべりやめた業平様がむっと睨んできて、おっしゃった。

「そんなところでぽかんとしていないで、さっさと筆写の稽古を始めろ。諸兄が硯石なら、そなたは手に取られなければ黙ってころがっているばかりの筆か？　まったく、いらぬところまで似合いの二人だなっ」

千寿は真っ赤になって、文机《ふづくえ》のところへ飛んでいった。言われた稽古のための墨をガシガシとすり始めながら、（あのお口の悪さは、わしにはなじめんっ）とプリプリ思った。

その日の夜遅くまでかかって、千寿は慈円阿闍梨様の手を装った『養子取り立て届』の偽造文書を書き上げた。いくら筆跡が似ていても必死でにわか稽古をしても、名筆と謳《うた》われる阿闍梨様がお書きになる字の枯淡の味わいにはとうてい届かないから、いざとなったら本文は侍童の千寿が代筆したと言い抜けることにして、ご署名と花押（印代わりのサイン）だけをとにかくそっくりに似せるよう頑張ったのだ。

「うむ、見事に仕上がったな」

「まあ、なんとかごまかせるだろう」

そんな言い方で偽《にせ》の届け状を受け取った諸兄様と業平様が、翌日一日どこでどのように働かれたのか。蔵人所町屋にいては危ないかもしれないという判断で、諸兄様の屋敷で留守番をすることになった千寿には、くわしいことはわからない。

だがその夕刻、お戻りになった諸兄様の懐には、朱の公印が麗々しく押された正式な公文書の『写し』が入っていて、『正書』のほうは校書殿に保管されたとのこと。

「これで、そなたは晴れて慈円阿闍梨殿の養子。奴婢ではない身ぞ」

うれしそうに笑った諸兄様に、千寿は恐縮の思いでお礼を申し上げた。

「それでな、明日は一日、左近衛《さこのえ》の馬場で馬の稽古だ」

「はい、精進いたしまする。が……」

何のためだ？

「小野の参議と良相様が、今日ちょっとしたいさかいをなされてな」

「はあ……」

「明後日、嵯峨の野で鷹狩《たかが》りをおこなって、どちらの獲物が見事かで決着をつけることになった」

「嵯峨野で、お鷹狩り……」

「小野参議の組には、俺と良峯右少将がくわわり、良相様の組には業平殿がつく。あの男は鷹使いも抜群にうまくて優に二人分の働きはするからな、手強いぞ」

「はあ」

しかし、この期《ご》に何をのんきに鷹狩りなど？

諸兄様はご機嫌よくしゃべり続けている。

「だが業平殿が使う鷹は、主人に似てわがまま気ままで、よく逃げる」

「はあ……」

「狩場を離れて、どこぞの寺の中に飛んでいってしまうのなど、朝飯前だ」

「……あっ？」

「うむ、わかったか？」

諸兄様は目を細めておっしゃって、「俺よりずっと飲み込みが早い」と笑った。

「それで、わたくしのお役は？」

「鷹狩りに花を添える供奉の小舎人《こどねり》という体を作ってもらう。それでな……」

その企ては、思うだにわくわくと胸が躍ってくるような派手派手しさで、千寿はその夜よく眠れなかった。

もっとも眠れなかった理由は、そればかりではなかったのだが。阿闍梨様がたいへんなご災難にお遭いになっているというのに淫心を疼《うず》かせるとは何ごとかと、千寿は自分の体を叱ったのだった。

翌日の、北野《きたの》の馬場での乗馬の稽古は、千寿にとっては楽しい遊びのようなものだった。馬に乗ったことがあるといっても、ただまたがっただけのようなもので、自分で乗りこなすという意味での乗馬は初めての経験だったが、傀儡の俊敏さやバランス感覚を身につけている千寿である。師匠を務めてくださった諸兄様も呆れ顔で驚かれたほど、あれよという間に腕を上げた。

「そなたに教えるには、東国《とうごく》武者を連れてくるべきだったな」

「東国のお方と申せば、左馬寮《さまりょう》の頼直《よりなお》様にはお世話になりましたまま、まだしかとお礼も申し上げておりませなんだ。申しわけなきことでござりまする」

「ああ、『口なし』の頼直な……うむ、たしかにあの男は使えるぞ。よし、明日はあの男も駆り出すよう算段しよう。こうした企みというのもなかなかおもしろいぞ、千寿」


そして翌日。

早暁《そうぎょう》から好天が約束された、ほがらかに晴れ上がりそうな日よりだった。

まだ草の葉の露も干《ひ》ぬどころか、西の空には朝ぼらけの色が残っているような夜明け時。

一行は、西京《にしきょうごく》極の二条《にじょうおお》大路《じ》のはずれで落ち合った。

その数は、ざっと五十あまりか？　参議や中将少将といった貴人方は、それぞれに十人からの家人達を供に引きつれてきているのだ。

ただし諸兄様につき従うお供の三人は、例の傀儡達。そして業平様の家人を装っている五人は、「気が合う企み仲間」なのだそうな近衛の若手衛士達だ。いずれも闊達《かったつ》そうな冗談好きの相をした若い武人達は、諸兄様や業平様とおなじく腰には太刀を佩《は》き、背には矢壺《やつぼ》、手には弓を携えている。

そうしたにわか『家人』達も取り混ぜて、諸兄様や業平様や千寿のような騎馬の人々が十五人ほど。その中には、腕に鷹を止まらせた篁様や良相様達お抱えの鷹飼《たかがい》もいれば、頼直様のひげ面もある。業平様はご自分の鷹をつれてこられていた。

残る人々は徒歩で行くが、お一人だけ牛車で押し出してこられたのは、小野参議だ。

「年寄りは車で悠々と行かせてもらう」

瘦せた顔にするどいまなこをされた、口をひらけば舌鋒《ぜっぽう》するどく謹厳そうな従四位参議様は、ほかの貴人方に向かってそんなことを仰せだったが、皆様方より少し年かさとはいえせいぜい四十五、六。牛車で行かねばならないようなお齢ではない。千寿は、その本当の理由を読み解いて、（ありがとう存じまする）と深々の礼を送った。

さてそうして集まった鷹狩り一行の中で、自分のいでたちがいかにも人々の目を引いていることに、千寿はいささかならず困惑していた。

大人達はみな野遊びのための実用を重視した、柿色や藍染めの地味な狩衣姿で、諸兄様に言わせると「とんでもない派手好み」だそうな業平様も、今朝は家人達と見分けがつかないような抑えた服装だ。

それに対して千寿が着せられているのは、紅絹《べにぎぬ》小袖に白袴、紫の地に小模様を織り出した錦《にしき》の狩衣という、まるで宮様の野行幸《のぎょうこう》かといったような華やかな姿。さらに、乗っているのは業平様ご自慢の白馬『相模《さがみ》』だから、千寿こそが狩りを催す主人公で、まわりは供奉の者達というふうに見えてしまう。

しかも諸兄様は、ドーンドーンと遠く聞こえてきた『開大門鼓《かいだいもんこ》』の響きを耳に、いざ嵯峨野に向かって出発した一行を、いかにも千寿を守っての隊列のごとくに仕立ててしまった。

露払いの先頭を行くのは、ひげの頼直様を始めとする四人の騎馬武者。そのあとに続くのは左中将良相様、右少将宗貞様のお二人で、それぞれ騎乗の腕には愛鷹を止まらせ、またこれも騎馬で行くお抱えの鷹飼を二人ずつ従えている。

それに続いて千寿が行くのだが、白馬にまたがった千寿の両脇には、半歩下がった近衛衛士の体で、栗毛の馬に乗った諸兄様と、黒毛をうたせていく業平様がつき従い、その三人のあとから参議の乗られた牛車が来る。そしてさらに残りの騎馬と徒歩の人々が続いて……

京《みやこ》外れの人家はまばらなあたりとはいえども、もうすっかり夜も明けて、野良《のら》で働く農民達や市《いち》に出かける者達などの目がないではない。そして一行を目にした人々は、たがいに袖を引き合って「どなたのお鷹狩りじゃろう」「あの見事な白馬で行かれる花のような公達《きんだち》は、どこのどなたじゃろう」と、あとで噂《うわさ》に語り流すための詮索に躍起《やっき》になった。

「ご紋は何じゃ？」

「牛車のご紋は、たしか参議の小野篁様のものじゃな」

「小野の参議様といえば……あれではないのか？」

「おうおう、聞いた聞いたっ。名判官《はんがん》（裁判官）との評判を買われて、閻魔《えんま》王にたってと請《こ》われ、夜な夜な冥府《めいふ》に赴《おもむ》いては……という噂じゃろう？」

「闇夜には、鬼神に曳かせた車で空を走って出仕めさるる、という噂はどうじゃ？」

「そ、それは知らん。車が空を走るとは……飛んで行くわけか？」

「じゃろうのう。仙界とも行き来をされるという噂もあるし」

「あれが、その小野の参議様の御車ということは、ではあの美々しい公達は……」

「案外……この世の御方ではないかもしれぬな」

「ななっ!? で、では、まさか冥府の」

「鬼神のたぐいが、あのように晴れ晴れと美しいものかよ。仙界から遊びに来られた童子か、はたまた天人か……」

「ほ、ほんとかっ!?」

「阿呆《あほう》、俺にわかるわけがなかろう。だが、そのように思って眺めると、また一段と興が深かろうが」

「う～む……たしかに人離れした美しさのように見えるな」

「おいおい、こう遠のいては、もう顔など見えまいが」

「なあに、まぶたの裏に焼きついた御姿を見ておるのよ」

「プッ！ おぬしにしては気の利いたことを言う」

「いやいや、思えばいささか不思議な姿でもあったぞ。こう、ひたいに紅色の布を締めていたろう？ あれは何かのまじないじゃろうか。それとも……」

……まだ生々しいひたいの傷が艶消しだと言って、千寿の装い作りを担当された業平様が包帯代わりに巻かせたものである。

「ひたいの真ん中にもう一つ目があるのを、ああして隠していたとでも言うのか?」

「そりゃ軍荼利《ぐんだり》明王じゃ」

「白毫《びゃくごう》をお隠しめされているならば、如来《にょらい》か菩薩《ぼさつ》か?」

「おうおう、それかもしれぬっ」

「ばかを言うな。そらそら、急ぐぞ」

この二人、官営の公共市場である『西の市《いち》』に勤める下っ端の官人達で、少々遅刻の出仕途中だったのだが、それぞれに(よい話のネタを仕入れた)と思い、それぞれのセンスとやり方でおもしろおかしくしゃべりまわった。

市場と言えば、物品の流通のために多くの人が集まる場所で、人が集まればおしゃべりが始まる。交わされるおしゃべりには、物の相場を動かすような重大な情報や、政治への批判非難や権力者達へのやっかみ中傷なども含まれているが、他愛《たわい》ない噂話も大いに好まれる。むしろしゃべるほうも聞くほうも気軽に楽しめる他愛ない話のほうが、早く広まり遠くまで届く。

そんなわけで、二人が持ち込んだ『不思議な鷹狩りの一行』……というぐあいにいつしか脚色が進んだのだ……の話は、あっという間に西の市じゅうに広まり、物好きな者達のあいだでは、「その鷹狩りの一行の帰りを見物しようではないか」という相談まででき上がった。

「二条大路から西へ行ったというから、嵯峨野に出たのは間違いなかろう」

「うむ、北野ならば道が違う」

「帝のお鷹狩りなら、陣屋《じんや》を構えて二、三日ということもあろうが」

「まあ、今日一日で夕方には戻ってくると見るな、俺は」

「うむうむ、俺もそう賭けよう」

「酒と食い物でも持って出かけるか」

「ほっほ、このあいだ祭を見たばかりじゃというのに、遊ぶことには熱心な奴らよな」

「おまえもじゃろうが。ほい、酒を買うから出せるばかりの銭《ぜに》を出せ」

……どうやら千寿達の帰り道には見物客が立つらしい。


そんなこととはもちろん知らず、鷹狩《たかが》りの一行は嵯峨野《さがの》の原をずっと西まで入り込んで、山《やま》間《あい》に如意輪寺《にょいりんじ》の塔が見えるところまでやって来た。

「篁《たかむら》様、陣所《じんしょ》はどのあたりに置きましょうか」

諸兄《もろえ》様がお伺いを立てる調子で言った。

篁様は、京から少し来たあたりで「もうよかろう」と牛車《ぎっしゃ》を降りて馬に乗り換え、ついでに牛車や徒歩の者達にはあとから来るよう言い置いて、騎馬の者達を率い、ここまでさっさと早駆けしてきたものだ。

諸兄様のお伺いに、篁様は馬の背からざっとあたりを見渡しておっしゃった。

「この野はすべて公用地だ。どうせなら堂々と山門前に陣を置いてやろう」

「かしこまりました」

とうなずいた諸兄様は、わが意を得たりというお顔。その横で何げなく顔を伏せるふりで、じつは笑いを噛《か》み殺していたらしい業平《なりひら》様が、そっと千寿《せんじゅ》におっしゃった。

「諸兄が意外に術数を使いこなす男なのを初めて知ったよ。やはり藤原の血筋というか……あの男が権力に興味を持ったら、たいそう手強い陰謀家になるだろうね」

諸兄様はそんなことを言われているとはご存じない。皆を振り向いて言われた。

「始めるのは、牛車が来てからです。それまではこもごもにお遊びあれ」

「承知した」

「始めるのは、はさみ箱も届いて中食《ちゅうじき》を摂ってからにしたいね。俺は腹がすいた」

業平様が軽口を飛ばし、良相《よしみ》様達も口々に賛成したが、千寿は（食事などより早く事を始めていただきたいのに）と思った。

諸兄様がお呼びになったので、馬を進めてそばへ行った。

「そなたが言っていた杣道《そまみち》というのは、どのあたりだ」

「寺の東側なのですが、ここからでは」

「見えぬか」

「山門の手前に、登り口があるのですが」

「馬で行けるような道か?」

「さあ……寺から上は身幅ほどの細道ですが、そこまでは広さはほどほどございます。けれど馬が登れる道かどうかは……」

「なんだ、なんだ?」

業平様がやって来て、話に首を突っ込んだ。

「寺の築地《ついじ》に沿って杣道があるそうなのだが、行ってみたらば寺の中のようすの下見ぐらいになるのではないかと思うてな。だが馬が行ける道かどうかは、千寿にはわからぬそうだ」

「ならば頼直《よりなお》に意見を聞いてみよう」

頼直様が呼ばれ、ともかく登り口まで行ってみようということになった。牛車や徒歩での供が追いついてくるまでには、まだしばらくかかる。

「その登り口というのは、山門とは近いのか?」

「近いといえば近いですが」

「門番にそなたの顔を見られてしまうとおもしろくないが」

「ああ、それほど近うはありませぬ」

「ここは用心に越したことはないな。そなたはこれを被《かぶ》っていけ」

業平様が渡してこられたのは、馬の後輪《しずわ》に掛けておられた羅《うすもの》の小袿《こうちぎ》。

「ゆうべのお方の思い出のお品なのでしょう？　よろしいのですか？」

来る道々、さんざん自慢をしていた物なのだが、業平様はけろりとした顔で「ああ、使え使え」と千寿の頭に被せてきた。

羅だから、すっぽり顔まで被ってしまっても布越しに外は見えるし、顔は隠れる。ついでに言うなら、そうして顔を隠した千寿は、いかにも高貴の公達《きんだち》のお忍び姿に見える。

そこへ「方々、何ごとぞ」と篁様や良相様達もやって来て、良相様は「山道を馬で行く自信はない」と残られたが、篁様と宗貞《むねさだ》様は同行することになった。

(どうも皆様、ほんとうにおもしろがられているようだ）と、千寿は少しばかり不服に思った。阿闍梨《あじゃり》様や百合丸《ゆりまる》を救い出すという、本来の大事な目的を、ちゃんとわかっておられるのだろうか。

ともあれ、頼直様が先頭を取り、諸兄様、千寿、業平様、篁様、宗貞様という順で馬を並べて、山門を目指して出発した。

業平様は、ずっと腕に止まらせてきた『数賀留《すがる》』という名のハヤブサを放しておやりになったが、諸兄様が「わがまま気ままでよく逃げる」などと仰せだった『数賀留』は、よほどなついているらしくて、一回り飛びまわるとすぐに業平様の肩に戻ってきた。そのあとも、バササッと飛び立って少し遊んできては舞い戻ってくるので、千寿はすっかり感心してしまった。

「よく馴《な》れているのですね」

「ああ。これは俺がヒナから育てた」

「お鷹というのが、このように大きくて美しい鳥だとは存じませんでした。このように間近に見ましたのは初めてで」

「そなたも飼ってみるといい。可愛《かわい》いものだぞ」

「ただの家人のわたくしに飼えますものですか？」

「そういえば諸兄、おぬしまだ新しい鷹を飼う気にはならぬのか？」

「俺はもう鷹は飼わぬ」

「千寿は欲しがっているがな」

「い、いえっ、わたくしはっ」

「……それなら考えんでもない」

「ただし、死なぬ鷹などおらぬからな。またあのように嘆き悲しむぐらいならやめておけ」

それから業平様は、千寿だけに聞こえるようにヒソヒソと教えてくださった。

「諸兄は帝《みかど》も羨《うらや》むようなそれは見事なイヌワシを持っていたのだが、去年の春に死んでな。あのくそまじめな男が、家にこもって十日も出仕《しゅっし》してこなかった。一度愛情をかけると、とことんな奴なのだ」

それから、

「そういう男だから、あまり心配をかけてやるなよ」

と微笑《わら》っておみせになったのは、自重してむちゃはやるなと釘を刺す意味。

千寿は「はい」とうなずいたが、その心のうちでは、自分のせいでむごい目に遭わされている阿闍梨様や百合丸のためなら、少々のむちゃぐらい厭《いと》うものかと思っている。

そんな千寿の内心に気づいているのかいないのか、業平様はまた「ホゥイ」と鷹を飛ばせた。

杣道の登り口につくと、頼直様が道のぐあいを見に行った。だいぶしばらく待たせてから戻ってきて、「東国の者ならどうということはない道だ」と報告した。

「では千寿には無理かもしれぬな」

諸兄様がおっしゃったが、業平様のご意見は、

「諸兄と宗貞殿はやめておいたほうがいいかもしれぬぞ」

結局みんな行くことになった。

「馬というのはもともと、放っておけばシカと同じように山中を歩きまわります。つまりは馬で山の登り下りを行けるかどうかは、乗り手の技量が決めるということで」

という、頼直様の東《あずま》訛《なま》りでの説明が、方々の対抗心をあおったらしい。

杣道は千寿の記憶どおり、勾配はさほど急でもないが地表を這《は》う木の根がでこぼこと絡み合っていて、馬達も慎重に足を運ぶふうだった。

やがて木立のあいだに寺を囲む築地塀が見えてきて、千寿は思わずぶるっと肩を震わせた。怖いのではない、気が高ぶってのおののきだ。

杣道は地形にしたがっていったん築地から離れるが、それから先は築地ぎわに沿って登っていくようになる。

築地は、馬の背からだとちょうど見越せる高さで、千寿はなつかしいような厭わしいような複雑な心地で、住み慣れたかつてのわが家である寺の境内を眺めた。

「あれが金堂《こんどう》で、その後ろが講堂《こうどう》。その向こうに見えてきたのが……食堂《じきどう》か？」

鞭《むち》で指しながら聞いてきた諸兄様に、千寿は自分のたなごころのように知り尽くしているそれらを説明した。

「いえ、あれは客殿《きやくでん》でござりまする。食堂は手前のあの低い建物で、その裏手が僧坊《そうぼう》。方丈《ほうじよう》は僧坊の西端から渡り廊下でまいります」

ああ、庫裡《くり》が見える。トモチメは元気でいるらしいが……顔など見えればうれしいが……

「それで、土牢《つちろう》というのはどのあたりだ？」

「わたくしがおりました時には、そのような物はござりませんでしたが、傀儡《くぐつ》の頭領の話からいたしまするとと、北側の崖を掘りくぼめた薪《まき》置き場のことではないかと。

もしそうならば」

「あれかな、崖肌が見える」

「いえ、あれより手前の……あの斜面の途中にヤマブキの花が一群れ咲いている、あの下あたりでございます」

「……日当たりはまあまあのようだが」

諸兄様がほかに言うことを思いつけなかったというようすでおっしゃった。

「薪の蓄え場所だったなら、地面もじめじめしたぐあいでもあるまいさ」

そう引き取ったのは業平様。お二人とも、軽口を装ってそうしたことをおっしゃることで、千寿の気持ちを引き立てようとしてくださっていた。

「乾いておりますし風も防げて、隠れているにはよい場所でした」

千寿はお二人の気遣いに応えるために言った。

「ただ、薪のあいだに住み着いたムカデや長虫《ながむし》（ヘビ）との相客でございまして」

「うへえ」

業平様が盛大にいやな顔を作られ、諸兄様は「咬《か》まれなかったのか!?」と心配された。

「ところで、こちらのほうには門はないのか」

篁様がお尋ねになり、千寿はうやうやしくお答えした。

「この先に一つございますが、不開《あかず》の定めの封じ門でございます」

「艮《うしとら》の鬼門《きもん》口か」

考え込む顔でつぶやかれた篁様は、あとは口をつぐんでしまわれた。

それにしても、そろそろ巳《み》の刻《とき》にかかろうという今ごろは、作務《さむ》がおこなわれているはずなのに。初夏の日がさんさんと降り注いでいる境内には、働いている者達の姿どころか人影さえ見えず、かといって読経《どきょう》の声が聞こえるでもない。そういえば境内のようすがなんとなく荒れてはいないか？　そうだ、あんなふうに落ち葉が散ったままになっていることなど、以前はなかったことだ。境内のあちこちに雑草が伸びているなどということも。

静まり返っていた境内に、不意に女の金切り声が響き渡って、一行はギョッとなりながら声のしたほうを振り返った。

女の姿は見つからなかったが、狂ったような叫び泣きが続き、それへ男の怒号が重なった。それからガチャガチャンという焼き物が割れ壊れる音。僧坊の裏手にある道具小屋のほうからのようだ。

「なんだ、夫婦喧嘩《げんか》か？」

業平様がけわしいお顔でおっしゃった。

「頼直っ、業平殿っ、ようすによっては」

諸兄様が鐙《あぶみ》を踏まえて背伸びしながら言いかけた時、声のしたほうから女が駆け出してくるのが見えた。千寿には見覚えのない若い女は、肩も乳房も剝《む》き出しの半裸の格好で、太腿《ふともも》までめくれる裾《すそ》にもかまわない必死の体《てい》で庫裡のほうへと駆け去った。

「……兵を引きつれてくるべきだったかもしれぬな」

篁様が吐き出すようにおっしゃり、ほかの方々は言葉も出ないというごようすで無言のままうなずかれた。

馬を返して立ち戻った山門前の山裾では、すでに到着していた徒歩の人々が、狩りのあいだの休憩場所である陣所をしつらえ終えていた。風よけの幔幕《まんまく》を張った裏手では、牛車から解かれた牛がせっせと草を食《は》んでいる。

陣所に入ると、諸兄様は千寿を陣《じん》の座《ざ》に腰かけさせてから、篁様のところへ行って何ごとか語り合い、来ているすべての人々を呼び集めた。取り巻いて膝《ひざ》をついた人々を、

「みな、聞け」

と篁様がきびしいお顔で見渡されて、話し始められた。

「この鷹狩りを、ある企《くわだ》てのためと知って来ている者は多くあるまい。わしのほか、良相殿、宗貞殿、業平殿、諸兄殿、千寿。ほかには……左近衛《さこのえ》の面々ぐらいか」

「頼直にも、およそのことは」

諸兄様が言い、

「この三人も心得ております」

と、家人に化けている傀儡達を示した。

「千寿の知り人にて下調べに働いてくれた、傀儡の頭領とその配下でございます」

「では残りの者達に申し聞かせる。これから始めるのは、この如意輪寺に巣くう悪逆非道の者どもから、尊き仏宝を取り戻さんとする企てだ。

仏宝の一は阿闍梨の老僧、その二は無実の稚児《ちご》。いずれ当寺には弾正台《だんじょうだい》（検察庁）の裁きがおよぶことになるが、この二人は悪事の生きたる証拠ゆえ、悪人どもが発覚に気づけば、命取られ口を封じられてしまうおそれがある。

そこでかように鷹狩りを装って、まずは二人の者を助け出そうというわけだ。おのおの、できる手助けで力を貸せ。

まずは笑え。われらの企てを寺の者らに感づかれてはならぬ。ドッと笑うて中食の支度いたせ。腹ごしらえを済ませたら、始めるぞ」

「あははははははは！」

いきなり大口を開けて馬鹿笑いをほとばしらせたのは、業平様。それを見て、左近衛の若い衛士《えじ》達がドッと声を合わせて笑い出し、諸兄様も笑った。良相様や宗貞様も笑い出し、家人達もまごつきながらも笑うふりを始めた。

「はっはっはっは！　いやはや、篁様の申されよう！」

業平様がいかにも可笑《おか》しげに二つに折った身をよじり、ほかの方々もおのおの大仰に笑いころげた。だが誰も目は笑っていない。これは寺の者達を怪しませないための芝居なのだ。

「さあさあ、中食じゃ、中食じゃ！　疾《と》く支度いたせ！」

宗貞様が叫び、家人達がわらわらと動き始めた。

「どれ、支度ができるあいだに俺達は試し狩りをしてみようぞ！」

業平様が山門まで聞こえそうな大声でおっしゃった。

その横で諸兄様が怒鳴った。

「手の空く者は勢子《せこ》（獲物を追い出す役）に走れ！　そこの五人、これからあれへ馬走らせてキジなど追い出して見せろ！　それと頼直と、そこの三人！」

諸兄様が指さし招いたのはひげ武者様と傀儡の者達。そばへ呼び寄せておいて下知《げち》した。

「万一のことがあるとならぬ。おぬしらは裏から忍び入って、ひそかに二人の守りについておいてくれ」

「わたくしもまいりますっ」

と千寿は名乗り出た。

「そなたの出番はあとだ」

と制されたが、（この身をお案じくださって、きっと出番などくだされないに違いない）と思った。

「寺の中のようすは、わたくしが一番知っておりますっ」

と食い下がった。

「それは頭領がわかっている。そうだな？」

「はっ、お任せを」

「しかしっ！」

「千寿、そなたにはもっと大事な役があるぞ」

業平様が笑いながらおっしゃって、どういうことか千寿の前に膝をついた。

「なになに、やんごとなき君には馬上にていと目立ちつつ、われらの働きを見守りたまわるとや。それでこそ目を引くいでたちの値打ちがござそうろう」

「つまりわたくしは、寺の者達の目を引く囮《おとり》を務めるのでござりますか？」

「そのとおり。ついでにさりげなく門番あたりに顔を見られて、『あれは千寿じゃ』とでも騒がせていただければ、なおさいわい。それで拓尊《たくそん》一味を釣り出せるかどうかは、やってみなければわからぬがな」

その横から、これまた臣下よろしくひざまずいた諸兄様が言い添えた。

「俺達が乗り込む時に、できれば土牢のあたりの者達は出払っていてくれると助かるのだ」

なるほど……山門から土牢のある場所までは、かなりの距離がある。乗り込んだはいいが、こちらの意図を悟られて先手を打たれてしまっては元も子もない。

「かしこまりましたが、一つお尋ねがございます」

「ん、なんだ？」

「この衣裳……ただ派手やかなだけではない、なんぞの意味がござりますのでは？」

お二人は顔を見合わせ、業平様がおっしゃった。

「それは俺の古着だが、由来と言えば、在原《ありわら》の姓を賜って臣籍《しんせき》に下る前の『親王の子』であったところに、野行幸の晴れ着として召した物よ」

「え！」

とんだ身分違いの衣裳をとあわてた千寿に、諸兄様が「しっ」と唇に指を当てて「知らぬふりでおれ」とおっしゃった。

「そなたはただ、業平殿から着よともらった物を着ただけだ。いいな？」

そして諸兄様は話を続けられた。

「拓尊はそなたを、身分ある家柄のわけありの捨て子と睨《にら》み、自分の権勢欲の道具にする目的で手に入れようとした。そうだな？」

「はい。そのように存じます」

「ならば、それを逆手に取ってやろうということよ。

ねろうていたそなたが『親王の子』の召し物で、参議らを供に鷹狩りで遊びに来た。拓尊は
（やはり！）とおのが睨みを信じ込み、何としてもわが手に取り込まねばと焦るだろう。

きゃつが阿闍梨らにしたことは、両刃《もろは》の剣《つるぎ》。脅しすかしのタネにできるか、それを理由に断罪を食らうハメになるか……権勢か死かの、二つに一つの分かれ道だ。まずは脅して言うなりにさせる手を考えよう？」

「……おそらく」

「だとしたら、『乱心して寺に匿われている慈円《じえん》阿闍梨』や『篤い病を得た身を寺に養われて

いる百合丸』は、『もっけの幸い・うってつけ』の脅し材料ということになる。

そこが、こちらのつけめだ。値のついた物は、あたら粗末にできぬだろう？」

「はいっ」

「だが、その値打ち物を盗賊のごとくにこっそり盗み出すというのは、興に欠ける。どうせなら、拓尊の歯嚙《はが》みする顔を尻目に、堂々と持ち帰りたいとは思わぬか」

「わかりました」

と、千寿はうなずいた。

そう……完全に理解できた。あとは、自分の役割を正しく果たせるかどうか……いや、何としても果たすだけだ！

すっくと陣の座から立ち上がって、千寿は「馬を」と命じた。

「はっ、ただいまっ」と答えてこられた諸兄様に（えっ!?）と一瞬うろたえたが、（これでいいのだ！）と自分を叱った。

（わしは『やんごとなき君』の役なのだ。精いっぱい、そうふるまわなくては）

頼直様と傀儡達は、いつの間にか消えていた。いや、あそこだ。徒歩で杣道を駆け登っていく。

業平様が曳《ひ》いてきてくださった『相模《さがみ》』に、諸兄様のお手を借りてまたがった。

（おっと、もう被り物は必要ないのだっけ）

「千寿、くれぐれもむちゃは控えろよ」

諸兄様が言ってこられた。

「阿闍梨殿も百合丸とやらも、助けたはずのそなたに無になられてはせつないぞ」

ああ……そうか、そうなのだ。

「むちゃはいたさず、拓尊殿に泡を吹かせてみせまする」

「ホゥイ！」

と業平様が『数賀留』を空に投げ上げた。それから黒毛にまたがって、騎馬の勢子達に向かって「追うてみよ！」と手を振った。

山門を右手に取って横一列に並んだ五騎が、ドカカッと走り出した。草むらにひそんでいたヒワかヒバリかが二、三羽パタパタッと逃げ立った。『数賀留』は悠然と頭上を舞っている。爪に掛けるにふさわしい大きな獲物が飛び出すのを待っているのだ。

千寿は『相模』に合図を送り、勢子のあとを追うように歩き出させた。急がせ過ぎぬように駒《こま》を進めて山門の前へさしかかった。後ろから諸兄様と業平様がついてきている。

「おっ、キジが出たぞ！」

業平様が言って、ヒュッと指笛を鳴らした。

「『数賀留』の狩りを見てござれ」

見上げた『数賀留』は、力強い羽ばたきで空高くへと昇っていくところで、ヒュッというふたたびの指笛に、その身をひるがえした。翼をたたみ、つぶてのように一直線に下りてきた先に、勢子に追われたキジがバササと舞い上がった。『数賀留』が襲いかかり、キジはピーッと一声上げて落ちた。

「捕ったりい！」

業平様が快哉《かいさい》を叫び、千寿も思わず躍り上がってハヤブサの狩りの見事さを褒め叫んだ。

その高く澄んだ自分の声が、山門からようすを眺めていた者達に届いたことには気づかなかったが、

「おう！　ありゃ千寿か!?」

と叫んだ向こうの声が耳に入って、振り向いた。門番と下人が幾人か、見知った顔を並べているのを見て、にっこり笑ってみせてやった。それから舌を突き出してアカンベーをしてやった。

「ややっ、千寿だわ！」

「千寿めだぞ！」

たぶんそんなことを言い合うのだろう、こちらにはわあわあという騒ぎ声にしか聞こえてこないが、どうやらうまく餌を撒《ま》けたようだ。

と……騒いでいる中から一人だけ、こちらを睨みつけている男に気づいた。目が合った。あの下人別当《げにんべっとう》！　別当は見るからに顔色を変えていて、一息二息するあいだじっと千寿と見合っ

たと思うと、やにわにくるりと背を見せて門の中へと駆け込んだ。

見ていたらしい諸兄様が、「おっ⁉」と声を上げるのを耳に、千寿はガッと馬腹を蹴《け》った。千寿にとってもとっさの蹴りに、『相模』は一瞬戸惑い腰を崩しかけたが、「行け！」とかけた声と手綱《たづな》さばきでさっと体勢を立て直し、カカッと駆け出した。

「千寿⁉」

「門を！」

閉じられる、と思った。その前に駆け込まねば！

「ええい、やってくれる！」

業平様の叫び。追って駆け出してくる二頭分の蹄《ひづめ》の音。

「ハイヤッ！　ハイヤッ！」

声で励まして『相模』を駆り立て、山門前の坂道を一気に駆け上がった。まだ閉じてはいない門の前で立ちすくんでいる男達に（そこ動くな！）と念で命じつつ、目では下人別当の姿を求めた。

いた！　中門へ向かう坂道を一散に駆け上がっていく！

「わわわっ！」

と門の前の連中が左右へ跳び逃げた。千寿は「ハイヤッ！」と『相模』ごと門内に飛び込んだ。飛び込んだところでガッと手綱をしぼり、急に止められた戸惑いと余った勢いとで前足を大きく跳ね上げた『相模』の背からころげ落ちながら「門を！」と怒鳴ったのは、あとから来ていた諸兄様達に。

「千寿！」

「門は押さえた！」

ドサッと背中から地面に落ちたが、痛いとも思わず跳ね起きた。ブルルッとあわてている『相模』に飛びついて、ふたたび鞍に飛び乗った。

「下人別当が、上へ！」

と叫び知らせて、馬腹を蹴った。

「諸兄、行け！」

業平様の声が怒鳴り、

「急げ！　ここを固めろ！」

と続けたのは、馬蹄の響きを轟《とどろ》かせて門へと駆けつけてくる、たぶんあの五騎へ。

その時にはもう『相模』は駆け出していて、すぐあとから追ってくるのは諸兄様だろう。二重三重《ふたえみえ》と折れながら登る坂道を、「ハイッ、ハイッ！」と急《せ》かせて駆け上がり、逃げていく下人別当の背中を見つけた。だが別当はもう中門前まで走りつき、よろよろと体を泳がせながらも門の中へ走り込んで、ギイと扉が閉まる！

「待てえっ!!」

と叫び放ったが、むろん向こうが待つはずはない。ドカカカッと門の前に駆け着いた時は一瞬遅く、門扉はぴたりと閉じられてしまった。あわててかんぬきを掛けている音。

「え、ええいっ！」

しくじった、と門扉を睨みつけたところへ、諸兄様が追いついてきた。続いて業平様も。

「逃げ込まれたかっ」

「はいっ」

「業平殿っ、手を貸せ、築地を越える」

「わたくしがっ」

「太刀《たち》も持たずに捕らわれに飛び込むか！」

「あ」

馬から飛び降りた諸兄様が、築地に駆け寄って身構えた。おなじく馬を降りた業平様の助けを借りて、「セイッ」と築地の上によじ登った。

「じゃまするぞ、急ぎの用だ！」

と怒鳴ったのは、門を固めた者達にだろう。ヒラッと飛び降りていった。「どけどけ！」と怒鳴るのが聞こえて、ほどもなくガタタッとかんぬきを取りのける音。

そこへ坂の下から駆けつけてきた騎馬の人々が姿をあらわした。篁様が先頭で、宗貞様、良相様が続き、左近衛の衛士二人も。

キィッと門扉がひらいた。

「おう、おそろいか」

と門を開けた諸兄様が笑った。

その背後で、轟くような大音声が爆裂した。

「なんの騒ぎじゃ!!　ここを官寺嵯峨山と知っての狼藉《ろうぜき》かあ!!」

さしもの諸兄様がギョッと飛び上がりながら振り向いた。

拓尊が悪鬼のような形相で仁王立ちしていた。

「悪行三昧《ざんまい》の破戒坊主が、『なんの狼藉』とは片腹痛いわ！」

腹に響く怒声を返したのは、諸兄様だった。

「その方の悪事はすでにすべからく白日のもとだ！　罪業悔い改めて阿闍梨殿と百合丸を渡せ！」

「うわっ、馬鹿！」

業平様の舌打ちの意味は、みるみる形相をどす黒くした拓尊のようすが教えた。その拓尊がバッと身を返して寺の奥へと駆け出した意図は明白！

「千寿、行け！」

と業平様の声がかかった時には、すでに馬腹を蹴って門内に飛び込んでいた。

「止《と》めろ！　阿闍梨を死なせるな！」

むろんっ、むろん!!

ダガガッと拓尊に追いつき追い越して、力ずくで馬体をひねった。むちゃな手綱さばきに『相模』がたまらずヒヒーン！　と悲鳴を上げ、ドッと横倒しにころんだ。投げ出された千寿の体は、幸か不幸か足止めすべき拓尊にぶち当たり、拓尊もろとも地面にころがった。

千寿の目方と投げ出された勢いとを二つながらに引き受けて、ドオッと地響き立ててひっくり返った拓尊は、しかし次の瞬間には千寿の喉頸《のどくび》をがしりとつかんでいた。

「ほっほ！　ほっほお!!　わしが何じゃと!?　こやつの命が惜しければ！」

だが勝ち誇ったセリフは、物も言わずに躍りかかってきた諸兄様の襲撃で断ち切られた。

諸兄様は、委細を無視した凄《すさ》まじい勢いで千寿を拓尊の手からもぎ取り、奪い返した千寿を「業平殿、頼む！」と投げ飛ばすと、ドガッと拓尊を殴りつけた。

「うわうわあ」

いやそうに顔をしかめている口調で業平様の声が言い、投げ出されて腹這った千寿をひょいと引き起こしてくださった。

「大事ないか?」

はい、と答えようとした声は押しつぶれた喉に引っかかり、ゲハッと咳《せ》き込んだ。

「まったく乱暴な助けようだ。見境ないにもほどがある」

諸兄様はガツンガツンと拓尊を殴り続けていて、

「おい、いいかげん諸兄を止《と》めろ！　殴り殺してしまうぞ！」

という業平様の怒鳴り声でハッと気づいた左近衛士達の必死の止め立てで、やっと殴りやめた。

「やれやれ、とんだ荒事《あらごと》になったが。おい、諸兄、正気は戻ったか？」

「お、おう」

「千寿もどうやら無事だ」

血まみれの顔でぶっ倒れている拓尊の向こうで、ブルルルッと『相模』が立ち上がり、

「ああ、おまえも無事だったか。よおしよし」

と業平様が笑った。

境内の奥のほうでワアッという騒ぎ声が上がり、千寿はハッと青ざめた。

「あ、阿闍梨様!?」

しまった、拓尊には悪行仲間がいるのだ！

駆け出そうとした腕をつかまれた。

「篁様達が行かれている！　『機を見るに敏《びん》にして、果敢《かかん》』だな、あの方は」

そういえば、落馬して拓尊に捕まったあの時、横を馬達が駆け抜けていった……

そしてワアッヒイッという堂宇《どうう》越しの遠い叫び声はすぐに静まり、

「仏宝は取り戻せりぃ！」

と聞こえたのは、宗貞様の勝ち鬨《どき》の声。

「あ……」

と安堵《あんど》を声にしたとたん膝が崩れて、千寿はへなへなと座り込んだ。

「千寿」と肩を抱いてきて「ようやったぞ」と胸に抱き込んでくださった諸兄様に、「はい」とうなずいて頭を預けた。

「ようやった、とは『相模』に言ってやってくれ」

業平様が不満声で言ってこられて、ブツブツとぼやかれた。

「あんな荒っぽい乗られ方をするとわかっていたら、おまえを貸しなどせなんだわ。よおしよおし、どこか痛いところはないか？　蹄は割れなんだか？」

「申しわけありませんでしたっ」

と、千寿は人馬両方にあやまった。


篁様達の手で土牢から助け出された阿闍梨様は、思いのほかお元気なようすで、ご自分でお歩きになることができ、千寿は安心のあまり泣いてしまった。

百合丸も一緒だったが、こちらは虫の息のありさまで頼直様に抱き運ばれてきて、千寿はくやしさ哀れさに煮えたぎる思いの涙をこぼした。

「阿闍梨殿には、用意の車で京へおいでいただくが、百合丸のほうは容態が持ち直すまで動かさぬほうがよいだろう。左近将監《さこんしょうげん》、衛士をつけて寺内で養生《ようじょう》させるよう計《はか》らえ」

篁様がおっしゃり、業平様が「ははっ」と承《うけたまわ》った。

「この者ら五名と頼直を守りにつけますれば、寺方も手出しはできますまい。道豊《みちとよ》、指揮をとれ」

「ははっ」

「容態が落ち着いたら、京へつれまいれ」

「かしこまりましたっ」

篁様はまた、山門の外まで阿闍梨様をお運びする輿を用意おさせになった。寺の下人達は罰を恐れて逃げ隠れてしまったので、別当殿を始めとする僧達を呼び出されて用意をさせられたのだが、おどおどとした顔で集められて来た僧達は、呼ばれた用件がわかるとにわかに勢いづき、我こそは役に立とうと先を争い合って輿の支度に取りかかった。

そうした中で、別当殿が腰を屈めた上目遣いでこそこそと篁様の袖を引いていわく、

「お気の毒な慈円阿闍梨様とわれら如意輪寺を、破戒無残な悪僧どもの非道三昧からお救いくだされましたこと、まことにかたじけのう存じまする。われら皆、かの暴虐なる一党に脅しつけられて手出しもならず、いかなる仏罰かとほとほと嘆いておりました」

「それは、乱心と言い立てて門主殿を幽閉した件は、御辺《ごへん》らのあずかり知らぬことと？」

「むろん！　むろんでござりまする！　あれは拓尊阿闍梨とその下人らと、徳生ら恥を知らない破戒どもめがいたしましたことで！」

「だが御辺らは、玄蕃寮に訴え出るなどの手だては何一つ取らなんだ。そうだな？」

「そ、それはっ、で、ですから脅されて」

「少なくとも衆僧を監督し取り締まる別当の役を果たせなかった点では、玄蕃寮のきびしい追及を免れぬと覚悟しておかれることだな」

「い、いえ、ですから慈円門主様は物狂い召されてお危のうござりましたので」

「あの場所にて養生していただいていたと？」

「は、はいっ」

「つまり幽閉に手を貸していたことをお認めなさると。ハッ、語るに落ちたな、御坊」

見る間にひゅうと青ざめ、がっくりと首を垂れた別当殿に、篁様はたたみかけた。

「この件の裁きは玄蕃寮がつけるのか、あるいは弾正台が乗り出してくるのかは、われらのあずかり知らぬところだが、ともあれ御坊を始めとする衆僧方はよくよく襟を正されて、寺内の綱紀粛正《こうきしゆくせい》を計られることだ。名刹《めいさつ》と知られた御山がこのまま廃寺の憂き目を見るようなことになっては、われらとしてもいささか寝覚めが悪いというもの。よろしいな？」

「ははあっ！」

別当殿は文字どおり這いつくばって逃げていき、千寿はおおいに溜飲を下げたが、阿闍梨様は悲しげにため息をつかれた。

「御仏の教えを学べば学ぶほど、おのれの矮小《わいしょう》なることを思い知るばかりの拙僧に、人を導く力などないことはとうにわかっていたつもりでありましたが……」

「師と申すは、学ぶ側に教えを受ける気持ちがあってこそ師となり得るものと考えます」

篁様がおっしゃって、「いや、これぞ釈迦に説法」と烏帽子に手をやり、「輿の支度を見てまいろう」と去っていかれた。

阿闍梨様は合掌して篁様をお見送りになり、そんな阿闍梨様の横顔をはらはらと見守っていた千寿を振り返ってにこりと笑われた。

「わしはまだまだ修行が足りぬ。この世にあるうちにそうと思い知れたのは、さいわいなことであったよ」

まだたった十四の千寿には、七十年もの人生を過ごしてこられたうえでの阿闍梨様のそうした悟りを、うすうすにもわかる力さえなかったが、阿闍梨様のしわに囲まれた目がたたえている澄みきった毅《つよ》さを感じ取ることはできた。そのお心の無辺の深さ大きさも。

「こうしてまたお会いできて、なによりうれしゅう存じます」

という、心の底からしみじみと湧き出していた思いをお答えにした。

やがて輿の用意ができ、千寿は諸兄様とともに阿闍梨様のお供についたが、輿が中門を通ろうとしていた時、庫裡のほうから女達が駆けつけて来た。先頭を走って来たのはトモチメで、阿闍梨様に向かって口々に「どうか御門主にお戻りくださいませ」とかき口説いた。

「うむうむ、縁があったら戻らせてもらおうよ」

阿闍梨様は慈顔をほころばせてそうお返事されて門を出られた。

山門の外には緑さわやかな卯月《うづき》の景色が晴れ晴れと広がり、千寿は草原を渡ってくる心地よい風を胸いっぱいに吸い込んだ。

如意輪寺を逃げ出して以来、ずっと心にわだかまっていた憂いの暗雲は、もう影もない。

草むらをわけて用意の牛車に向かう輿にしたがいながら、

「ほんとうにうれしゅう存じます」

と、もう一度言葉に出して噛み締めて、ふと後ろから来られる諸兄様を振り返った。

諸兄様はなぜか苦虫を噛み潰したような顔でおられたが、千寿と目が合うといそいで顔つきを取り澄まされ、それからふっと苦笑されて、

「やきもちの虫が騒いでおった」

と頭をかかれた。

千寿は何のことやらわからなくてきょとんとしたが、阿闍梨様は「なるほど」と破顔され、諸兄様はぐあい悪げに赤くなられた。

「善きかな善きかな」

阿闍梨様が美しく晴れ渡った空を見上げながら笑い声でつぶやかれ、千寿はそれが自分と諸

兄様への寿《ことほ》ぎだとわかって、またほうっとうれしくなった。

帰路は、千寿は諸兄様と一緒に、諸兄様の愛馬『淡路《あわじ》』に二人乗りをした。業平様から「もう『相模』には乗せてやらぬ」と言われたからだ。

「あの夜も、このようにそなたを前に座らせて戻ったのよな」

諸兄様が感慨深げにおっしゃり、後ろから腰を抱いた千寿の耳に口を寄せてお続けになった。

「あの時は、そなたをこのように愛しく思うようになるとは気づかなかったが……縁とは異なものよな。いまでは、そなたなしの日々など思いもつかぬ」

「わたくしも……」と答えて、ポッと赤くした千寿の耳に、諸兄様が「愛《う》い……」と唇を押し当ててこられて、千寿はますます心うれしさに酔った。

愛しいお方の胸に身を預けて、うれしい勝利の帰り道をポクポクと行く。（幸せだ）と思うそばから、（今夜は……）と考えていた千寿の心を読んだように、腰を抱き押さえていた諸兄様の右手が、すっと股間《こかん》に触れてきた。千寿はその手に自分の手を重ねて、そっとそこへ押しつけた。

「おう、これは……」

「……はい」

「うれしいぞ」

ささやき合っていたところへ、業平様が馬を寄せてきておっしゃった。

「いちゃいちゃと道行《みちゆき》愉しんでおるところへ無粋は言いたくないのだがな。千寿、そなたは車に乗れ」

「どうした？」

と答えられた諸兄様のお声に緊張を感じ取って、千寿はいそいで気を引き締め直した。

「どうしたことかは、俺のほうが聞きたいが、この先に人出が見えてな」

「人出？」

「俺達は祭行列よろしく見物されながら通るほかはない。野行幸の皇族らしい美童が、男といちゃつきながら通るというのは、ちと外聞をはばかろう」

「あたりまえだ！」

かくして千寿は、人出の目を逃れるために阿闍梨様がお乗りの参議様の牛車に身を隠したが、おかげで『不思議な鷹狩りの一行』の帰り道中を見物に来ていた者達は、キジ一羽だけが獲物だったらしいことと、空鞍で曳かれていく白馬を見たばかり。しかし、かえってそれがまた噂の種となった。

あの麗しい美童はやはり天人か仙人かで、広沢《ひろさわ》池のほとりの万年松のこずえから……と、なぜかそういう話になった……ひらりと舞い上がって天に帰っていったらしい、と。

もちろん千寿達はあずかり知らない、地下《じげ》のあいだでの噂話だ。

ギシギシと京へ戻る車の中で、千寿は阿闍梨様にあれからのたくさんの物語を申し上げた。お話ししたいことは山の木々の数ほどもあって、全部を話し終える前に諸兄様の屋敷に着いてしまった。

「まだお話ししたいことがございますのに」と口惜しがった千寿に、

「尽きぬ話は、またゆるゆると聞かせてもらおうよ」

と阿闍梨様はお笑いになり、まだ手首には巻き布をした千寿の手を取って、「何はともあれよかった、よかった」とお撫《な》でになった。

「そなたが無事で何より何より。しかも心預け合い、二世の契りを交わす相手に出会えたようで、うれしいのう」

「はい……」

その夜、二人になってからその話を申し上げたら、諸兄様はたいそうまじめなお顔で、「では三日夜《みかよ》の餅《もち》を支度させないといけないね」とおっしゃられた。

「ミカヨのモチ……とは何でございますか？」

「女のもとへ男が三日続けて通うと、契《ちぎ》りは夫婦《めおと》のそれになる。それで三日目の夜に、幾久しく寄り添うようにと親が祝いの餅を寝所に届け、夫となった男と妻となった女はともにそれを食べることで婚儀とするのだ。俺とそなたは今夜が二日目。明日の晩には餅を用意させよう」

「……けれど、わたくしは女ではありません。諸兄様と『夫婦』にはなれぬと存じますが」

小首をかしげて聞きたしかめた千寿に、諸兄様は少し困った顔をなさっておっしゃった。

「う、うむ。しかし俺は、そなたと末永く添うていきたいのだ」

「その気持ちは、わたくしも同じでござりまするが」

「しかし男と女でないと、三日夜の餅は変か……？」

「わたくしにはそうしたしきたりのことは何とも……」

「よし。では明日、業平殿に相談してみよう」

……相談された業平はおおいに困り果て、窮余の策として、餅の代わりに酒を酌み交わして契りを固めるという妙案をひねり出すことになるが、それが後世の三三九度の盃事の始まりになったという記録は、ない……

「ともあれ、二夜目の契りを交わそう」

ささやいてこられた諸兄様のお言葉に否やがあるはずもなく、千寿は気恥ずかしい心をお預けした諸兄様の大きなお手に手を引かれて寝所に入った。

几帳囲いの中に隠れ込むと、諸兄様は手ずから千寿の袴と水干を脱がせ、ご自分も狩衣《かりぎぬ》を脱がれて単衣《ひとえ》姿になられた。床の上に座られたまま、おなじく単衣一枚の千寿の肩を抱き寄せて、まずは唇と唇でのついばみ合い。それから唇を合わせて、千寿の口の中じゅうを舌で嘗めたりご自分の口の中に誘い入れられた千寿の舌を吸ったり、ご自分の舌を吸わせたりするお戯れをしばらく……でもそれだけではなく、そうしたことをなさるのと一緒に、諸兄様は千寿の胸のただのしるしのような小さな乳首を指でやわやわとまさぐったり、つまんで揉んだりなされて……それがまた、お指のなされ方によってはゾクリゾクリと魔羅がふくらむのがわかるぐあいに快くて……なにやら張り詰めてしこった心地のするそこを指の先でクリクリと嬲《なぶ》られて、

「あんっ」

と喘《あえ》いでしまった。

「よいのか？　快《よ》いか？」

と聞かれて、

「はい」

とお答えした。

諸兄様はいっそう熱心にそこをしてくださったが、その快さはしだいにもどかしいものとなり、もっと違うところに触れていただきたくてたまらなくなった。

でも口に出してお願いするのはひどくはしたないことのような気がして、言えない。

だから千寿は、諸兄様のそこに手をやった。地面を押し割って頭を出すタケノコのように、単衣の合わせ目をいましも割りひらこうとしていた諸兄様の剛魔羅は、千寿が指をからめて握り込むと生きた魚のようにビクリと跳ねた。もうたいそうに固く張り詰めている。

「うっ」

「お、お痛うございますか？」

いそいで握った手の力をゆるめはしたが、放しはしかねた。手のひらを力強く押し返してくる、みっちりと身の詰まった固さ太さがうれしくて。

「……っい、いや。快い。快いのだが……」

喘ぎを嚙み殺し嚙み殺しささやいてこられながら、諸兄様は襲いかかるような乱暴さで千寿を柔らかい布団の上に押し倒した。

「ここに入れたい。そなたの中で出したいっ」

あせった声音でおっしゃりながら触れてこられたのは、千寿の菊の花。だがぐいと指を押し入れられたそこはズキッという痛みを覚えて、思わず「アウッ」と身を固くした。

「す、すまぬ、痛かったか」

「いえ、だいじょうぶでござりまする」

千寿は言ったが、諸兄様は「いや、無理をしそうだ」とかぶりを振られ、「すまぬが」と千寿にして欲しいことを手つきでお教えくださった。

口に含んで舌でしてさしあげた。諸兄様は心地よさそうに呻かれてすぐに放たれ、千寿は目をつむって吐かれた精を飲み下した。

「これ？　吐けよ？」

「……いえ、もう」

「飲んだのか⁉」

「はい」

「愛《う》いことを……」

感激しているお声で言ってくださって、千寿を自分の胸に呼び込まれると、諸兄様は唇に唇を合わせてこられながら千寿の魔羅をそっとお握りになった。指でしごき始められた。

「あ、あ」

「快いか？」

「は、はい」

「まだ幼姿だが、こうしてやると愛らしく首を出す」

くいとされて出た頭を指先で嬲られて喘いだ。

「あっ、そ、そこは」

「痛いか？」

「い、いえ」

と首を振ったが、強く触られると少し痛い。ひどく敏感な肌なのだ。

「そうさな、やさしゅうせぬと痛うもあったな」

笑みを含んでおっしゃった諸兄様が、つと体の向きをお変えになった。と思うと、烏帽子をおかぶりの頭を千寿の股間にお伏せになり、次の瞬間、ぺろりと。

「あっ！」

思わず大きな声を上げてしまったのは驚いたせいもあったが、その驚きの半分も、れろと嘗められて走った快感の強さするどさのせいだった。

「お、おやめくださいっ」

と腰を引いたが、諸兄様は「させよ」と腰をつかまえて、つるりと口に含んでしまわれた。

「あああっ、あああっ」

千寿は全身で喘いだ。ちゅるっちゅるっと吸いしごかれるたびに、そこから背筋へと駆け上る熱い快感は、ふつうに息などできないほどにイイ。しかも諸兄様は、後ろの菊花も探ってこられて……こんどは痛みは湧かなかった。奥まで入れられた指でぬくぬくと内側をこすられ、

「ああんっ！」とのけぞった。

「あっ、ああっ、おやめをっ、お、お許しをっ！」

よ過ぎて気が変になる！

「あっ、あっ！　で、出まするっ」

悲鳴を上げて腰をよじったが、諸兄様は放してくださらず、お口の中で出してしまった。その快さは（しまった）とあわてる心地とは裏腹に全身を霹靂《へきれき》のように貫き、千寿の体は止めようもない震えにビクッビクンッと跳ねた。

「……あ、あ……も、申しわけっ」

吐精の快感が過ぎ去るや、いたたまれなさに泣き出したい思いでお詫びを口にした千寿に、

諸兄様はこくりと喉を鳴らしてから、にっこりと笑われた。

「俺がしたくてしたことだ。俺のは苦かったが、そなたの精は甘露の味がするぞ」

「も、諸兄様っ」

お心がもったいなくてせつなくて、涙ぐんでしまった。

そんな千寿をふたたび胸の中に抱き込んで、諸兄様は菊花をまさぐってこられた。つぷつぷと抜き差しされる指が二本に増えた時、千寿が感じたのは痛みではなく、足りなさを満たされる快さだった。だが、まだ満ち足りない。そして諸兄様の剛魔羅は、千寿の手の中でもう固く滾《たぎ》っている。

「……どうか」

とお願いした。

「これを……」

「もう入れてもよいか?」

「くださりませ」

諸兄様は千寿に大きく足をひらかせると、ヒクリヒクリと息づいている気がする菊口に魔羅先をあてがい、ゆっくりと押し入れてこられた。

「……痛うはないか?」

「は、はい……」

「……つらくはないか？」

「い、いえ……」

ほんとうはかなり痛くて、相当に苦しくもあったけれど、千寿の身も心もそうしてミチミチと満たされるのを望んでいた。

ああ……ああ……いっぱいになる……はち切れそうに、いっぱいに……！

やがて、これ以上はなく深いところまで諸兄様でいっぱいになった。

「……快い……たまらぬ」

諸兄様が喘ぎに混ぜてささやかれ、「突くぞ」と告げてこられた。

ぐっと引かれてズッと突かれるや、まぶたの裏で五彩の火花が散った。

アア、アアとたがいに洩らす極まり声をからめ合わせながら二人は絶頂へと邁進し、至った頂《いただき》から身を解き放つ心地で吐精し果たした。それはまさに至福の快楽で、達《い》ってしばらくは、千寿は何を思うこともできないほどにボウとなってしまった。

諸兄様はそんな千寿をきつく抱きしめて、うれしそうなお声で幾度も幾度も「愛《う》いぞ」「愛《いと》しいぞ」とささやいてくださった。

その夜、千寿はそうした至福を三度まで味わわせていただいた。

二度目の時は、諸兄様は千寿を床の上に這わせておいて後ろからお入れになる格好でお抱きになった。一度目よりもさらに激しくお突きになられたので、千寿は何度もあられのない叫びを上げてしまい、その声はどこまで届いてしまったやら。

三度目は、お座りになられた膝の上に千寿をまたがり乗らせ、抱き合う格好で剛魔羅を菊口にお飲ませになっての交合で、舌を吸い合いながら深く受け入れた楔で揺さぶられる快さに、たまらずアア、アアとすすり泣いてしまった。

そうして達った三度目の仙界境のさ中で、不意の眠りに飲まれるように何もわからなくなったのは、交歓に疲れ過ぎて気を失ったのだったらしい。

夜半、ふと目が覚めて（なんだ!?）とねぼけたが、諸兄様のお床の中で、諸兄様の胸に抱かれて寝ているとわかったので、（なんじゃ、どうもない）と安堵して眠りに戻った。なにかうろんな人声を聞いたような気がしたのは夜鳥のせいだろう。

蔀《しとみ》の隙《すき》から差し込んだ月の光が、床を囲った几帳の綾織《あやおり》を透き通して、恋しい方の腕の中で安心しきって眠る千寿の、無邪気でいてなまめかしい姿態を淡く浮かび上がらせている。

二人の安らいだ眠りをじゃまするものはなにもない。


そう……屋敷の客殿の間《ま》での、藤原大納言《ふじわらのだいなごん》殿をまじえた篁参議、業平、慈円阿闍梨のヒソヒソ話は、二人の耳には届かない……

「なんと。やはりあの子の身の上には、そのようなわけが」

阿闍梨が嘆息し、篁参議が報告者の業平をじろりと見やった。

「それで母御の女性は……？」

「ほどなく身罷《みまか》られたと」

「では業平、千寿丸様のご出自をしかと存じておるのは」

「いまのところ、この四人だけでございます。つまり諸兄も知らぬことで」

「でき得ることなら、あの子のためにも、秘したままにお願いいたしとうござる」

「さよう……争乱の火種になられては、誰にとっても不幸というもの」

「もっとも不幸を託《かこ》つのは、大納言様のご子息殿でしょう」

業平が澄ました顔で爆弾発言を持ち出した。

「どういう形ででも、千寿と引き離されるようなハメになった時は、あの男、世をはかなんで出家でもしかねません。いや、おそらくやりますね。なにせあの謹厳実直で穏便なる堅物が、怒りに我を忘れて人一人をわがこぶしで殴り殺そうとしたんですから」

「そ、それはっ」

と諸兄の父は目を剝いた。

「しかし、世に出てはならぬ御方の終生の守役としては、あの男ほどふさわしい者はいない。なにせ野心も持たぬほどまじめ一方な硯石《すずりいし》で、しかも御方への思いは一心不乱」

「う、ううむっ」

「御方のほうも、憎からずといった程度ではなく『なついて』おられますから、あれはもう……無粋《ぶすい》はなさらずおあきらめになったほうがいい」

「……うっ」

ヒソヒソ話にひとしきりついた体で、ふと静寂が下りたところへ、声高く鳥の声。

「おや、明けホトトギスだ。やれやれ、急ぎ参内せねば」

立ち上がってすたすたと出ていった業平が、少しして声高く怒鳴るのが聞こえた。

「起きろ、諸兄！　遅参いたすぞ！　千寿、洗面の水を持て！」

「は、はーい！」

と答えたかん高いあわて声は、御方。

「ふふふふ」

と老阿闍梨が笑った。

「ま、ということだな」

と篁参議がつぶやき、大納言がホウ……と肩を落とした。

「……よしといたすか」

と小声でうそぶいたのは、自分に言い聞かせたものらしい。

そんな一幕があったことなど露知らず、千寿はだらしなく寝過ごした自分にカンカンになりながら、二つ目の耳盥《みみだらい》を取りに走っていた。今朝は諸兄様と業平様とのお二人分のお支度を手伝わなくてはならないので、めちゃくちゃ忙しい。
庭のどこかで、またホトトギスが啼いた。

あとがき

こんにちは、秋月《あきづき》こおです。
平安《へいあん》時代という言葉で、皆さんの頭にまず浮かぶのは何でしょう。

七九四年の平安遷都を暗記するための『なくよ《794》ウグイス』なんてフレーズ？　皆さんにとっては、紫 式部《むらさきしきぶ》の原作より大和和紀《やまとわき》さんの美麗なマンガ作品『あさき夢みし』のほうがおなじみかもしれない『源氏物語』？　それとも昨今ブームの陰 陽師《おんみょうじ》・安倍晴明《あべのせいめい》あたりでしょうか。

この書き下ろし『王朝 春 宵《おうちょうはるのよいの》ロマンセ』は、平安京ができてから五十年ほどたったころの、平安初期（九世紀）の時代を舞台にしています。平安時代の終わりを『いいくに《1192》作ろう』の鎌《かま》倉《くら》幕府成立とするなら、平安という時代は四百年つづいたわけですが、それからすると千寿《せんじゅ》の時代はそのごく初期です。

ちなみに『源氏物語』は十一世紀の初めに書かれていますから、千寿の時代からは百六十年ほどあと。安倍晴明が活躍したのは『源氏』の時代よりちょっと前の十世紀後半ですので、千寿達より百年ほどのちの人ということになります。

ってな日本史の勉強で、あとがきをごまかそうっていうんじゃありません。以上を下敷きに「これ書くのは勉強が大変だったのよ～」とグチりたい算段なんで。

『陰陽師』や『枕草子《まくらのそうし》』『源氏物語』なんかで一応なじんでいるつもりだった平安時代だったんですが、書き始めてみたら「私が知ってた平安時代」と「千寿くんの時代」は、ずいぶんあれこれ違ってたんです。だもんで、もーっ、調べるのに山ほど本読んだ！

どういうことかというと、たとえば皆さんにも身近な『昭和《しょうわ》時代』を考えてみてください。めんどくさいので細かい説明は省きますが、たった六十年の『昭和時代』も、その初めごろと終わりごろでは、暮らしぶりが大きく違います。皆さんにわかりやすい例でいうと、『となりのトトロ』で描かれている生活や風景は、昭和前期風のもので、いまの皆さんの身の回りのようすとは、かーなーり違うでしょう？

平安時代も、千寿くん達がいた九世紀中ごろと、晴明様や『源氏』の時代では、いろいろなことがずいぶん変化してるようなんです。

たとえば、平安文化の最大の発明品で特色でもあるといわれている『かな文字』、つまりひらがなは、千寿くん時代（なんちゅーネーミングだ）ぐらいにでき上がったか、もうちょっとあとでの発明か、というようにね。

……だから千寿くんが勉強してたのは、漢字ばっかりにところどころちょこっとカタカナを混ぜて使う『漢文』なんですよね。国語の教科書が『漢文』だけの時代！　ウヘ～ッ……

アッ、一個書き忘れた！　その『ひらがな』は、アイデアマンの業平くんが秘書業務用の速記文字として発明して、ナンパ師として女の子達に撒《ま》きまくったラブレターにも使ったおかげで広まったんだ、っていうホラ話を書いちゃおうと思ってたのに！　ちっ、しくじったぜ。

文字一つをとってもそんなぐあいですから、そのほか生活全般にもいろいろな変化が起きているんですが、困ったのは、いま一般的に手に入る資料から知ることができるのは、平安時代でもおもに『中期以降』のようすなんですねェ。つまり千寿くんの時代から百年も二百年もあとのようすしか、資料がない。

おかげで秋月は、慣れない漢文の資料まで読んじゃいましたが、それでもわからないところは推測や想像で埋めちゃったりもしてます。だから中には大間違いも混じってる可能性あり。よって『この小説はフィクションであり、日本史の学習資料には使えません！』ということでヨロシク。

でもイイ線までは書けてると思うんですけどね。けっこうマジで勉強したし。

あ、そうそう、時間や距離の単位も、時代によって違うんですよ。いま『一里《り》』っていうと江戸時代に使われてた計算で『約四キロ』ですけど、平安時代では本文中のような単位……なんてのは、秋月にとっても「目からウロコ」の新知識でした。

なお今回使った資料の第一番は、岡野玲子《おかのれいこ》さんの『陰陽師』画集だったりして。解説ページに参考にされた資料が載せてあったので、それを手がかりに資料探しをしたんですよね。

今回の資料の中で一番気に入っているのは、『蔵人補任《くろうどぶにん》　弘仁元年―建久九年』という古文書の新出版本です。蔵人の年鑑というか、年ごとの就任退任名簿（ほんとにただの名簿！）なんですがね、小野篁《おののたかむら》や在原業平《ありわらのなりひら》の補任記録もちゃあんと載ってるんです。それって、なんかうれしくって……歴史上の人物としては土方歳三《ひじかたとしぞう》に次ぐお気に入りの、業平くんの実在感がね、この本を見つけたおかげで確かになったというか、血が通ったというか。

そうそう、キャラクターについて語らなくっちゃ。

千寿と諸兄はオリジナルキャラクターですが、阿闍梨様ほかの脇キャラのうち、諸兄を除く蔵人《くろうど》達と小野篁、藤原良相《ふじわらのよしみ》は『蔵人補任』にも載っている実在の人物です。諸兄にも『藤原諸葛《もろくず》』というモデルがいるんですが、この人は大人名事典にも出てなくて詳細不明だったので、業平と同僚だったという点と『諸』の字だけもらいました。そもそも『諸葛』って、どう読めばいいのかわかんないって。『三国志』の天才軍師・諸葛孔明《しょかつこうめい》から取った名前くさいけどね。

おっと、そろそろページが押し詰まってきました。最後に、平安時代ファンの方のための、ちょっとした情報を。

淡交社発行の『よみがえる平安京』（企画／京都市）という本は、安倍晴明や業平、小野篁の邸宅の場所などが書き込まれた復元地図も載ってて、イメージ作りにはお勧めのスグレ物です。図書館で見つけましたが、書店に注文してみたら買えました。税込み二五〇〇円でした。

さて、下調べには苦労しましたが、やっぱり時代物を書くのっておもしろい。この作品が、皆さんに気に入っていただけて、また書けるチャンスにつながってくれるとうれしいな。

それでは、またどこかでお会いいたしましょう。

この本を読んでのご意見、ご感想を編集部までお寄せください。

《あて先》〒105－8055 東京都港区芝大門2－2－1 徳間書店 キャラ編集部気付

「秋月こお先生」「唯月一先生」係

■初出一覧
王朝春宵ロマンセ……書き下ろし

2002年6月30日　初刷

著　者　秋月こお

発行者　市川英子
発行所　株式会社徳間書店
〒105-8055 東京都港区芝大門2-2-1
電話03-5403-4323(書籍販売部)
03-5403-4348(編集部)
振替00140-0-44392

Chara

王朝春宵ロマンセ

……【キャラ文庫】

印　刷　大日本印刷株式会社
製　本　宮本製本所
カバー・口絵　近代美術株式会社
デザイン　海老原秀幸

ISBN4-19-900229-4

好評発売中

秋月こおの本
【王様な猫の戴冠】
王様な猫5
イラスト◆かすみ涼和

人間に変身できる猫・シータと、憧れの二人暮らしを始めた光魚《みつお》。同時に美術の専門学校に移り、念願の絵描きの道を目指すことに。シータも東大に編入するや、一族の悲願「我らが王都」を再建すると言い出した!!　二人とも毎日忙しくて、気がつけばHは二週間もご無沙汰。嫉妬も独占欲も相変わらずだけど、もしやシータの発情期がついに終わった!?　人気シリーズ、完結♥

少女コミック
MAGAZINE

Chara［キャラ］

BIMONTHLY
隔月刊

［萩小路青矢さまの乱］
原作 秋月こお＆作画 東城麻美

［幻惑《やみ》の鼓動］
原作 吉原理恵子＆作画 禾田みちる

イラスト／東城麻美

イラスト／禾田みちる

……豪華執筆陣……

菅野 彰＆二宮悦巳　神奈木智＆穂波ゆきね　峰倉かずや
橘 皆無　沖麻実也　麻々原絵里依　杉本亜未　獸木野生
藤たまき　TONO　有那寿実　反島津小太郎　etc.

偶数月22日発売